LISA TORBERG
Wenn Apfelbäume sprechen könnten

Das Buch

Ein Roman, so bunt wie Südtirol und so liebenswert wie seine Menschen.

Liesi Thaler lebt mit ihrer neunzigjährigen Großmutter Filomena auf dem Apfelhof. Wie schon die Frauen vor ihr führt sie das Erbe ihrer Familie fort. Ihr Heimatort unweit von Meran ist ein beschauliches Fleckchen, seine Einwohner freundlich, das Leben von gegenseitigem Respekt geprägt. Doch dann kommt es zu eigenartigen Vorkommnissen auf ihren Apfelwiesen. Die Ernte, und somit ihre Existenz, steht auf dem Spiel. So geht sie auf den Vorschlag des Bürgermeisters ein und stellt ihren Hof als Drehort für einen Film zur Verfügung.
Der Regisseur entpuppt sich jedoch als gewalttätiger Säufer, und Bertl, ihr bester Freund seit Kindertagen, meldet plötzlich Besitzansprüche auf sie an. Schließlich tritt auch noch der Filmproduzent Chris Bergmann in ihr Leben, der Interesse an ihrem Hof und im Besonderen an den drei uralten Apfelbäumen vor dem Haus zu haben scheint. Weshalb interessiert er sich für die Geschichte ihrer Familie? Je näher Liesi dem attraktiven Mann kommt, umso verwirrter ist sie. Welches Geheimnis verbirgt er?

Lisa Torberg

Wenn Apfelbäume sprechen könnten

Ein Südtirol-Roman

Einleitung

Mela ist ein bezaubernder Ort im Etschtal, geprägt von seinen Apfelwiesen und Weinbergen und dem historischen Ortszentrum. Der Hausberg, auf dessen Abhang das mittelalterliche Schloss (im Bild) über der Felsschlucht und dem Fluss thront, ist ebenso Teil der Idylle wie die Menschen, die dort leben. Ich liebe dieses Fleckchen Erde, seitdem ich zum ersten Mal meinen Fuß darauf gesetzt habe. Niemals hätte ich mir vorstellen können, damals, als ich aus beruflichen Gründen für einige Zeit nach Südtirol zog, hier eine weitere Heimat zu finden. Doch genau das ist geschehen. Mittlerweile sind mehrere Jahre vergangen, in denen ich Mela dieselben Gefühle entgegenbringe wie London, Rom und Sizilien, aber auch denjenigen, die ich kennenlernen durfte und die mir Freunde wurden. Ihnen widme ich diesen Roman und löse mein Versprechen ein, sie in den Personen der Geschichte auf die eine oder andere Art zu verewigen. Doch konnte ich in diesem Buch nur einen Teil von dem unterbringen, was mir am Herzen liegt – und so wird dies sicher nicht mein letzter Südtirol-Roman bleiben.

Sollten Sie nun Mela auf der Karte suchen, so muss ich Sie enttäuschen, denn Sie werden es nicht finden. Mela ist das italienische Wort für Apfel und war somit die naheliegende Wahl für den Namen des Handlungsorts, was sich Ihnen beim Lesen erschließen wird. Die Beschreibungen der ortstypischen Merkmale stimmen nicht hundertprozentig mit der Realität überein – aber wer das wahre Mela kennt, wird unschwer erraten, wo sich der meiner Fantasie entsprungene Apfelhof befindet.

Schlussendlich weise ich mit Nachdruck darauf hin, dass keine der in diesem Roman erwähnten Personen einer real existierenden nachempfunden ist und ihre Charakterzüge, physischen Merkmale und ihre Handlungen meiner Fantasie entsprungen sind.

Bleibt mir nur noch, zu hoffen, dass ich Ihnen mit dieser Südtiroler Geschichte kurzweilige, intensive und zugleich entspannende Lesestunden bereiten kann. Falls Sie sich zwischen den Zeilen in diesen wundervollen Ort und den Apfelhof verlieben sollten und mehr wissen wollen, so können Sie mir jederzeit schreiben. Gefällt Ihnen der Roman, empfehlen Sie ihn bitte weiter. Gern auch in Form einer Rezension, die das Salz in der Suppe eines jeden Autors und anderen Lesern ein Hinweis sind.

Viel Freude bei der Lektüre wünscht,

Ihre Lisa Torberg

Kapitel 1

»Jetzt gib schon her!« Liesi streckte den Arm aus und ergriff ungeduldig den Schläger, den ihr der Caddie reichte. Sie wog ihn nachdenklich in der Hand, während ihr Blick in die Ferne schweifte. Dann stellte sie sich mit leicht gegrätschten Beinen in Position, schob den Schirm ihres Käppis ein wenig höher auf die Stirn, umfasste den Griff und schaute konzentriert nach unten. Vorsichtig, fast zärtlich, berührte sie den kleinen weißen Ball. Schließlich bewegte sie den Schläger wie ein Pendel vor und zurück, holte schwungvoll aus – und traf den Bertl zwischen den Beinen.

Er schrie auf und fiel nach hinten.

»Idiot!«, rief sie aus und sah auf das gestandene Mannsbild, das rücklings auf dem weichen Abschlag der fünften Bahn lag und nach Luft rang.

Jeder hätte jetzt in ihr eine unsensible Person vermutet, eine der Frauen, die sich um nichts und niemanden als sich selbst kümmerten. Davon gab es im Ort einige; aber wenn eine nicht dazugehörte, dann die Liesi Thaler. Nur zeigte sie ihre sensible Seite nicht. Nicht, weil sie nicht wollte, sondern da sie von klein auf gelernt hatte, dass sie mit einem Panzer besser dran war und problemloser durchs Leben kam. In diesem besonderen Moment jedoch, weil sie es nicht durfte.

Sie seufzte genervt, ließ den Schläger zu Boden fallen und streckte dem Bertl den Arm entgegen.

»Jetzt stell dich nicht so an. Steh auf!«

Wie ein Hirschkäfer lag er auf dem Rücken, eine Hand schützend über den Hosenstall haltend, kniff die Augen zusammen – er würde doch nicht weinen! – und presste die Lippen fest aufeinander. Dann schüttelte er den Kopf.

»Du bisch a Depp!«, zischte sie und wandte sich ab.

Der Caddie hielt ihr den Griff des Schlägers hin. Seine Anwesenheit war absolut überflüssig, aber zumindest war mittlerweile klar, dass er einfach nur den Mund halten und die Statistenrolle spielen sollte, für die er bezahlt wurde. Der Ball lag immer noch auf seinem Platz und wartete darauf, abgeschlagen zu werden. Trotzdem bückte sie sich, hob ihn an, legte ihn zurück und richtete sich wieder auf. Dabei fühlte sie sich schrecklich. Und lächerlich.

Je rascher sie vorankam, desto früher konnte sie diese Farce, die ihr der Bürgermeister aufs Auge gedrückt hatte, beenden.

Wie vorgesehen schaute sie kurz nach rechts, um sicherzugehen, dass sich nicht noch irgendein Mann an sie herangetraut hatte, holte aus – und schlug ab. Ihr Blick folgte dem Ball. Sie vermied es, sich irgendetwas anmerken zu lassen, und fingerte die Sonnenbrille aus dem freizügigen Ausschnitt, der ihr Dekolleté kaum verbarg, und setzte sie auf. Erst als ihre Augen hinter den verspiegelten Gläsern verschwunden waren und ihr Gesicht im Schatten des Käppi-Schirms lag, erlaubte sie sich ein ganz privates Schmunzeln, das die Fältchen in ihren Augenwinkeln vertiefte. Allerdings achtete sie peinlichst darauf, dass es ihre Mundwinkel nicht erreichte. Sie musste professionell bleiben, bis der Ball im Loch und somit ihre Aufgabe erledigt war.

Dieser blinde Abschlag der fünften Bahn verlangte jedem

Spieler einiges an Präzision ab und war alles andere als einfach. Doch sie hatte es geschafft. Wie so oft, murmelte ihr Unterbewusstsein. Ja, ihr Abschlag war gut gewesen – trotz der absurden Umstände. Aber sie fühlte sich nur mies in dieser Aufmachung. Zudem spürte sie die Blicke auf ihren nackten Beinen und sorgte sich überdies um den Bertl, auch wenn man ihr vorher versichert hatte, dass sie ihn nicht ernsthaft verletzen konnte. Am liebsten würde sie kurz unterbrechen und sich vergewissern, dass es ihm gut ging – aber sie musste tun, was man von ihr erwartete, und nicht das, was sie wollte. Sie senkte den Kopf und betete sich vor, dass sie es machte, weil sie einen Batzen Geld dafür bekam. Und jeden einzelnen Euro davon brauchte sie dringend – für den Apfelhof.

Ohne sich noch einmal umzudrehen, ging sie los. Sie wusste ohnehin, dass ihr alle folgten wie die Gläubigen dem Pfarrer bei der Palmsonntagsprozession. Innerlich stöhnte sie bei dem Gedanken, dass es genau das war, worauf ihre Freundinnen neidisch waren. Sie hingegen würde im Moment fast alles geben, wenn sie mit der Traudl und der Gitti tauschen könnte.

»Dort!« Der Caddie, ein langer Lulatsch mit riesigen Füßen, der vierzigtausend Follower auf Instagram und YouTube hatte – weshalb, hatte sie nicht begriffen –, streckte seinen Arm aus und deutete auf den Ball, den sie schon längst gesehen hatte. Er war so perfekt gefallen, als ob sie ihn persönlich dorthin getragen und abgelegt hätte. Sie beschleunigte ihre Schritte.

In den gut zwanzig Jahren seit dem Bestehen des Clubs hatte sie die neun Golfbahnen so oft gespielt, dass sie irgendwann mit dem Zählen aufgehört hatte. Früher war sie in jeder freien Minute hier gewesen, aber seitdem die Probleme immer mehr wurden, spielte sie viel seltener. Doch vergessen hatte sie nichts. Damals, mit dreizehn, hatte sie die Lektionen mit dem englischen Golftrainer verinnerlicht und hielt sich bis heute an alles, was er ihr beigebracht hatte. Der zweite Schlag auf dieser Bahn war nicht einfacher als der erste – und sie war unter Druck. Liesi spürte, wie das unangenehme Gefühl wieder von ihr Besitz nahm. Hinter sich hörte sie zwar keine Stimmen, aber das leise Summen der Elektromotoren der Golfcarts. Die Präsenz der Menschen, die ihr folgten und immer näher kamen, war erdrückend.

Sie warf einen Blick zum Himmel über dem Grün, wo ein paar harmlose Schönwetterwolken Richtung Bozen davonzogen. Rechts, etliche hundert Meter weiter oben, prangte die trutzige Burgruine – und vor ihr lag, etwas erhöht, das verheißungsvolle Stück Rasen mit der Fahne, die das Loch markierte.

Das Wetter war perfekt, und wenn alles glattging, konnte sie die Bahn vielleicht wirklich in den idealen vier Schlägen spielen. Sie straffte die Schultern. Um diesen Quatsch so rasch wie möglich zu beenden, musste sie riskieren.

Sie schaute zum Caddie, der mit der Hand bereits einen Schläger aus ihrem Golfbag zog. »Nein, geben Sie mir das 7er-Eisen.«

»Aber ...«

Sie nahm die Sonnenbrille ab und warf dem Kerl, der sie einen guten Kopf überragte, einen eiskalten Blick zu. Das hätte sie auch getan, wenn es nicht im Drehbuch vorgesehen wäre. Der Typ ging ihr schrecklich auf die Nerven. Sie fixierte ihn also, während sie die Brille zusammenklappte und mit einem Bügel in den tiefen Ausschnitt hängte.

Im Normalfall beriet sich ein Caddie mit dem Spieler und gab ihm Tipps – aber zum Glück war das in diesem Fall nicht vorgesehen. Dieser angebliche Caddie wirkte mit seiner schlaksigen Figur, den schmalen Schultern und dem Schlafzimmerblick wie einer, der nicht die geringste Ahnung vom Golfen hatte. Und das entsprach ja den Tatsachen. Liesi schob den Schirm ihres Käppis ein wenig nach oben und streckte wortlos den Arm aus.

Sobald sie das Eisen in der Hand hielt, ging alles blitzschnell.

Sie blickte auf den Ball, grätschte leicht die Beine, korrigierte ein wenig ihren linken Fuß und holte aus. Kraftvoll schwang der Schläger zurück – diesmal ohne von einem Hindernis gebremst zu werden. Der Schlägerkopf sauste auf den Ball zu und traf ihn. Liesi verhielt in der typischen Nach-dem-Abschlag-Position, in der Golfer und Schläger in Symbiose waren und alles rundum vergaßen. Das Einzige, was in diesem Moment zählte, war der Ball. Sie beobachtete, wie das kleine, weiße Geschoss auf das Grün zuflog und darauf landete. Wo genau, sah sie erst, als sie mit weit ausholenden Schritten über den Fairway laufend endlich auf der erhöhten Fläche ankam.

Hinter sich hörte sie das Summen der Carts, die die leichte Steigung nach oben kamen. Sie vernahm ein Keuchen, wahrscheinlich kam es von dem Dicken, der heute Morgen bereits im Ruhezustand geschwitzt hatte. Der Caddie war ihr zwar mit seinen langen Beinen überlegen, aber trotzdem war sie diejenige, die noch vor ihm ein paar Schritte vor dem Ball zu stehen kam und zweimal blinzeln musste, um zu begreifen. Er lag nur einen knappen Meter vom Loch entfernt.

Diesmal musste sie nicht einmal aufschauen, sondern nur den Arm ausstrecken. Endlich wusste der improvisierte Caddie, was er zu tun hatte. Sie hatte ihm die Schläger ja auch vor dem Clubhaus eine halbe Stunde lang erklärt. Er reichte ihr den Putter.

Sie packte ihn, legte beide Hände um den Griff und stieß den Ball an. Sanft und doch kräftig genug, um ihm den richtig dosierten Schub zu geben.

Er rollte ins Loch – ein Schlag unter Par.

Der Jubel brach los.

»Birdie!«, schrie irgendwer.

»Meisterleistung«, kam es von einer anderen Seite.

Das stand im Drehbuch, und die Statisten hätten es auch gerufen, wenn sie erst nach zehn Bällen eingelocht hätte. Aber sie war gut gewesen – und doch war es ihr komplett egal. Sie drückte dem Caddie den Schläger in die Hand und rannte auf den Bertl zu, ruckte das Kinn in die Höhe und fragte atemlos: »Hab ich dir vorhin wehgetan?«

»Halb so schlimm, die haben mich doch da unten ausgestopft.« Er grinste und zwinkerte ihr zu.

»Gott sei ...«

»Frau Thaler!« Die tiefe, verärgerte Stimme ging ihr durch Mark und Bein und sie erstarrte. »Wie oft soll ich Ihnen noch sagen, dass Sie sich an die Regieanweisungen halten sollen. Danke, das wars! Sie erinnern sich? Haben Sie den Satz vielleicht in Ihrem Hirn vernommen, obwohl ich ihn nicht ausgesprochen habe?«

Liesi spürte, wie sie die Wut übermannte.

»Verflixt und zuagnaht!«, schrie sie und stemmte die Arme in ihre Hüften. Dabei ging sie auf den Regisseur zu, obwohl sie sich fest vorgenommen hatte, ihm nicht noch einmal zu nahe zu kommen. »Sie sollten froh sein, dass ich bei diesem Blödsinn mitgespielt habe. Schaun'S mi doch an!«

Sie griff mit beiden Händen an die pinkfarbene Schürze, die zu dem gelb-rosa karierten Dirndl aus glänzendem Stoff gehörte, und hob sie hoch.

»Glauben'S, dass irgend a normale Frau mit an so an Kladl golfen gehn tat? Mir taten so was ned amoi anziehn, wann uns wer was dafür zohlt. Außer beim Benefizturnier, oba des wor ja scho.«

Der Mann, der schon am Morgen wie eine Schnapsdestillerie gestunken hatte, kam einen Schritt auf sie zu und sein säuerlicher Schweißgeruch waberte in einer Wolke auf sie zu. Sie rümpfte die Nase und hielt die Luft an.

»Ich habe zwar nur jedes dritte Wort von dem verstanden, was Sie von sich gegeben haben, doch denke ich, Sie sprachen von Geld. Berichtigen Sie mich, falls ich mich irren sollte, aber wenn ich mich recht erinnere, Frau Thaler, werden Sie großzügig dafür bezahlt!«

Sie starrte ihn an und versuchte zu begreifen, ob seine buschigen Augenbrauen zwei waren, die mittig ineinander übergingen, oder aber ein einziger Balken oberhalb seiner Augen wuchs. Und was machte er, während sie abgelenkt war? Er streckte die Hand aus und griff an den aufgebauschten Puffärmel ihrer Bluse.

»Und das hier ist allerfeinste Brüsseler Spitze.« Bei den Worten beugte er auch noch seinen Kopf vor. »Sie sollten froh sein, dieses teure Designerstück tragen zu dürfen!«

Liesi war sich plötzlich sicher, dass in der Eineinhalbliterplastikflasche, die ihm einer der Assistenten ständig hinterhertrug, kein Wasser, sondern Wodka war. Sein Atem vernebelte auch ihr die Sinne. Wahrscheinlich würde sie nicht mehr mit dem Auto heimfahren können, denn falls sie in eine Verkehrskontrolle kam und blasen musste, würde ihr Alkoholwert weit über der erlaubten Promillegrenze liegen.

Sie schlug ihm auf die Hand, mit der er immer noch den Puffärmel festhielt, und machte einen Satz zurück. Dabei erinnerte sie sich daran, dass nicht nur er, der auf den absurden Namen Ummo Tütken hörte, sie nicht verstand, sondern ein Teil der Filmcrew ebenfalls aus

Norddeutschland kam. Und so wechselte sie zu Hochdeutsch.

»Wissen Sie was? Meinetwegen können Sie Ihre Landsleute mit Falschinformationen vollstopfen, aber ich mache da nicht mehr mit. Sie scheuchen mich in einem Barbie-Dirndl über den Golfplatz, damit man im Ausland denkt, dass wir Südtiroler sogar in Lederhosen und Dirndlkleidern ins Bett gehen. Dabei sind wir viel normaler, als Sie es sind, Herr Tütken. Oder glauben Sie, dass wir uns hier schon ab dem frühen Morgen mit Wodka besaufen, wie Sie es tun?«

Der Regisseur, der angeblich in seiner Heimat eine ziemlich große Nummer war, wie ihr der Bürgermeister gesagt hatte, schnappte nach Luft. Seine Augen wurden tellerrund und sein Brustkorb blähte sich auf. Liesi stand wie erstarrt da, vernahm das Raunen rundum, merkte aber erst, dass der Tütken sich auf sie stürzte, als seine Hände sich um ihren Hals legten.

Sie keuchte auf, hob reflexartig die Arme und umklammerte seine Handgelenke. Im selben Moment hörte sie einen Schrei, der dem Gebrüll eines wütenden Braunbären ähnelte. Der stinkende Mann vor ihr würgte sie immer noch, aber er wankte. Sein Kopf bewegte sich vor ihrem verschwommenen Gesichtsfeld, driftete nach links, wackelte – und verschwand.

»Du verdammt's Arschloch, du!«

Liesi erkannte Bertls tiefe, dröhnende Stimme und der Griff um ihren Hals lockerte sich. Sie hustete, fasste sich an die Kehle, atmete hektisch Luft ein. Irgendjemand packte sie sanft an den Schultern und zog sie weg. Zu ihren Füßen rollte sich der Bertl mit dem Regisseur auf dem perfekt gestutzten Rasen des Grüns. Ihr bester Freund bekam den anderen unter sich und hockte sich breitbeinig auf seine Oberschenkel. Dabei hämmerte er wie verrückt mit beiden

Fäusten auf den Brustkorb und das Gesicht des deutschen Regisseurs ein. Dessen Kopf wurde nach links und rechts geschleudert wie ein Punchingball.

»Aufhören!«, schrie sie, aber das, was aus ihrer malträtierten Kehle kam, war nur ein Krächzen.

Sie stürzte sich auf den Bertl, umklammerte seine breiten Schultern und brachte ihren Mund an sein Ohr.

»Hör auf, Bertl«, keuchte sie, »du bringst ihn noch um!«

Plötzlich erstarrte er. Seine Arme sanken kraftlos nach unten auf seine Oberschenkel. Langsam wandte er den Kopf und schaute sie an.

»Dieses Schwein hat dich verletzt!«

Sie legte ihre Hände an sein Gesicht und sagte: »Nicht mehr als ich dich vorhin.« Sie versuchte sich in einem Lächeln.

»Dass du oba a immer über oalls an Witz reißen muasst!«

Liesi brachte kein Wort heraus. Ihr Hals war wie zugeschnürt. Sie hustete, spürte die Tränen, die ihr dabei in die Augen traten, und schüttelte hektisch den Kopf.

»Sie müssen zum Arzt, Frau Thaler. Kommen Sie bitte mit, und Sie auch, Herr Kofler«, hörte sie einen Mann der Filmcrew sagen. Es war der, der immer mit dem Clipboard, an dem ein Kugelschreiber befestigt war, herumlief und auf dem Notizblock Anmerkungen niederschrieb. An seinen Namen konnte sie sich nicht erinnern.

Sie reagierte nicht auf das, was er sagte, stand nur mit hängenden Schultern da. Ihr Kopf war leer, ihre Augen tränenblind. Die Geräusche um sie herum klangen dumpf. Das Nächste, was sie spürte, waren Bertls starke Arme um ihren Körper, als er sie hochhob. Sie wusste sofort, dass er es war, auch, dass sie jede physische Nähe mit ihm vermeiden sollte, weil er dann wieder etwas Falsches hineininterpretierte. Nur war sie zu schwach, um zu protestieren, und im Moment fühlte es sich richtig gut an und so ließ sie es geschehen. Er stieg mit ihr neben den Mann in ein Golfcart und hielt sie einfach nur fest. Als der Golf-Buggy einen Halbkreis zog, um Richtung Clubhaus zu fahren, sah sie eine Gruppe von Menschen, die um den Regisseur herumstand, der immer noch auf dem kurz geschorenen Rasen lag. Was sie aber nicht sehen konnte, war der Kameramann, der nach wie vor filmte. Ummo Tütken hatte vergessen, »Danke, das wars!« zu rufen.

Kapitel 2

Christian Bergmann – von der Presse, Kollegen und Freunden ausnahmslos nur Chris genannt – saß seit gut zwei Stunden auf der sonnenbeschienenen Terrasse des Clubrestaurants. Er hatte die Jacke ausgezogen, sich auf dem Stuhl zurückgelehnt, die langen Beine weit von sich gestreckt und genoss die überraschend warmen Sonnenstrahlen. Die Stimmen der Menschen um ihn herum hatte er ausgeblendet, hörte hingegen das Summen der Bienen und das Zwitschern der Vögel. Vor sich konnte er den Fairway der ersten Bahn sehen, weiter vorn die Fahne, die das Loch in der Mitte des Grüns markierte. Der Golfplatz von Mela fügte sich so perfekt in das Etschtal ein wie die Apfelwiesen und Weinreben, die den Talboden bedeckten, soweit man sehen konnte. Er musste jedoch nur den Kopf ein wenig nach rechts drehen und mit dem Blick dem über einige Kilometer leicht ansteigenden Gelände folgen, wo dieser plötzlich vom hoch aufragenden Eisberg gebremst wurde. Die hohen Pfeiler in der Waldschneise waren selbst von hier erkennbar, und sobald die beiden Gondeln sich auf halber Strecke kreuzten, blitzten Glas und Metall im Sonnenlicht auf – so wie jetzt. Es war, als ob der reflektierte Strahl sich trotz der Distanz direkt in seine Brust bohren wollte. Chris streckte den Arm nach der Apfelschorle aus, nahm einen Schluck und tippte seine Sonnenbrille mittig an, sodass sie wieder perfekt auf der Nasenwurzel saß.

Konnte man Heimweh nach einem Ort verspüren, an dem man nie gewesen war? Er war noch nicht geboren, als seine Eltern von hier fortgingen und in den hohen, flachen Norden gezogen waren, wie seine Mutter Hamburg und die Küste immer genannt hatte.

Wie konnte es also sein, dass er das Gefühl hatte, genau zu wissen, wo der Apfelhof lag, nämlich links vom Hausberg und der Seilbahn, oberhalb der Stelle, wo der Eisbach aus der Schlucht ins Ortsgebiet drängt?

Und was um Himmels willen hatte ihn dazu gebracht, sich ausgerechnet für Mela zu entscheiden? Der Locationscout hatte drei weitere Orte vorgeschlagen. Und er war derjenige, der die finale Entscheidung traf. Warum also ...

Sein Handy begann zu klingeln und ein Ruck ging durch seinen Körper.

Seitdem er angekommen war, hatte man ihn nicht gestört, und fast hatte es sich angefühlt wie Urlaub. In der Firma wusste niemand, wo er war, und er hatte klare Anweisungen gegeben, dass sie ihn nur im Notfall ...

Er musste den Satz nicht weiterdenken.

Chris Bergmann löste den Rücken von der Lehne, über der die Jacke hing, und fischte das Telefon aus der Innentasche. Sobald er den Namen auf dem Display las, ahnte er, dass seine schlimmsten Befürchtungen wahr geworden waren.

Kapitel 3

Während der Mann der Filmcrew das Golfcart zum Clubhaus und daran vorbei Richtung Parkplatz lenkte, besprach er sich leise mit dem Bertl. Liesi verstand kein Wort und schloss wieder die Augen. Plötzlich hörte sie das typische Geräusch, wenn eine Fahrzeugtür entriegelt wurde, und blinzelte. Bertl bugsierte sie gerade auf den Beifahrersitz seines Autos und griff nach dem Gurt, um ihn ihr anzulegen. Sie stieß seine Hand weg und erledigte das selbst, bevor er sich über sie beugen konnte.

Er starrte sie entgeistert an, und sie widerstand dem Wunsch, ihren Blick zu senken. Stattdessen sagte sie mit Nachdruck: »Ich brauche mein Golfbag. Und meine Tasche ist auch noch ...«

»Die Tasche ist hier und bis auf einen Arzt brauchst du sonst gar nix«, schnitt er ihr das Wort ab und knallte die Beifahrertür von außen zu.

Eine Viertelstunde später, in der zwischen Bertl und ihr eisiges Schweigen herrschte, lag sie auf der Untersuchungsliege in der Hausarztpraxis ihrer Freundin Traudl. Es war immer noch die von ihrem Vater, die sie ebenso übernommen hatte, wie das Messingschild vor der

Tür, auf dem Dr. E. Gruber zu lesen war. Der alte Hausarzt hieß Erwin und ihr einziges Kind hatten seine Frau und er »der Einfachheit halber« Edeltraud getauft, wie er gern erzählte. Als ob der damals schon gewusst hätte, dass seine Tochter in seine Fußstapfen treten würde. Aber sie hatte es wirklich getan, und er hatte ihr zum dreißigsten Geburtstag den Schlüssel zur Praxis überreicht und war seither mit Traudls Mutter fast ständig auf Reisen.

»Du musst ihn anzeigen«, sagte ihre Freundin jetzt mit ernster Miene und wickelte eine Haarsträhne um den Finger.

»Und was soll das bringen?« Liesi setzte sich auf und schob eine ihrer störrisch-vorwitzigen blonden Locken hinters Ohr. Ihre Stimme klang heiser und kratzig, als ob sie eine ganze Nacht lang gesoffen und Zigarren geraucht hätte.

»So was Blödes kannst auch nur du fragen!« Bertl, der sich bisher ruhig verhalten hatte, stand plötzlich vor der Liege und deutete auf ihren Hals. »Man kanns nicht nur hören, sondern auch sehen, dass dir dieser Piefke wehgetan hat.«

»Das schaut schlimmer aus, als es ist«, beruhigte Traudl jetzt den Freund.

»Und du meinst, dass du das beurteilen kannst«, meinte er geringschätzig.

Die beiden Frauen lachten auf und er sah betreten zu Boden.

»Meine Approbation sagt genau das aus, Bertl.« Wie so oft sprach sie mit ihm wie mit einem Kleinkind. Nicht, dass er dumm war, ganz und gar nicht, aber seine Anschauungen waren von seinem Vater geprägt worden – und den hatte er eben nicht mehr, seitdem er elf war. Seine kleine, überschaubare Welt war in gewisser Hinsicht damals stehen geblieben und die Rollen der Menschen waren klar definiert. Die Männer brachten das Geld heim und die Frauen studierten nicht. Schon gar nicht wurden sie Ärzte.

»Ich kann dir versichern, dass die Liesi in ein paar Tagen wieder ganz die Alte sein wird«, fuhr sie ruhig fort. »Die Hämatome brauchen ein bisserl, bis sie verschwinden, mit der Stimme geht das rascher. Aber«, sie hob mahnend einen Zeigefinger und wandte sich ihrer Freundin zu, »wärst du jetzt in der Notaufnahme in Meran im Krankenhaus, dann würden die Kollegen die Polizei verständigen.«

»Eben!«, rief der Bertl laut.

»Schrei doch nicht herum, sonst glauben die Leute im Wartezimmer weiß Gott was!«, wies ihn die Ärztin zurecht.

»Das tun sie sowieso«, murmelte er.

»Ja, weil du mich auf den Armen hereingetragen hast, als ob ich bewusstlos gewesen wär!«, meckerte Liesi.

»Kinder, es nutzt niemandem was, wenn ihr beide euch auch deswegen streitet, ihr kriegts euch ohnehin ständig in die Haare.« Traudl ging hinüber zu ihrem Schreibtisch und beugte sich über die Tastatur. »Ich verschreibe dir jetzt die Salbe, die du dreimal täglich auf die blauen Flecken schmierst. Und trink viel heißen Tee, am besten aus Eibischwurzeln oder Malve.«

Der Drucker spuckte das Rezept aus, sie nahm es und kam auf Liesi zu, die sich mittlerweile aufgesetzt hatte und ihre nackten Beine schaukeln ließ. Traudl blieb vor ihr stehen und ließ ihren Blick von ihrem Gesicht bis zu den Zehenspitzen gleiten.

»Und als Freundin verordne ich dir, dringend aus diesem lächerlichen Dirndl rauszukommen und wieder Hosen anzuziehen. Diese nackerten Waden passen einfach nicht zu dir.«

»Sag jetzt nicht, dass ich keine schönen Beine habe«, meinte Liesi grinsend.

»Die schönsten«, brummte Bertl, woraufhin die beiden Frauen sich einen einvernehmlichen Blick zuwarfen und sich

Liesis Kehle ein tiefer Seufzer entrang.

»Du musst es ihm sagen«, formulierte Traudl wortlos – und wie immer zuckte Liesi zur Antwort mit den Achseln und verdrehte die Augen.

»Ich muss jetzt den Nächsten rufen«, fuhr die Ärztin daraufhin laut fort. »Ich weiß nicht, ob es sich zeitlich ausgeht, aber vielleicht komme ich morgen bei dir vorbei. Wann wirst du daheim sein?«

»Ich habe ehrlich gesagt nicht vor, das Haus zu verlassen, bis diese Flecken nicht verschwunden sind, und wenn, dann fahre ich nur die Apfelwiesen kontrollieren.« Liesi sprang von der Liege und griff nach dem Golfkäppi, das sie vorhin abgenommen hatte. Jetzt setzte sie es wieder auf und die Sonnenbrille ebenfalls.

»Das sind Würgemale, Liesi, keine Knutschflecken. Dafür brauchst du dich nicht zu genieren.« Traudl stupste sie unter dem Kinn an, sodass sie aufsah.

»Das tu ich nicht. Aber ich brauch damit auch nicht herumzulaufen. Die Leute reden ohnehin viel zu viel.«

»Und was machst du mit dem Film? Die haben dir doch schon einen Vorschuss gezahlt.«

Liesi schüttelte den Kopf. »Nein, noch nicht. Der wird nach der Golfplatzszene überwiesen, also wahrscheinlich morgen. Und sobald ich das Geld habe, schreibe ich denen eine Mail, dass sie sich einen anderen Drehort suchen sollen.«

»Aber du hast einen Vertrag unterschrieben. Vielleicht solltest du mit dem Bürgermeister …«

»Lass den Bürgermeister aus dem Spiel«, unterbrach Bertl die Ärztin und legte schützend einen Arm um Liesis Schultern. »Die Sache ist erledigt, wie du gehört hast. Schluss. Aus. Ende. Und wenn die Liesi den Regisseur nicht anzeigen will, dann können wir sie nicht dazu zwingen. Aber ich hab vorhin eh schon mit dem Handy Fotos von den Abdrücken gemacht, die seine verdammten Griffel auf Liesis Hals hinterlassen haben. Sobald die Produzenten die sehen, werden sie sicher nicht auf die Einhaltung des Vertrags bestehen.«

»Damit hast du auch wieder recht«, pflichtete ihm Traudl bei.

In Liesis Kopf hingegen hatten die Worte ihres besten Freundes einen stechenden Schmerz ausgelöst – wie schon so oft. Sie duckte sich unter seinem Arm weg, sodass dieser nicht mehr auf ihrer Schulter lag, und griff in die versteckte Einschubtasche im Dirndlrock. Zum Glück hatte sie ihren Autoschlüssel dort und nicht in der Tasche. Liesi umschloss ihn und beugte sich vor, bis ihr Mund nur noch wenig von Traudls Ohr entfernt war.

»Kannst du später mit der Gitti mein Auto vom Golfplatz holen und mir bringen?«

Sie schob den Schlüssel in Traudls Hand, sodass der Bertl ihn nicht sehen konnte. Ihre Freundin verstand sofort.

»Ja, natürlich, liebe Frau Thaler«, sagte sie mit lauter Stimme, die den Patienten im Wartezimmer galt. Von dem Autoschlüssel war nichts mehr zu sehen, als sie die Tür öffnete. »Wir sehen uns dann wieder in ein paar Tagen zur Kontrolle.« Sie streckte die Hand aus, um sowohl ihre Freundin als auch Bertl zu verabschieden. Der stapfte wortlos davon.

»Bis später«, formulierte Traudl stumm und wandte sich der alten Dame zu, die bereits aufgestanden war.

Der Blick, den sie auf Liesis Hals oberhalb des weit ausgeschnittenen Dirndls warf, ließ sie den Kopf senken und mit einem gemurmelten Gruß verschwinden.

Kapitel 4

Von wegen Urlaubsgefühle! Chris Bergmann starrte auf Ummo Tütken und fragte sich, wie seine Vorgänger es in all den Jahren geschafft hatten, mit ihm zusammenzuarbeiten.

Tütken hatte bei einem einzigen Film Regie geführt, der von der Kritik gelobt und vom Publikum geliebt wurde. Was objektiv betrachtet nicht auf seine herausragende Leistung zurückzuführen war. Filme mit Tieren, die vermenschlicht werden und denen man eine Stimme gibt, zogen selbst in der heutigen Zeit der überragenden Spezialeffekte, vor allem wenn die Story auf die Tränendrüsen drückt. Der Mischlingshund, der sein Herrchen zuerst aus dem brennenden Haus rettete und nach dessen Tod aufgrund der schweren Rauchgasvergiftung wochenlang an seinem Grab saß, bis er dort von einem kleinen Jungen im Rollstuhl entdeckt wurde, war der deutsche Kassenschlager gewesen. Anfang der Neunzigerjahre. Seither war viel Zeit vergangen und aus dem Alt-Hippie, den sein Agent als Alternativen und Umweltschützer verkauft hatte, war ein Säufer geworden, der nur deshalb nicht komplett gestrandet war, weil er mit Alkohol im Blut in seinem Job wirklich gut war.

Chris wusste, dass es Besessene gab, die einfach nichts anderes tun wollten, als irgendwelche Filme zu drehen, egal ob vor oder hinter der Kamera. Sein Vater war so einer gewesen. Er, der begeisterte Alpinkletterer und Fotograf aus Hamburg, war rastlos über zwei Jahrzehnte durch die Welt gereist, bevor er in den Südtiroler Bergen seine Wahlheimat und die Liebe zu einer viel jüngeren Frau gefunden hatte. Bis er beim Abstieg aus der Adang-Führe, in der Südostwand des Sas Ciampac in den Dolomiten, einem anderen Kletterer zu Hilfe kam und mit ihm so unglücklich aus der Wand flog, dass sein Bein mehrmals brach. Es dauerte Monate, bis er wieder ohne Krücken gehen konnte, und so erlebte er die Geburt seines einzigen Sohnes in einem Zustand, der zwischen tiefster Verzweiflung und großer Freude schwankte. »Du hast damals seinem weiteren Leben Sinn gegeben«, sagte seine Mutter immer, wenn sie von ihm sprach. Der Traum vom Bergsteigen war nach dem Unfall ausgeträumt und mit ihm der Grund verschwunden, weshalb der Flachländler nach Südtirol gezogen war. Er nahm seine schwangere Frau mit in seine Heimatstadt und verlegte seine sportlichen Aktivitäten ins Wasser. Genauer gesagt in die Elbe, über die er anfangs in einem Kanu paddelte und dann auf den Kajak umstieg. »Dabei brauche ich das Bein nur bedingt«, meinte er, als ihn Journalisten fragten, warum er sich dafür entschieden hatte. Zu der Zeit, vor etwa vier Jahrzehnten, tauschte er nämlich seinen Fotoapparat gegen einen dieser neuen Camcorder und nahm Kontakt zur Filmakademie in Berlin auf. Er hatte sich in den Kopf gesetzt, das Filmen professionell zu erlernen – und er tat es. Bald drehte er einen ersten Naturfilm über das Vogelparadies in der Vorpommerschen Boddenlandschaft, erhielt dafür sogar einen Filmpreis, aber das Paddeln auf der Ostsee und der Elbe war ihm nicht aufregend genug. Immer öfter zog es ihn in den Süden des Landes, wo unzählige Gebirgsbäche auf ihn, seine Kamera und den Wildwasserkajak warteten, den er sich zulegte.

Kein Wunder, dass Chris anstatt in Hamburg in München eingeschult wurde, wo er offiziell bis heute lebte, obwohl er die vergangenen zwanzig Jahre berufsbedingt mehr Zeit in L. A. verbracht hatte als in Deutschland. Sein Vater hatte ihm die Liebe für das Filmen in die Wiege gelegt, nur hatte er sich auf ein anderes Genre spezialisiert und führte seltener Regie, als er produzierte. Er liebte die Natur, doch stellte er die Menschen in den Mittelpunkt und gab somit den zwischenmenschlichen Beziehungen den Vorzug. Das Dumme war nur, dass man, wenn man Geschichten verfilmte, nicht um Schauspieler und Schauspielerinnen herumkam. Eine von diesen war ihm zum Verhängnis geworden, und er bezahlte immer noch dafür, dass er sich auf sie eingelassen hatte.

Deshalb hatte er es auch eine gute und nicht nur vom Wunsch, seiner Mutter nahe sein zu wollen, diktierte Idee gefunden, zurückzukommen und die Produktionsfirma, die sein Vater vor Jahrzehnten mit einem jüngeren Freund gegründet hatte, selbst zu führen. Sein alter Herr war schon lange tot und sein Geschäftspartner hatte sich mit siebzig aus dem Berufsleben zurückgezogen und das Schicksal des Unternehmens in die Hände eines Geschäftsführers gelegt. Der hatte es innerhalb eines Jahres geschafft, den Umsatz zu halbieren und mit den noch verbliebenen durchaus ansehnlichen Gewinnen die Löcher zu stopfen, die sich rundum auftaten. Eines dieser Black Holes, die Unsummen verschlangen, war Ummo Tütken. Und ebendieser hing jetzt wie ein nasser Sack auf einem geblümten Sofa im sogenannten Kaminzimmer der Ferienpension, die seine Produktionsfirma für den Zeitraum des gesamten Filmdrehs komplett angemietet hatte. Tütkens Augen waren blutunterlaufen, das Gesicht aufgedunsen, und es hätte nicht der halb leeren Wodkaflasche in seiner Hand bedurft, um seinen Zustand zu erklären. Er stank aus jeder Pore nach dem billigen Fusel, der sicher nicht aus Getreide, sondern Melasse hergestellt wurde und den er kartonweise bei irgendeinem Discounter kaufte.

»Ich weiß nisch, wasch du willsch, Chris«, nuschelte er jetzt, hob die Flasche, die er an ihrem Hals hielt, an und nahm einen weiteren Schluck. Dann rülpste er – und plötzlich sprach er ganz normal. »Diese golfspielende Bäuerin ist eine von denen, die glauben, dass sie wichtig sind, nur weil sie in einem Film mitspielen, in dem ich Regie führe. Was auch immer sie dir erzählt hat, es stimmt nicht. Sie soll froh sein, dass wir die Szene im Kasten haben. Noch einmal würde ich mit der Verrückten nicht drehen und dann würde sie keinen Cent bekommen.«

Chris, der des größtmöglichen Abstands wegen an der Wand neben dem Kamin lehnte, verschränkte die Arme vor der Brust, um sich nicht auf diesen Idioten zu stürzen. Sollte er ihm sagen, dass der Kameramann alles mitgefilmt hatte, weil er das berühmte »Danke, das wars!«, auf das er so viel Wert legte, nicht ausgesprochen hatte? Oder dass Heidelinde Wagner, die Produktionsassistentin, genau im richtigen Moment ihr Handy gezückt und aufgenommen hatte, wie er der Liesi Thaler die Hände um den Hals gelegt hatte, bevor man die Frau vom Grün der fünften Bahn weggebracht hatte?

Ummo Tütken hatte vor ewigen Zeiten den Bezug zur Realität verloren. Er war ein Pegelsäufer, der erst ab eins Komma irgendwas Promille als Regisseur funktionierte, als Mensch jedoch schon längst nicht mehr. Weder auf dem Set noch in den Resten seines Privatlebens, in dem keine seiner Frauen oder Kinder eine Rolle spielten. Deren einziges

Interesse lag darin, sich von seinem nicht unbeträchtlichen Gehalt jeden Monat den höchstmöglichen Anteil zu holen, nachdem sie sich bereits um sein Vermögen gestritten und es untereinander aufgeteilt hatten.

Rein menschlich gesehen konnte ihm dieses Wrack, das schon wieder an der Wodkaflasche nuckelte wie ein Neugeborenes an Mutters Brust, leidtun. Subjektiv sah die Sache jedoch ganz anders aus. Der Mann, der mit seinem Vater und dessen Partner vor Jahrzehnten einen ersten gemeinsamen Film gedreht und daher von ihnen einen, für einen Regisseur ungewöhnlichen, Vertrag mit Festanstellung erhalten hatte, kostete die Firma ein Vermögen – und erbrachte als Gegenleistung nur Probleme. Zwar war ausgerechnet dieser Film in seiner Konzeption eine absolute Neuheit und passte perfekt zu Tütkens Erfahrung, aber darauf konnte er keine Rücksicht nehmen. Er musste ihn loswerden, bevor noch größerer Schaden entstand. Sepp Gamper, der Bürgermeister, hatte ihm zwar am Telefon versichert, dass er mit Frau Thaler reden würde und die Produktionsfirma nichts zu befürchten hatte, doch es gab absolut keine Sicherheit, dass der rund um die Uhr besoffene Ummo Tütken nicht jemand anderen beleidigte oder verletzte und angezeigt wurde. Chris hatte viel Geld in das Projekt investiert und konnte nicht riskieren, dass es irgendjemand in den Sand setzte. Sollte das passieren, riskierte jeder einzelne Mitarbeiter seiner Firma den Job.

Jetzt ließ er die Arme neben den Körper sinken, stieß sich von der Wand ab und ging auf das geblümte Sofa zu. Obwohl im Kaminzimmer kein Licht brannte und es draußen bereits dämmerte, schien er einen Schatten zu werfen, denn Ummo schaute zu ihm auf. Wenn er seine Entscheidung nicht schon getroffen gehabt hätte, dann würde er es jetzt tun. Der Gestank nach Alkohol und

Schweiß, der von dem Mann ausging, erzeugte in seinem Magen eine Welle der Übelkeit.

»Du bist entlassen, Ummo, und ab sofort freigestellt. Selbstverständlich werde ich die gesetzlich geregelten Zeiten einhalten und dir bis dahin dein Gehalt auszahlen, aber ich will dich nicht mehr sehen.«

Tütken riss die Augen und den Mund auf, schien nach Worten zu suchen. Chris hob warnend die Hand und sprach weiter.

»Da du offensichtlich im Moment nicht in der Lage bist, dein Zeug zusammenzupacken, kannst du heute Nacht noch hierbleiben, aber morgen Früh um acht bist du verschwunden.«

»Das kannsch ... kannsch du nicht tun!«, lallte und stotterte das menschliche Wrack.

»Falsch. Ich hätte es bereits tun müssen, als ich aus Amerika zurückkam und die Firma übernahm. Meine Buchprüfer waren vor dem Kauf der zweiten Hälfte der Anteile ganz klar gewesen und haben mich auf die Ursachen und Gründe der katastrophalen Bilanz hingewiesen. Eine davon warst und bist du. Leider habe ich denselben Fehler gemacht wie schon mein Vater und sein Partner in der Vergangenheit. Um der alten Zeiten willen habe ich dich behalten und mitgeschleppt, auch wenn die zwei von dir seither gedrehten Kurzfilme jeder Abgänger der Akademie zumindest gleichwertig zustande gebracht hätte.«

»Aber den hier kann keiner außer mir drehen!«

Plötzlich schien der Regisseur wieder nüchterner, nur das dümmlich-überhebliche Lächeln drückte etwas anderes aus.

»Doch, Ummo, ich kann«, erwiderte Chris schneidend. »Und ich werde.«

Mit diesen Worten ging er zur Tür. Dort drehte er sich noch einmal um und hob warnend den Zeigefinger.

»Morgen um acht bin ich hier. Wenn du nicht weg bist, zeige ich dich persönlich wegen Körperverletzung an Frau Thaler an, und dann kannst du dir die Abfertigung abschminken, die dir laut Arbeitsvertrag zusteht.«

Ohne eine mehr oder minder gelallte Erwiderung abzuwarten, lief Chris durch den Flur nach draußen und sprang in sein Auto. Er wendete und verließ mit durchdrehenden Reifen den Vorplatz des Hauses, sodass Steine und Erde aufwirbelten. Erst dreihundert Meter später, an einer Stelle, wo sich die Straße verbreiterte, fuhr er rechts ran. Er machte den Motor aus, umklammerte das Lenkrad mit beiden Händen und schlug mit der Stirn dagegen.

Er hätte nicht herkommen sollen. Wäre er nicht ausgerechnet heute in Mela gewesen, hätte er von dem Vorfall zwar genauso erfahren, aber er wäre sicher nicht in den Wagen gesprungen und hergekommen. Zumindest nicht sofort. Er hätte darüber geschlafen und morgen eine Entscheidung getroffen und diese Ummo Tütken vom Firmenanwalt mitteilen lassen. Oder vom Leiter der Personalabteilung. Auf jeden Fall in schriftlicher Form. Insbesondere aber hätte er den Regisseur nicht sofort freigestellt. Egal, wie er sich von Tütken getrennt hätte, alles wäre besser gewesen als die Situation, in der er sich jetzt befand.

Er steckte in der Scheiße. Nicht nur knietief, nein, er saß darin. Und wenn er nicht aufpasste, würde sie ihm bald bis zum Hals stehen.

Chris Bergmann rammte mit der Stirn noch zweimal das Lenkrad, bevor er es losließ, den Kopf hob und durch die Windschutzscheibe schaute.

Vor ihm zeichnete sich in der Dämmerung der Umriss des Eisbergs gegen den blassblauen Himmel ab. In manchen

Häusern brannten bereits Lichter, und ihm wurde klar, dass er sich um eine Unterkunft kümmern musste, wollte er nicht in einem anonymen Hotel oder mit der Filmcrew in der gemieteten Ferienpension landen. Zwar war es noch Nachmittag, aber zu dieser Jahreszeit wurde es abends früh dunkel und kühl. Und das, was er jetzt brauchte, war ein heißes Bad. Das half immer, wenn er den Kopf freibekommen wollte.

Er hatte Entscheidungen zu treffen, unter anderem die, wer denn nun an Tütkens Stelle Regie führen sollte. Denn dass er selbst es nicht tun konnte, nicht ausgerechnet hier, stand außer Frage – was ihn sofort an den Grund erinnerte, aus dem er hergekommen war. Sein Blick ging zum Rückspiegel, als ob er darin den Inhalt des Kofferraums sehen könnte. Aber das musste er nicht, denn er wusste genau, was er im Gepäck hatte.

Mit einem tiefen Seufzer holte er Luft und stieß sie lautstark wieder aus.

Besser.

Er würde Zeit schinden und die Szenen, in denen Menschen zum Einsatz kamen, im Drehplan nach hinten verschieben. Das war kein Problem, nicht bei diesem Bürgermeister, der in Apfelblüten im Regen in erster Linie einen Imagefilm für Mela sah und ihm und dem Team jedes noch so kleine Steinchen aus dem Weg räumte. Die einheimischen Statisten liefen ihm nicht weg, und bis die Protagonisten anreisten, die ohnehin erst bei beständigerem Wetter drehen würden, konnte Marcus Wagner, der Regieassistent, den Ummo Tütken nur für Handlangerdienste verwendet hatte, die Landschaftsaufnahmen umsetzen. Bis dann Flüsse und Berge, Apfelwiesen und Weinreben, die Seilbahn und das Ortszentrum zu jeder nur möglichen Tageszeit und auch nachts und all das bei verschiedenen Wetterbedingungen im Kasten waren, hatte er die Lösung – sicher. Und vielleicht steckte in dem jungen Mann mit dem Faible für Naturfilme ein größeres Talent, als er selbst glaubte, und er konnte ihm noch mehr Verantwortung übertragen.

Eine Spur zuversichtlicher fischte er das Handy aus der inneren Jackentasche und griff mit der anderen Hand in die Vertiefung der Mittelkonsole, wo die Münzen für die italienische Maut bereitlagen. Mit einem zufriedenen Seufzer hob er die Visitenkarte hoch, die er im Tourismusbüro eingesteckt hatte, bevor er zum Golfplatz gefahren war. Das Foto dieses Bauernhofs mit Zimmervermietung hatte ihn angesprochen. Er wählte die Telefonnummer, die darauf angegeben war. Erst nach dem fünften Klingeln antwortete eine piepsige Stimme, die ihm erklärte, dass ihre Eltern nicht da seien. Er konnte die Kinder von heute altersmäßig ohnehin schwer schätzen, am Telefon noch weniger. Während er überlegte, was er tun sollte, drang ein energisches Räuspern an sein Ohr.

»Wollten Sie ein Zimmer?«, fragte ihn die Kleine mit überraschend kräftiger Stimme.

»Ja, eigentlich schon.«

»Eigentlich oder uneigentlich?«, kam es schnippisch zurück.

»Na ja, wenn ich mit deinen Eltern reden könnte ...«, begann Chris und wurde sofort unterbrochen.

»Sie haben hier angerufen, und egal, wer sich bei uns Guflers meldet, kann Ihnen ein Zimmer vermieten. Falls eins frei ist, natürlich. Also, ab wann wollen Sie es und wie lange?«

Zwei Minuten später war Chris auf dem Weg zum Guflerhof, wo ihn die kleine Annie Gufler höchstpersönlich erwartete.

Kapitel 5

Abwägendes Überlegen war nicht Gitti Guflers Stärke. Handeln hingegen schon.

Sie war als Älteste von acht Geschwistern auf einem Bergbauernhof oberhalb von Mela zur Welt gekommen und zwischen Kälbern, Schafen, Ziegen und Hühnern aufgewachsen. Während ihr Vater oben am Pass Holz für das Sägewerk fällte und die Baumstämme zu improvisierten Flößen zusammengebunden mit seinen Kollegen über den Eisfluss an ihren Bestimmungsort transportierte, half sie ihrer Mutter. Mit vier molk sie Schafe und Ziegen, mit sechs die Kühe. Sie wusste, wie man Käse herstellte, bevor sie das Alphabet kannte. Und da ihre Eltern offenbar nur einem Zeitvertreib nachgingen, wenn ihr Vater nach Wochen im Hochtal heimkehrte, wechselte sie die Windeln ihrer in kurzen Abständen geborenen Brüder und Schwestern mit schlafwandlerischer Sicherheit, während Gleichaltrige mit Bauklötzen und Puppen spielten. Für sie hatte nie in Frage gestanden, was sie einmal werden wollte. »Mutter«, hatte sie bereits in der ersten Klasse der Grundschule der Lehrerin geantwortet – und sich gleich den Vater dazu ausgesucht. Der Leon Gufler saß aufgrund seiner Größe in der letzten Reihe, während sie ganz vorn sitzen musste, weil die anderen

Kinder ihr sonst die Sicht auf die Schiefertafel nahmen. Natürlich konnte sie sich nicht umdrehen, aber das war auch nicht nötig. Sie wusste ohnehin, dass er ständig auf ihre schwarzen Zöpfe starrte. Neun Jahre lang, bis zum Ende der Schulpflicht, war sie selbst bei starkem Schneefall nach unten in den Ort zur Schule gerodelt und hatte sich dann durch die hohen Schneewehen wieder zurückgekämpft, um ihr Ziel nicht aus den Augen zu verlieren. Die Konkurrenz war groß, weil der Leon einfach der Schönste, Humorvollste und Beliebteste von allen war. Mit seinen dunkelblonden Haaren, an die er nur einmal im Jahr – zu Weihnachten – die Schere ranließ, schaute er genau so aus, wie sein Name versprach. Er war ein Löwe, während all die anderen Burschen aussahen wie spitzzahnige Murmeltiere, zerrupfte Spatzen oder verschlagene Füchse. Gitti wusste schon mit vierzehn, dass sie ein hübsches Gesicht hatte, ihr Körper aber nicht dem eines schlanken Rehs, sondern eher einem Kälbchen ähnelte und sie nur eine Chance hatte, bevor sie sich aus den Augen verloren. Deshalb schnappte sie ihn sich am Tag des Abschlusszeugnisses. Es war heiß und der Eisfluss versprach Abkühlung, und weiter hinten in der Schlucht, dort, wo die Felsen steil direkt aus dem Wasser ragten und ein natürliches Becken bildeten, war der richtige Ort dafür. Sie warf ihren ramponierten Rucksack mit dem Zeugnis unter einen Kastanienbaum, die Kleider obendrauf und sprang nur mit dem Höschen bekleidet in den Fluss. Eine halbe Stunde später hatte sie nicht nur den Slip, sondern auch ihre Unschuld verloren. Drei Monate darauf wusste sie, dass sie schwanger war. Seither waren fast zweiundzwanzig Jahre vergangen. Ihr Erstgeborener, der Peter, war in Deutschland und studierte im vierten Semester Forstwirtschaft in Freising, während die beiden Mädchen zu Hause lebten. Susi war mit siebzehn sehr verantwortungsbewusst und erwachsen, in der

Hotelfachschule eine der Besten ihrer Klasse und kellnerte abends, an den Wochenenden und im Sommer. Sobald sie die Matura, die staatliche Abschlussprüfung, in der Tasche hatte, würde auch sie ins Ausland gehen, um Erfahrung in der gehobenen Hotellerie zu sammeln. Blieb also bald nur noch die zehnjährige Annie, die sie bemuttern konnte. Und die anderen Menschen, die sie gernhatte und die in Reichweite waren. Allen voran die Traudl und die Liesi, ihre allerbesten Freundinnen seit der Schulzeit.

Deshalb hatte sie auch nicht nachdenken müssen, als die Traudl sie angerufen und gebeten hatte, Liesis Auto vom Golfplatz abzuholen und zu ihr auf den Apfelhof zu bringen. »Das Wartezimmer füllt sich immer mehr. Das ist das letzte Aufbäumen der Grippewelle vor dem Sommer«, hatte sie gemeint und hinzugefügt: »Wenn wir das gemeinsam machen wollen, wird es sicher spät, und dafür muss man zu zweit sein. Vielleicht ist der Leon ...?« Ihre Freundin musste nicht weitersprechen. Ihr Mann war genauso immer für alle Freunde da wie sie selbst – und außerdem machten sie sich beide Sorgen.

Der Vorfall mit dem besoffenen Regisseur, der die Liesi am Golfplatz gewürgt hatte, hatte sich nämlich innerhalb kurzer Zeit wie ein Lauffeuer von dort über das gesamte Gemeindegebiet bis hinauf zum Eisberg ausgebreitet. Ganz Mela war schockiert und der Bürgermeister würde alle Hände voll damit zu tun haben, seine Mitbürger einerseits zu beruhigen und andererseits diejenigen, die ihre Teilnahme an dem Filmprojekt zugesagt hatten, bei der Stange zu halten. Aber das war im Moment unwichtig. Das Einzige, was zählte, war Liesi.

Jetzt ließ Gitti den Schlüssel von Liesis Auto auf den Küchentisch im Apfelhof fallen und legte beide Hände auf die Schultern ihrer Freundin. Die hatte natürlich nicht mehr das Dirndl an, das ebenso sehr im Ort in aller Munde war wie sie selbst, sondern Jeans und eine baumwollene Bluse mit Stehkragen. Außerdem hatte sie sich ein Tuch um den Hals gewickelt, das Gitti mit ihrem Blick zu durchbohren versuchte.

»Lass mich schauen«, sagte ihre Freundin jetzt und öffnete mit einer Hand den Knoten. Sie erstarrte, als sie die dunkelroten breitflächigen Würgemale sah.

»Den Scheißkerl bring i um«, knurrte Leon hinter seiner Frau.

»Das will der Bertl auch machen«, seufzte Liesi. »Aber ihr Mannsbilder werdet das schön bleiben lassen.« Sie griff nach dem Seidentuch und wickelte es wieder um ihren Hals.

»Warum sollten wir?«

Leon, der fast zwei Köpfe größer als seine Frau war und die Liesi ebenfalls um mehr als einen überragte, trat einen Schritt auf sie zu.

»Weil viel zu viel für den Ort auf dem Spiel steht.«

»Scheiß auf den Ort, Liesi!« Er ballte eine Hand zur Faust und schlug damit auf den Küchentisch. »Dieses Arschloch hat sich an dir vergriffen, und das fühlt sich an, als ob er mit seinen Griffeln jeden von uns gewürgt hätte.«

»Nix da, Leon.« Sie schaute zu ihrem Jugendfreund auf und deutete auf einen Küchenstuhl. »Setz dich, sonst krieg ich auch noch Nackenschmerzen.«

Dann drehte sie sich um, ließ einen Glaskrug mit Wasser volllaufen, nahm eine Flasche von dem selbst gemachten Apfelsaft aus dem Kühlschrank und platzierte beides mit Gläsern auf dem Tisch, bevor sie sich setzte.

»Ich will von der ganzen Filmsache vorläufig nichts wissen«, begann sie. »Es brennt ja auch nicht, weil die hier auf dem Hof ohnehin erst in drei Wochen drehen werden.

Und falls dann kein schönes Wetter ist, verschiebt sich das noch ein paar Tage.«

»Du hast also vor, mit diesem Menschen zusammenzuarbeiten und so zu tun, als ob nichts gewesen wäre?«

Gittis dunkle Augen versprühten wütende Funken und Liesi fuhr sich mit gespreizten Fingern durch die Haare und verschränkte die Hände an ihrem Hinterkopf. Dann steckte sie ihre Beine unter dem Tisch aus und grinste.

»Ihr müsst mich für ganz schön blöd halten. Nein, das hab ich natürlich nicht vor. Dieser brutale Säufer mit dem unmöglichen Namen setzt keinen Fuß auf den Apfelhof, das hab ich dem Bürgermeister gleich gesagt, wie er hier aufgetaucht ist.«

»Der Sepp war schon hier?« Leon zog erstaunt die Augenbrauen hoch.

»Hast du dir was anderes erwartet?« Seine Frau verdrehte die Augen. »Der ist doch immer und überall, wie der Schnittlauch auf der Suppe.«

»In diesem Fall war es aber richtig, dass er gekommen ist.«

Gitti starrte ihre Freundin entgeistert an. »Seit wann verteidigst du ihn denn?«

»Tu ich ja nicht.« Liesi nahm die Hände vom Kopf und trank einen Schluck von ihrem Apfelsaft, bevor sie weitersprach.

»Der Bertl hatte mich heimgebracht und war noch keine halbe Stunde weg, da ist er gekommen. Er war fuchsteufelswild und wollte wissen, warum ich nicht Anzeige erstattet habe.«

»Auf dich war er wütend?«

»Aber nein, auf diesen Ummo Tütken. Er hat gesagt, wenn er die Möglichkeit hätte, jemanden aus Mela zu verbannen, würde er es sofort tun. Und dann hat er gemeint, dass ihm dazu zwar die Mittel fehlen, doch er wird mit dem Chef der Produktionsfirma reden und ihm klarmachen, dass kein Melaner Bürger mit diesem Regisseur drehen wird und auch die Drehorte im Gemeindegebiet für diesen gewalttätigen Säufer tabu sind.«

»Wie bitte?«, antwortete Gitti. »So viel Rückgrat hätt ich dem Schlappschwanz gar nicht zugetraut.«

»Und für dich ist der Fall damit erledigt?«, fragte Leon, ohne auf den Kommentar seiner Frau einzugehen.

Liesi zuckte mit den Schultern.

»Die Filomena sagt immer, dass nix so heiß gegessen wie gekocht wird. Ich warte also erst einmal ab.«

Gitti warf Leon einen Blick zu, der klar ausdrückte, dass er jetzt nichts mehr erwidern sollte. Sie kannte ihn, und normalerweise hätte sie auch selbst weitergebohrt, aber das war nicht der richtige Moment. Liesi hatte heute schon genug erlebt.

»Wo ist sie denn eigentlich?«, fragte sie stattdessen ihre Freundin.

»Die Filomena?«

Ein Lächeln umspielte Liesis Lippen. Es war dasselbe, das Gitti immer hatte, wenn sie von ihren Kindern sprach oder an sie dachte. Nur war Filomena mittlerweile neunzig und Liesis Großmutter.

Gitti nickte bejahend.

»Sie steht mit den Hühnern auf und geht mit ihnen ins Bett.«

»Aber es ist doch noch gar nicht ...«

Gittis Blick fiel nach draußen und sie unterbrach sich mitten im Satz. Durch die viergeteilten Holzfenster war der weiter unten liegende alte Ortskern von Mela zu sehen, der unmittelbar hinter der Eisflussbrücke begann. Die Straßenbeleuchtung zeichnete ein goldgelb glänzendes

Muster in die Abenddämmerung.

»Wir sollten heimfahren«, kam ihr Leon zuvor.

»Allerdings, das solltet ihr«, bestätigte ihn Liesi. »Ist die Annie allein daheim?«

Sie warf Gitti einen fragenden Blick zu.

»Wie immer, wenn wir fort sind. Die Susi ist doch jetzt in der vierten jeden Tag bis zum späten Nachmittag in der Schule und fährt dann direkt kellnern.«

»Die Annie ist erst zehn«, sagte Liesi leise.

Gitti zog die Unterlippe zwischen die Zähne. Ihre Freundin musste es nicht aussprechen, sie wussten es alle. Als ihre Eltern starben, war sie elf, nur ein bisschen älter als Gittis und Leons jüngste Tochter jetzt. Und auch wenn seither fast ein Vierteljahrhundert vergangen war, war der schreckliche Unfall ein Teil von ihnen.

»Sag ihr, dass es mir leidtut, dass ihr wegen mir weg wart.«

Gitti legte eine Hand auf Liesis Arm.

»Das braucht dir nicht leidzutun. Sie wollte sogar selber mitkommen, aber sie musste noch für die Italienisch-Schularbeit lernen, hat sie gesagt.«

»In Wahrheit will sie die beiden Lämmer nicht allein lassen, dabei sind die bei ihren Müttern bestens aufgehoben«, erklärte Leon und stand auf.

Er war nicht so breit gebaut wie der Bertl, aber ein paar Zentimeter größer und muskulös. Liesi schaute zu ihm auf, und plötzlich fragte sie sich, wie es sich anfühlen könnte, einen Mann im Haus zu haben. Manchmal beneidete sie die Gitti ein bisschen. Sie war ja schon ewig mit Filomena allein, kannte es nicht anders. Aber seit ein paar Jahren überraschte sie sich immer öfter bei diesem Gedanken, der sie verwirrte. Dann spürte sie eine Sehnsucht, die keiner ihrer Freunde und Bekannten jemals stillen könnte.

»Kann ich noch irgendwas für dich tun, Liesi?«

Leon schaute sie nachdenklich an. Sie schüttelte den Kopf.

»Fahrt heim und grüßt mir die Annie ganz lieb. Und danke, dass ihr mir das Auto gebracht habt.«

Er beugte sich runter und gab ihr die drei obligatorischen Wangenküsschen, dann zog Gitti sie in ihre Arme und hielt sie ein paar Sekunden lang fest.

»Was immer du brauchst, wir sind für dich da. Und wenn du reden willst ...«

Worüber denn, dachte Liesi wenig später. Dass ihre finanziellen Probleme so groß waren, dass sie keine Luft bekam, und sich nachts schlaflos im Bett herumdrehte, ging nur sie allein etwas an. »Jeder hat sein Binkerl zu tragen«, sagte Filomena immer, und genau so war es. Es gab niemanden, der keine Probleme hatte, nur waren eben manche Lasten schwerer als andere. Liesi schaute gedankenverloren den Rücklichtern des Wagens ihrer Freunde nach, der zuerst abwärts fast bis zum Fluss und an der Abzweigung vor der Brücke wieder aufwärts bis zum Guflerhof fuhr. In Luftlinie waren sie ganz nah, nur über die Straße dauerte es etwas länger, um von dem einen zum andren Hof zu kommen. Aber das Leben, das sich da und dort abspielte, konnte unterschiedlicher nicht sein.

Drüben, bei den Guflers, spürte man Leichtigkeit und die Liebe einer Familie, und das war nicht nur Gitti zu verdanken. Die kleine mollige Schwarzhaarige hatte zwar mehr Energie und Lebensfreude als jeder andere Mensch, den Liesi kannte, aber das war es nicht. Vielmehr lag es an dem, was hier auf dem Apfelhof fehlte, was die beiden naheliegenden Gehöfte so unterschiedlich machte. Drüben würde die jüngere Generation irgendwann die ältere ablösen und ihrerseits Kinder zur Welt bringen. Hier hingegen lebten nur zwei Frauen, von denen die eine so alt war, dass sie jeden Tag genoss, als ob es der letzte wäre, und sie selbst ...

Ein kalter Luftzug wehte über sie hinweg und ein Schauer floss von ihrem Nacken über die Wirbelsäule durch ihren Körper. Fröstelnd umschlang Liesi ihren Oberkörper mit den Armen, drehte sich um und ging hinein ins Haus. Das erste Mal seit langer Zeit verhielt ihr Blick dabei nicht auf den drei riesigen, alten Apfelbäumen, die ihr sonst allein mit ihrer Anwesenheit Trost spendeten.

Sie verzichtete auf das Abendessen, nahm die Treppe nach oben, wusch sich und zog den Pyjama an. Wenig später lag sie im Bett und fragte sich, weshalb – und vor allem für wen – sie eigentlich so sehr darum kämpfte, den Apfelhof und das dazugehörige Land zusammenzuhalten. Ihre Augen fielen zu, und der Schlaf übermannte sie, bevor sie eine Antwort fand.

Kapitel 6

Filomena Pinker stand am Fenster ihres unbeleuchteten Zimmers und schaute dem Wagen von Gitti und Leon nach. Sie war hellwach und sie trug ihre Brille nicht. Wenn sie allein war, musste sie niemandem vorspielen, eine alte Frau zu sein. Wobei sie mit neunzig ja wirklich nicht mehr zu den jungen Leuten gehörte. Nur wusste keiner, auch die Liesi nicht, dass ihre Sehkraft für die Ferne immer noch die eines Adlers war, der seine Beute von hoch oben in den Lüften erspähte und erjagte. Nicht, dass sie es auf jemanden abgesehen hätte, nur hatte sie gern alles unter Kontrolle, mit ihren Augen und mit ihren Ohren. Der liebe Gott meinte es nämlich auch in dieser Hinsicht gut mit ihr – nur die Zähne waren nicht mehr ihre eigenen. Vorhin, als die Liesi sagte, dass sie mit den Hühnern schlafen ging und wieder aufstand, hatte sie die Hand auf den Mund gepresst, um nicht laut zu lachen. Das Kind war vor fünfunddreißig Jahren zur Welt gekommen und seither lebten sie zusammen, und trotzdem wusste sie von ihr so manches nicht. Und vom Apfelhof ebenso wenig. Die Frau, mit der alles begonnen hatte, hatte dieses geräumige Zimmer oberhalb des Eingangs des Bauernhauses für sich errichten lassen, und mit ihm die doppelten Wände und die verborgenen Türen zu den schmalen Gängen, über die man ungesehen nach draußen gelangte und die ausgesprochen hellhörig waren. Erzsebet Pinkasz, ihre Großmutter, war eine eigenwillige, starke und für ihre Generation höchst ungewöhnliche Person gewesen, und ihre Ururenkelin Liesi Thaler stand ihr in nichts nach.

Oktober 1889

Immer noch träumte Erzsebet jede Nacht von der riesigen Dampflokomotive und dem Rauch, den diese ausstieß, als sie sich von Innsbruck kommend auf den Brennerpass hinaufquälte, und das, obwohl seither fast fünf Wochen vergangen waren. Nie hätte sie sich träumen lassen, als sie mit vierzehn zum ersten Mal die Küchen der kaiserlichen Hofburg in Wien betreten hatte, dass sie mit dem Gefolge der Kaiserin nach Meran reisen würde. Schon gar nicht jetzt. Es waren erst acht Monate seit dem entsetzlichen Vorfall im Jagdschloss in Mayerling vergangen, bei dem der Kronprinz Rudolf sich das Leben – und Ihrer Majestät, seiner Mutter, auch den letzten Funken Leichtigkeit geraubt hatte. Und eben das war es, was sie so traurig stimmte und wünschen ließ, das Schloss Trauttmansdorff zumindest für ein paar Stunden verlassen zu können.

So schön die Unterkunft, so mild das Wetter und so wundervoll die exotischen Gärten rundum waren, sie kam sich vor wie in einem Gefängnis. Einem, das sie und all die anderen mit der schwarzen Frau, wie Sissi aufgrund ihrer Trauerkleidung genannt wurde, teilten. Die Kaiserin war ohnehin immer rastlos und schwermütig, erzählten die Zofen hinter vorgehaltener Hand, aber seit dem Selbstmord ihres Sohnes wirkte sie wie ein kohlschwarzer Rabe und ihre Melancholie zog durch die Zimmer und Gänge bis zu den Dienstbotenräumen. Selbst in der kleinen Dachkammer, die sie sich mit zwei anderen Ungarinnen teilte, gab es keine leisen Gespräche vor dem Einschlafen – nur absolute Stille. Schlimmer noch, all die, die früher bei der Arbeit fröhliche Lieder vor sich hin summten oder pfiffen, waren verstummt. Dennoch war alles irgendwie erträglich gewesen – bis vor drei Tagen der Kaiser angereist war und sich die Stimmung im Schloss von melancholisch in unerträglich gewandelt hatte. Erzsebet interessierte es nicht, ob der Franz Joseph und seine Gemahlin miteinander redeten oder sich anschwiegen, solange nur sie nicht darunter zu leiden hatte. Das tat sie jedoch, und deshalb musste sie ein paar Stunden raus aus dieser alles erdrückenden Traurigkeit.

»Bitte, darf ich mit dem Karl zu dem Bauernhof fahren? Der versteht doch nichts von der Käsereifung. Nicht, dass er etwas von minderer Qualität mitbringt.«

Der Hofkoch, für den sie seit drei Jahren Gemüse putzte, Kartoffeln schälte und die Käselaibe mit Salzlake wusch, damit sie keinen Schimmel ansetzten, warf ihr einen erstaunten Blick zu. Das lag sicher nicht daran, dass sie etwas gesagt hatte, denn sie war nicht gerade für ihre Schweigsamkeit berühmt. Nein, es lag wohl an ihrer Ausdrucksweise. Die anderen Dienstboten, egal, aus welcher Ecke des Kaiserreichs sie stammten, verwendeten keine komplizierten Wörter, schon gar nicht, wenn das Deutsche nicht ihre Muttersprache war. Aber sie verbrachte ihre freie

Zeit eben nicht mit dem Sticken wie einige der anderen Frauen in ihrem Alter, die an ihrer Aussteuer arbeiteten. So etwas würde sie nie brauchen, weil sie nicht im Traum daran dachte, sich von einem Ehemann abhängig zu machen, nachdem sie es geschafft hatte, ihrem Elternhaus den Rücken zu kehren. Deshalb las sie alles, was ihr unter die Finger kam. Sogar die langweiligen Aufzeichnungen in den Büchern, in denen die Einkäufe von Waren und Lebensmitteln vermerkt wurden – und dabei lernte sie.

»Also, darf ich mitfahren?«, drängte sie den Koch jetzt, weil sie den Karl draußen pfeifen hörte. Sie wusste, dass er das tat, bevor er die Kutschenbremse löste und die Peitsche hob, um den Pferden das Zeichen zur Abfahrt zu geben.

»In Gottes Namen, fahr mit, Erzsebet. Aber pass auf deine Tugend auf, der Karl ist ein Hallodri.«

»Ich weiß genau, was ich zu tun hab, wenn er mir zu nah kommt«, flüsterte sie leise und löste dabei ihren rechten Fuß vom Boden. »Dann ramme ich ihm das Knie zwischen ...«

Der Hofkoch hob abwehrend beide Hände, machte einen Schritt zurück und eines der zu diesen Zeiten seltenen Lächeln umspielte seinen Mund.

»Du musst es mir nicht anschaulich machen, Erzsebet. Und jetzt lauf!«

Das ließ sie sich nicht zweimal sagen. Sie lief an dem Küchentürhüter vorbei und sprang genau in dem Moment neben Karl auf die Kutschbank, in dem die Pferde anzogen und sich die Räder zu drehen begannen.

Als sie an dem Abend endlich in ihrem Bett lag, starrte sie an die nur vom Mond beschienene Zimmerdecke und biss sich fest auf die Lippe, um sich nicht vor lauter Freude zu verraten. Sie hatte sich verliebt. Nicht nur in den kleinen Ort namens Mela, sondern vor allem in die Wiese mit dem windschiefen Stall, in dem die Schafe des alten Bauern überwinterten. Als sie das Stückchen Erde oberhalb des Flusses gesehen hatte, war ihr plötzlich richtig warm geworden und sie hatte ihren Herzschlag im Hals gespürt. In dem Moment hatte sie einen Entschluss gefasst: Sie würde nicht mit dem Gefolge der Kaiserin reisen, sobald diese nach dem Winter aus Meran abreiste. Sie würde hierbleiben.

Filomena hörte die Schritte auf der Treppe, raffte ihr Flanellnachthemd zusammen und huschte eilig zum Bett. Als sich die Tür öffnete und ihre Enkelin den Kopf hereinsteckte, lag sie seitlich und ihre schlohweißen Haare bedeckten ihr Gesicht. Sie vernahm das leise Tapsen, spürte die sanfte Berührung an ihrer Schulter und Liesis Atem an ihrem Ohr, als diese »Alles wird gut, Großmutter« flüsterte.

O ja, das würde es. Die starken Frauen, die Erzsebet Pinkasz' Erbe in sich trugen, würden sich nicht unterkriegen lassen. Auch nicht von Hagelschlag, Schädlingen und Frostschäden. Niemals.

Kapitel 7

Chris Bergmann konnte sich nicht erinnern, wann er zuletzt derart tief und gut geschlafen hatte, vor allem aber traumlos. Der Sonnenstrahl, der durch die hellblauen Vorhänge mit den zartgrünen Streifen fiel, die sich auch auf dem Sofa und der gepolsterten Sitzfläche des Stuhls vor dem Schreibtisch wiederfanden, tanzte auf seiner Nase. Er blinzelte, rollte sich auf den Rücken und hob die Arme weit über den Kopf, um sich zu strecken. Mit den Fingerspitzen berührte er den Holzrahmen des einfachen bäuerlichen Betts, das perfekt zur restlichen Einrichtung passte. Dabei glitt sein Blick zu dem aufrecht stehenden schwarzen eierähnlichen Keramikgegenstand mit der rauen Oberfläche und den silbrig glitzernden Einschlüssen. Er hatte die Urne gestern aus dem Koffer genommen und auf das Fensterbrett gestellt, als ob es Sinn machte und seine Mutter nach draußen sehen könnte. Andererseits ... Viele Jahre lang trennten sie ein Ozean und ein ganzer Kontinent, und aus diesem Grund trafen sie sich nur selten. Er wusste, dass es Unsinn war, sich schuldig zu fühlen, denn sie hatte seinen Vorschlag, zu ihm nach Kalifornien zu ziehen, abgelehnt. »Einen alten Baum verpflanzt man nicht mehr, und hier bin ich Sven nahe«, waren ihre Worte gewesen. Die Absurdität ihrer Aussage stand vor seinen Augen: Seinen Vater hatten sie auf dem Waldfriedhof in München begraben, als er mit achtzig am Ende eines langen, erfüllten Lebens friedlich eingeschlafen war, und jetzt, im Tod, würden er und seine Mutter nicht vereint sein. Aber sie hatte es so gewollt, ihn in den immer selteneren klaren Momenten, die ihrem Tod vorangegangen waren, stets eindringlich darum ersucht, ihre Asche in die alte Heimat zu bringen. Nur fühlte es sich irgendwie falsch für ihn an. Doch ihr Wunsch war der Grund, weshalb er nach Südtirol gekommen war. Wofür denn sonst?

Sicher nicht, um Ummo Tütken und die Filmcrew zu kontrollieren und sich die ausgewählten Drehorte aus der Nähe anzusehen, wie er gestern Abend Gitti und Leon Gufler gesagt hatte. Diesbezüglich vertraute er seiner Produktionsassistentin. Das war nur die offizielle Erklärung, die er auch seinen Mitarbeitern in München und vor Ort erzählt hatte.

Als ob er mit seinen Gedanken an seine Gastgeber ein Signal gegeben hätte, drang der Geruch von frisch aufgebrühtem Kaffee unter der Zimmertür hindurch und ließ ihn tief einatmen. Welch wundervolle Familie, dachte er und erinnerte sich an die Worte der resoluten, kleinen Frau. »Wann immer Sie aufstehen, Herr Bergmann, das beste Frühstück von ganz Südtirol wird auf Sie warten.«

Er sprang aus dem Bett und direkt unter die Dusche in dem ausnehmend geräumigen Bad. Während er sich rasierte, stieg die Wärme der Fußbodenheizung von seinen nackten Sohlen aufwärts und erwärmte ihn von innen. Entgegen seiner Gewohnheit zog er eine Multifunktionshose aus dem Koffer, wie er sie in München oder L. A., wo geschäftliche Treffen sein Alltagsleben bestimmten, niemals anziehen würde. Als er wenig später die knarzende Holztreppe nach unten ging, fuhr er sich mit der rechten Hand durch die feuchten Haare und schob sie aus der Stirn.

»Guten Morgen, Herr Bergmann.« Gitti Gufler erschien in der offenen Küchentür und wischte sich in der Schürze ab, die sie über einem Dirndlkleid trug. »Hat Sie der Kaffee aus den Federn geholt?«

Ihr Lächeln war ansteckend.

»Das kann man wohl sagen, Frau Gufler. Außerdem haben Sie mir gestern das beste Frühstück Südtirols versprochen, da muss ich doch überprüfen, ob Sie mich angeschwindelt haben.«

»Na, dann kommen'S herein und tun Sie das«, erwiderte die mollige Frau schmunzelnd und gab den Weg frei. Sie hatte etwas an sich, was ihn an seine Mutter erinnerte. Vielleicht waren es die schwarzen Haare, die ihr bis zur Schulter fielen und die sie mit einem Haarreif aus Horn zurückhielt. Oder aber die perfekten Rundungen, an die sich die kleine Annie gestern geschmiegt hatte, als ihre Eltern heimgekommen waren?

»Ist Ihre Tochter schon in der Schule?«

Er nahm auf der Eckbank an dem riesigen Küchentisch Platz, sodass er sowohl zu seiner Gastgeberin, die soeben eine gusseiserne Pfanne auf den Herd stellte, als auch aus dem Fenster schauen konnte.

»Beide sind Sie schon weg. Meine Susi, die Große, ist eigentlich nur noch zum Schlafen daheim. Sie ist auf der Hotelfachschule in Meran und im kommenden Jahr, nach der Matura, geht sie dann ins Ausland wie ihr Bruder.«

Überrascht legte er die Stirn in Falten.

»Ich will Ihnen nicht zu nahetreten, Frau Gufler, aber sind Sie nicht viel zu jung für erwachsene Kinder?«

»Eigentlich schon.« Sie zwinkerte ihm zu und schlug zwei Eier in die Pfanne, in der bereits Speck brutzelte. »Nur konnte ich mir den Leon doch nicht entwischen lassen, und so sind wir mit fünfzehn Eltern geworden.«

Chris versuchte gar nicht, gegen das aufkommende Lachen anzukämpfen. Diese Frau war ein Unikat – und ihr Mann, den er auf den ersten Blick in die Kategorie Schürzenjäger eingeordnet hatte, offenbar alles andere als das.

»Wissen'S, Herr Bergmann, ich mag zwar klein sein und keine von diesen redegewandten Weibern, die den Mannsbildern den Kopf verdrehen, aber dumm bin ich nicht. Wenn ich was will, krieg ich es, und wenn irgendwer einem Menschen, den ich gernhab, was antun will, dann muss er erst an mir vorbei. Und damit meine ich nicht nur meine Familie, sondern auch meine Freunde wie die Liesi.«

Ihr Tonfall war locker und humorvoll, während sie ihm einen Teller mit Spiegeleiern und gebratenen Speckstreifen hinstellte, aber er konnte die Warnung zwischen den Zeilen heraushören. Denn wenn Chris eines nicht war, dann unsensibel.

»Ich nehme an, Sie reden von meinem Regisseur, Frau Gufler?«

Sie füllte Kaffee und Milch in zwei hohe Keramiktassen und setzte sich neben ihn.

»Nennen'S mich einfach Gitti«, sagte sie und hielt eine Schüssel mit frisch geschlagener Sahne hoch, in der sie einen Löffel versenkte. »Wollen'S auch einen?«

»Zwei, bitte«, erwiderte er, »aber dann müssen Sie mich Chris nennen.«

Sie verpasste seinem Kaffee einen Gupf aus Schlagsahne, deutete auf seinen Teller und schob ihm das Brotkörbchen vor die Nase.

»Vinschgerl oder Semmel?«

Er griff nach dem flachen, dunkleren Brötchen, brach es in der Mitte auseinander und roch daran. Er liebte den Geruch von Kümmel und seinen Geschmack im Brot, seitdem er mit fünfzehn mit seinem Vater in den Dolomiten gewesen war. Sein erstes und bisher einziges Mal in Südtirol, weil seine Mutter es ablehnte, auch nur einen Fuß über die österreichisch-italienische Grenze am Brennerpass zu setzen.

»Sie haben mir noch nicht geantwortet, Gitti.«

Er schob eine Gabel mit Speck und dem dunkelgelben Dotter in den Mund, ein Stück Brot hinterher und schloss kurz die Augen. Herrlich.

»Wär vielleicht besser gewesen, wenn Sie uns nicht gesagt hätten, dass Sie der Produzent von dem Film sind, Chris. Der Leon hat gemeint, dass ich nicht ruhig bleib und Sie vergraule nach dieser ekligen Geschichte gestern.«

Er senkte die Hand mit der Gabel und suchte ihren Blick.

»Glauben Sie mir, ich kann Sie mehr als nur verstehen. Als ich davon erfahren und den Regisseur zur Rede gestellt habe, hätte ich ihn gern so gewürgt, wie er es bei der Frau Thaler getan hat.«

»Das hätten'S vielleicht tun sollen.«

»Ich habe ihn stattdessen fristlos entlassen.«

Ein Lächeln erhellte ihr Gesicht.

»Dann kann die Liesi ja beruhigt sein.«

»Sie meinen Frau Thaler? Kennen Sie sich gut?«

»Wir waren immer unzertrennlich und ab dem ersten Schultag in derselben Klasse. Nicht nur die Liesi und ich, sondern auch die Traudl, der Bertl und der Leon. Mit vierzehn haben wir zwar verschiedene Wege eingeschlagen, aber wir sind bis heute allerbeste Freundinnen. Und außerdem sind wir in einem gewissen Sinn Nachbarinnen.« Sie streckte den Arm aus und deutete zum Fenster. »Sehen'S den Bauernhof da drüben mit den großen Bäumen davor? Das ist der Apfelhof, und dort wohnt die Liesi.«

Er folgte ihrem ausgestreckten Finger und sah dasselbe Panorama wie aus seinem Zimmer im oberen Stockwerk. Die drei mit Blüten übersäten Bäume mit ihren weit ausladenden Ästen waren trotz der Entfernung klar zu erkennen. Des Ausblicks wegen hatte er sich den Raum ausgesucht, als ihm die kleine Annie alle Gästezimmer zeigte, da außer ihm zurzeit keine Gäste auf dem Guflerhof waren. Die Urne mit der Asche seiner Mutter hatte er auf das Fensterbrett gestellt, weil es ihr einziger Wunsch gewesen war, auf dem Apfelhof ihre letzte Ruhe zu finden.

Chris schluckte. Plötzlich war der Geschmack von Ei, Speck und Kaffee in seinem Mund bitter. Er war keiner, der an Geister aus dem Jenseits und sonstigen esoterischen Kram glaubte, und wenn jemand von schicksalhaften Wendungen sprach, die ein Leben verändert hatten, winkte er immer ab. Normalerweise. Denn das, was gestern geschehen war, und dass er ausgerechnet hier auf dem Guflerhof gelandet war, schien ihm plötzlich die Luft abzuschnüren.

»Haben'S keinen Appetit mehr? Oder wollen'S lieber ein Marmeladebrot?«

Gittis Stimme holte ihn wieder in die heimelige Küche und an den Tisch zurück. Wie war es passiert, dass er in einem Ort mit über zehntausend Einwohnern und unzähligen Ferienunterkünften ausgerechnet hier gelandet war? Er hatte doch noch nicht einmal all die Bruchstücke aus verwirrenden Sätzen, die seine Mutter im letzten Lebensjahr gesagt hatte, so weit zusammengefügt, dass er verstand, was sie von ihrer Heimat ein Leben lang ferngehalten hatte. Und jetzt ...

»Lieber Erdbeere oder Marille?«

Chris hatte gar nicht bemerkt, dass seine Gastgeberin aufgestanden war. Aber nun stand sie vor ihm und hielt zwei Gläser mit Marmelade in den Händen. Er rang sich ein Lächeln ab.

»Beide, allerdings erst, wenn ich damit fertig bin.«

Er deutete auf den letzten Rest von seinem Spiegelei und

schob es mit einem Stück Brot auf die Gabel.

Eine halbe Stunde später winkte ihm Gitti von der Haustür nach, als er mit dem Wagen vom Hof fuhr. Sie hatte es geschafft, ihn von seinen Grübeleien abzubringen – und er hatte genug zu tun, um sich bis zum Abend nicht mehr darin zu verlieren. Zuallererst musste er sichergehen, dass Ummo Tütken die gemietete Unterkunft der Filmcrew verlassen hatte, und dann würde er das gesamte Team versammeln, um die zeitlichen Abläufe der Aufnahmen für die nächsten Wochen umzuplanen.

Kapitel 8

»Du wirst ein Mal tun, was ich dir sage, Liesi!«

Hubert Kofler, kurz Bertl, war einerseits das, was man ein gestandenes Mannsbild nannte, andererseits jedoch auch der liebenswürdigste und sanfteste unter all seinen Melaner Altersgenossen. Und sie wusste genau, wovon sie redete, immerhin hatte Liesi ihr ganzes Leben in Mela verbracht. Aber jetzt schaute er sie so bös an, dass sie ihren Blick senkte.

»Dass i des no omol erlebn derf«, nuschelte Filomena kichernd. Ihre Zähne hatte sie zwar im Mund, nur waren die Dinger wahrscheinlich ein bisserl verrutscht.

»Misch dich nicht ein«, fuhr Liesi ihre Großmutter unwirsch an. »Und überhaupt ...«

»Wos moansch denn mit überhaupt?«

Ein dichtes Netz kleiner Falten durchfurchte ihr Gesicht, das von schlohweißen Haaren umrahmt wurde, die sie wie immer zu einem Zopf geflochten und am Hinterkopf zu einer Art Schnecke zusammengerollt und aufgesteckt hatte. Der farbliche Kontrast ließ ihre vom Alter und der Sonne braun gegerbte Haut noch dunkler erscheinen, als sie war. Nur die erstaunlich wachen, nahezu farblosen wasserblauen Iriden stachen daraus hervor.

»Ja, genau, was meinst du mit überhaupt?«, wiederholte Bertl, der an der Kredenz lehnte, die Worte der alten Frau.

Liesi rollte mit den Augen, zog die Beine auf die Bank und umschlang sie mit ihren Armen. Von klein auf hatte sie das immer getan, wenn sie sich angegriffen fühlte. Sie kam sich geschützt und sicher vor, sobald sie das Kinn auf die Knie abstützte und ihr Gegenüber von unten herauf ansah.

»Wir brauchen das Geld«, sagte sie trotzig.

»Ich hab dir schon hundertmal gesagt, dass ich dir helfe.«

Bertl verschränkte die Arme vor seiner breiten Brust und der Stoff seines wie immer karierten Hemds – heute blau und weiß – spannte sich über seinen Oberarmen. Wann war er eigentlich so ... imposant geworden, überlegte sie. Bis zur dritten Klasse der Mittelschule war er mit seinen viel zu langen Armen und den dünnen Beinen stets von allen Grischpl genannt worden. Zu Recht, war er doch kleiner als die meisten anderen Buben gewesen. Aber jetzt ...

»Ich will dein Geld nicht, Bertl!« Sie funkelte ihn an.

»Mir scheint, du magst gar nix von mir.«

Er starrte auf seine Füße, die in den schweren Bergschuhen steckten, die er nur am Sonntag gegen andere tauschte.

»Fangst jetzt schon wieder damit an?«

Liesi umklammerte ihre angezogenen Beine noch fester und presste das Kinn so stark auf die Knie, dass ihr der Kiefer wehtat.

»Womit denn?«, murrte er.

Filomena begann in ihrer Ecke zu kichern und Liesi sah zu ihr.

Das dunkle Kruzifix mit dem geschnitzten Jesus aus Zirbelkieferholz schwebte über ihr, und Liesi hatte immer schon gedacht, dass der Gekreuzigte über der alten Frau wachte und alle anderen am Küchentisch aufmerksam ansah.

Vielleicht aber wollte er sie auch auffordern, endlich einmal zu sagen, was zu sagen war?

Sie drehte ihren Kopf und schaute hinüber zum Bertl.

Da stand er, ihr allerbester Freund, und wirkte wie ein Angeklagter, der auf seinen Schuldspruch wartete.

Er tat ihr leid.

Sehr leid.

Denn egal, wie gut sie das formulierte, was sie ihm schon hätte längst sagen sollen, es würde etwas zwischen ihnen ändern – und das wollte sie nicht. Aber sie fuhr schon seit Jahren unweigerlich auf das Ende der Sackgasse zu, das jetzt so nah war, dass sie es ganz klar erkennen konnte – und endlich eine Entscheidung treffen musste.

Sie kannten sich, seitdem sie beide nebeneinander als Babys auf der Wiese unter den drei Apfelbäumen umhergekrabbelt waren, denen der Apfelhof seinen Namen verdankte. Während ihre Mütter Gemüse putzten, Nüsse auslösten oder Wollsocken für den Winter strickten, hatten sie miteinander gebrabbelt, das Gehen erlernt und sich später, als sie sprechen konnten, ihre Geheimnisse anvertraut. Gemeinsam waren sie auf Bäume gekraxelt, barfuß hinunter zum Fluss gelaufen und waren im Flussbett von Stein zu Stein gesprungen, wenn die Schleusen zu waren, und darin geschwommen, wenn sie geöffnet wurden. Sie waren miteinander eingeschult worden und hatten sich, im Gegensatz zu den anderen streng nach Geschlechtern getrennten Klassenkameraden, immer eine Schulbank geteilt. Und so waren sie auch an dem Tag zusammen gewesen, an dem das Unwetter so schnell aufzog, dass sie es nicht bemerkten, und der Blitz in die Buche einschlug, unter der sie Zuflucht gesucht hatten. »Die Kinder haben einen ganz besonderen Schutzengel«, hatte Filomena damals gesagt.

»Einer, der auf sie beide aufpasst, weil es die Liesi nicht ohne den Bertl gibt und ihn nicht ohne sie. Und das wird immer so bleiben.«

Was die Großmutter nicht wissen konnte, war, dass dieser Engel offenbar mit dem Bertl und ihr so viel zu tun hatte, dass für den Rest der Familie keine weiteren Beschützer im Einsatz waren.

Sie waren elf und mussten für eine Schularbeit lernen, weil sie es an den ersten wärmeren Nachmittagen nach dem Winter nicht im Haus ausgehalten hatten. Deshalb durften sie an dem Wochenende nicht mitwandern wie sonst immer, wenn es für zwei Tage in die Berge ging. Weil so früh im Jahr weiter oben noch Schnee lag, hatten sich ihre Eltern für eine Wanderung vom Hochmut hinauf zum nur 1694 Meter hohen Mutkopf entschlossen, dann weiter durch die Taufenscharte bis zur Leiteralm an der Südseite der hoch aufragenden Mutspitze, wo sie übernachteten. Nach der langen und anstrengenden Tour, die sie am Samstagmorgen begonnen hatten, waren sie am Sonntag ausgerechnet bei ihrem Abstieg auf dem Vellauer Felsenweg von einem Wettersturz erwischt worden und von dem schmalen, ungesicherten Grat abgestürzt – ins Bodenlose. Keiner der vier konnte lebend gerettet werden.

Von da an waren Bertl und sie Waisen und noch enger zusammengewachsen. Zwar war Bertl zu seiner Tante und seinem Onkel gezogen, und um sie hatte sich fortan die Großmutter gekümmert, aber der wichtigste Mensch in ihrem Leben war immer er gewesen. Er war für sie wie ein Bruder, der seine Schwester beschützte, und der Freund, mit dem man über alles reden konnte. Selbst als Filomena ihr zum dreizehnten Geburtstag die Golfstunden in dem neuen Club geschenkt hatte, an den ein paar ihrer Apfelwiesen grenzten, und sie von da an viel von ihrer Freizeit auf dem

Golfplatz verbrachte, hatte sich nichts daran geändert. Sie hatte eben ihre kleinen weißen Bälle, und der Bertl die flache schwarze Scheibe und das Eishockey.

Der Sport war es auch, der sie beide sichtbar veränderte.

Liesi fand im Golfen all das, was ihr in der Schule und daheim fehlte: Ruhe. Am Golfplatz musste sie nicht reden und konnte anderen Menschen weitgehend ausweichen, ohne unhöflich zu wirken. Sie war an der frischen Luft inmitten der Natur, und mit dem Schläger in der Hand fühlte sie sich unbesiegbar, weil sie wusste, dass sie den Ball nur mit ihrer Körperbeherrschung, der Technik und mentaler Stärke auch weit über hundert Meter seinem Ziel näherbringen konnte. Nur sie allein, ganz ohne fremde Hilfe und vor allem ohne sich in Gefahr zu begeben. Auf dem Golfplatz konnte sie nicht auf einem glitschigen Gebirgssteig ausrutschen und in den Tod stürzen. Ihre Muskeln wurden trotzdem gefordert und veränderten sie. Während sich bei den anderen Mädels der Babyspeck in weiche Rundungen verwandelte, wurde sie zwar fraulicher – der Busen wuchs nämlich und hörte erst damit auf, als er ein C-Körbchen ausfüllte –, aber ihr Körper war fest und ihr Muskeltonus auch im Ruhezustand unübersehbar.

Die raschere und beeindruckendere Änderung geschah jedoch mit dem Bertl. Aus dem unscheinbaren Mandl, das die Mittelschule abschloss, wurde über den Sommer ein schnaidiger Kerl, der den Madln bereits in der ersten Klasse der Fachschule den Kopf verdrehte – und es nicht einmal bemerkte.

Während Liesi jeden Tag der Ferien auf dem Golfplatz verbrachte, war Bertl zum besten Freund seines Onkels geflogen, der schon seit ewigen Zeiten in Kanada lebte. Der ehemalige Eishockeyprofi arbeitete mittlerweile als Trainer für das Team Canada und gondelte in der Spielpause durch das Land, um verschiedene Eishockeycamps zu betreuen. Bertl hatte zwar der Kindermannschaft von Mela angehört, aber in seinem kanadischen Sommer machte er eine Entwicklung durch, die nicht nur seine technischen Qualitäten als Spieler betraf. Als er zurückkam, waren seine Schultern viel breiter, die Muskelmasse vor allem an Armen und Beinen enorm und sein ganzes Auftreten von Selbstsicherheit geprägt. Sie zog ihn damit auf, dass er sie nun zerquetschte, als er sie zur Begrüßung an seine Brust zog, und freute sich über das Originalshirt mit dem Ahornblatt des kanadischen Nationalteams und mit den Unterschriften der Spieler, das er ihr mitbrachte.

Zwar fand Liesi es irgendwie eigenartig, dass die neuen Mitschülerinnen in der Fachoberschule für Landwirtschaft um ihre Freundschaft buhlten, wo sie doch der ruhige Typ war, aber sie taute ein wenig auf. Nur ging ihr das ständige Gerede um die Burschen ziemlich auf die Nerven, und sie schüttelte innerlich immer den Kopf, wenn die anderen von Zungenküssen und solchen Sachen redeten. Das Einzige, was sie außerhalb der Schule interessierte, war der kleine weiße Ball und ihre Hoffnung, dass der Winter nicht streng und lang sein würde, damit die erzwungene Spielpause kurz war. Und so brauchte sie bis zum Frühjahr, bis sie begriff, warum die anderen Madln ihre Nähe suchten: Es ging ihnen nur darum, über sie an den Bertl ranzukommen, der alle Mitschüler gleich behandelte, egal ob weiblich oder männlich. Als sie es ihm sagte, schaute er sie intensiv an und legte seine großen Hände auf ihre Schultern: »Die Einzige, die mich interessiert, bist du.«

Damals waren sie beide fünfzehn und seither waren ziemlich genau zwanzig Jahre vergangen – und so wie sie sich nicht verändert hatte und in ihm den brüderlichen Freund sah, sagte er ihr immer wieder auf subtile und manchmal auch direktere Art, dass sie viel mehr für ihn war.

All diese Erinnerungen gingen ihr jetzt durch den Kopf, als sie, weiterhin das Kinn auf die Knie ihrer angezogenen Beine gepresst, vor sich Bertls Schuhe und darüber die Jeans sehen konnte, während Filomena mit dem Obstmesser in ihren schmalen Händen einen Apfel teilte und das Kerngehäuse entfernte. Jetzt schob sie den Teller mit den Apfelschnitzen in Liesis Richtung, wortlos, als ob sie wüsste, was ihre Enkelin vorhatte. Vorsichtig drehte Liesi den Kopf gerade so viel, dass sie einen Blick auf die wasserblauen Augen erhaschen konnte. Sie wusste nicht, ob der Wunsch der Vater des Gedankens war oder ob Filomena ihr tatsächlich mit einem leisen Nicken zu verstehen gab, dass sie es aussprechen sollte – aber das war gar nicht so wichtig. Vielmehr war es die Gewissheit, die ihre Großmutter ihr wortlos vermittelte. Die, das Richtige zu tun, auch wenn es sich im Moment noch so falsch anfühlte.

Sie löste die verschränkten Arme, ließ die Füße zu Boden gleiten, stand auf und schob sich zwischen Tisch und Bank hervor. Dann ging sie barfuß, wie sie daheim am liebsten war, hinüber zur Kredenz und blieb einen Schritt vor Bertl stehen. Zwar musste sie den Kopf nicht weit zurücklegen, aber doch ein bisschen, um zu ihm aufschauen zu können. Dabei streifte ihr Blick über den blau-weiß karierten Stoff, unter dem sich seine Brust hob und senkte – stärker als sonst. So ruhig er auf den ersten Blick wirkte, innendrin war er angespannt, als ob er wüsste ...

»Bertl, ich ...«, begann sie und brach ab.

Sie schluckte, streckte ihm die Hände entgegen und er ergriff sie beide. Wie sanft seine Bärentatzen trotz der

Schwielen, die er sich bei der Arbeit in den Reben und im Stall zuzog, waren, dachte sie.

»Das muss aufhören, Bertl. Du kannst mir nicht immer Geld anbieten, weil du denkst, dass ich es allein nicht schaffe. Ich hab es immer hinbekommen, auch in den schwierigeren Jahren, wenn Schädlinge oder Hagelschlag, als ich noch nicht überall die Hagelnetze hatte, einen Teil der Ernte ruiniert haben.«

»Aber wir sind doch eine Familie, Liesi, da hilft man sich!«

Er stieß sich von der Kredenz ab und war ihr plötzlich ganz nah.

Sie schüttelte seine Hände ab, machte einen Schritt zurück und hob trotzig ihr Kinn an.

»Wir beide sind keine Familie, Bertl«, fuhr sie ihn an. »Und wir werden auch nie eine sein.«

Er riss die Augen weit auf und starrte sie an. Sein Kiefer bewegte sich mehrmals auf und nieder, bevor endlich ein Ton zu hören war.

»Aber ich liebe dich doch und du liebst mich!«

Er trat einen Schritt vor, und sie presste ihre flache Hand gegen seine Brust, um ihn auf Distanz zu halten.

»Wie einen Bruder, Bertl. Das ist so, seitdem wir Kinder waren, und wird auch immer so bleiben.«

Er schüttelte den Kopf, und seine dichten hellbraunen Haare fielen ihm wie gewohnt über das rechte Auge und er schob sie mit der ihm typischen Handbewegung aus dem Gesicht.

»Du bist ein stures Weib.«

»Möglich, aber ich bin Realistin. Ich weiß, was ich mir zutrauen kann, ich habe zwei Hände, die anpacken können, und ich werde nie einen Mann heiraten, den ich nicht liebe.«

»Was weißt denn du von Liebe?«, rief Bertl aus.

»Offenbar mehr als du«, konterte sie. »Ich laufe nämlich

nicht einem Menschen nach, der mir seit Jahrzehnten auf jede nur erdenkliche Art und Weise klarzumachen versucht, dass aus ihm und mir nicht Romeo und Julia werden können.«

»Die zwei sind gestorben«, knurrte er.

»Das werden wir auch früher oder später«, parierte Liesi. »Nur will ich mir die Option offenhalten, irgendwann einmal weiche Knie und einen rasenden Puls zu erleben, wenn mir der Richtige über den Weg läuft.«

»Und bis dahin hast du vor, dich weiterhin vom Bürgermeister einlullen zu lassen und mit diesem lächerlichen Dirndl und einem Schläger in der Hand auf dem Golfplatz herumzurennen, damit du ein paar tausend Euro kriegst, anstatt meine Unterstützung anzunehmen?«

»Es sind zwanzigtausend Euro, Bertl, und den Großteil vom Geld bekomme ich für die Szenen, die mit den Hauptdarstellern hier auf dem Hof gedreht werden. Außerdem ist die Golfszene gelungen und dieser besoffene Ummo Tütken ist nicht mehr da.«

»Sagt wer, der Bürgermeister?«

»Red nicht so von deinem Cousin. Er hat diesem Locationscout im letzten Jahr den Apfelhof gezeigt, weil es hier wunderschön ist und er genau weiß, dass ich nach all den Problemen froh bin und mit dem Geld, das der Hof erwirtschaftet, meine Arbeiter und die laufenden Kosten zahlen kann.«

»Worüber du dir keine Gedanken machen musst, sobald wir beide heiraten.«

Die plötzliche Stille in der Küche war schlimmer als jedes auch noch so unangenehme Geräusch. Liesi hätte sich gewünscht, dass irgendwer mit einem Stück Kreide über eine Schiefertafel reiben oder der Keilriemen eines Autos quietschen würde, aber da war nur absolute Lautlosigkeit, und mit ihr ging das schreckliche Gefühl einher, dass dieses eine Wort alles ruiniert hatte.

»Du hättest gut daran getan, diesen Satz nicht auszusprechen, Hubert Kofler. Niemals, um genau zu sein. Nur ist es dafür wohl zu spät.« Liesi hob den gestreckten Arm und deutete zur Tür. »Es ist besser, wenn du jetzt gehst und mich für immer vergisst.«

Kapitel 9

Hätte ihr jemand gesagt, dass auf einen derart beschissenen Tag wie dem gestrigen ein noch schlimmerer folgen könnte, sie hätte es nicht geglaubt. Liesi stand mit Gabor, ihrem ungarischen Vorarbeiter, auf der am weitesten vom Hof entfernten Apfelwiese, die neben der MeBo endete. Hier wuchsen ihre Pink Lady, die Sorte, die im Verkauf an den Endverbraucher den höchsten Preis erzielte und demnach für ihre Lieferungen an die Genossenschaft mehr einbrachte als andere Apfelsorten. Ein paar Meter oberhalb rasten die Autos auf der Schnellstraße von Meran nach Bozen, während sie mit derselben Geschwindigkeit im Kopf überschlug, was die neue Hiobsbotschaft in Zahlen bedeutete.

Seit dem tätlichen Angriff von Ummo Tütken waren drei Tage vergangen, und sie hatte sich die ganze Zeit über auf dem Apfelhof verkrochen. Das hätte sie auch weiterhin tun sollen, um sich die Blicke auf die mittlerweile lilavioletten Würgemale auf ihrem Hals zu ersparen. Oder doch das Tuch drumherumwickeln, flüsterte ihr die Stimme ihres Unterbewusstseins boshaft ins Ohr. Allerdings hatte sie sich bewusst dagegen entschieden und wie gewohnt eine Allwetterjacke mit Kapuze über das Langarmshirt mit dem runden Ausschnitt angezogen. Sie hatte den Reißverschluss geöffnet, weil der Himmel zwar wieder Regen versprach, aber genau das der Grund war, weshalb von der feuchten Erde aufgrund der Temperatur Dampf aufstieg und die Luft jetzt, gegen Mittag, unerträglich schwül machte.

»Tut es sehr weh?«

Sie wandte den Kopf und sah Gabor verwirrt an. Der Mann, der, seitdem sie sich erinnern konnte, auf dem Apfelhof arbeitete, deutete auf ihren Hals.

»Nein, es schaut schlimmer aus, als es ist«, erwiderte sie. »Ganz im Gegensatz zu dem da.«

Sie streckte den Arm aus und zeigte auf die zerschnittenen Hagelnetze. Ihr war zum Heulen.

Aufgrund der kontinuierlich ansteigenden Prämien für die Hagelversicherung hatte sie bald nach Beendigung der Schule Filomena davon überzeugt, auf Netze umzustellen. Damals hatten sie mit der Überspannung der ersten Wiesen begonnen, und im Laufe der nachfolgenden drei Jahre alle damit ausgerüstet. Natürlich hatten sie beide den grünen Gedanken dabei immer im Kopf gehabt, sich daher gegen Betonpfeiler und für Holzpfeiler entschieden. Nicht nur das. Sie hatten höhere und enger gesetzte und somit eine größere Anzahl von Säulen gewollt, die zwar wesentlich teurer kamen, andererseits die Lebensdauer der Netze verlängerten und die Erntearbeit erleichterten, als würden sie unmittelbar über den Baumwipfeln hängen.

Die Investition hatte, bis auf den eisernen Notgroschen, all ihr Erspartes aufgebraucht, sich jedoch insofern rentiert, als der Hagelschlag aufgrund der Klimaveränderung zunehmend stärker ausfiel. Was sie allerdings nicht bedacht hatten, war, dass Beton sozusagen ewig hält, Holz aber nicht. Die Pfeiler waren anfälliger und immer wieder musste einer ersetzt werden. Das war mit ein Grund, weshalb sie seit fünfzehn Jahren finanziell ständig auf des Messers Schneide balancierten. Manches Mal konnten sie mit den Einnahmen aus den Ernteerträgen die Kosten decken, andere Male musste Liesi einen Kredit aufnehmen, um dies zu bewerkstelligen. Das Material, die Hagelnetze, die Bewässerungsanlagen, die saisonalen Erntehelfer, vor allem aber das ganzjährig beschäftigte Personal mussten bezahlt werden, egal, wie die Ernte ausfiel.

Das bedachten all diejenigen nicht, die sie und Filomena darum beneideten, dass ihnen mehr als die doppelte Fläche der durchschnittlichen Anbaufläche eines Südtiroler Apfelbauern zur Verfügung stand. Ebenso wenig überlegten sie, dass die Kosten für sechs Hektar eben viel höher lagen als für zweieinhalb oder drei. Alle dachten sie nur an den entsprechend größeren Gewinn, den Liesi aber in die sukzessive Umstellung auf biodynamischen Anbau investieren wollte. Nur hatte sie nach der ersten Versuchswiese nicht mehr weitermachen können – und so wie es jetzt aussah, würde auch nie etwas daraus werden. Irgendjemand dieser Missgünstigen hatte nämlich vor zwei Jahren damit begonnen, dem Apfelhof vorsätzlich zu schaden.

Damals hatte man ausgerechnet auf der Wiese, wo die teure Sorte Pink Lady wuchs, die auch einen höheren Gewinn garantierte, im April die Holzpfeiler der Hagelnetze durchgesägt. Die Technikfirma hatte die alten, nicht mehr verwendbaren Pfähle entfernt und den Beginn der Arbeiten für den darauffolgenden Tag angekündigt, als die ersten nussgroßen Eisbrocken vom Himmel flogen. Der Schaden war so groß, dass es keinen Sinn gemacht hätte, die Wiesen um teures Geld zu bewässern.

Bald darauf hatten Gabor und seine Leute Schädlinge

entdeckt, die in derartiger Vielzahl normalerweise nicht auftraten. So viele Apfelwickler, die ihre Eier ausgerechnet auf den jungen Früchten der Apfelhof-Bäume ablegten, konnten sich nicht rein zufällig und alle über Nacht verirrt haben. Sobald die Larven aus den Eiern krochen, bohrten sie sich in die Äpfel. Zwar hatten die Aerosoldisperser, die den Männchen den Duft der Weibchen vorgaukelten und sie verwirrten, das Schlimmste verhindert, aber die beschädigten Früchte waren unverkäuflich.

Im selben Jahr war plötzlich auch noch die marmorierte Baumwanze über Südtirol hereingebrochen, ähnlich wie die im zweiten Buch Mose beschriebenen Heuschrecken. Das Absurde an diesen Tieren war, dass die Europäische Kommission sie nicht als Schädlinge, sondern nur als Lästlinge einstufte, aber die Biester saugten den Saft aus den Früchten, was dunkle, eingefallene Stellen an der Oberfläche hervorrief und die Äpfel unverkäuflich machte.

Liesi hatte geweint und getobt, Filomena sie einfach nur festgehalten und ihr immer wieder gesagt, dass auf ein solches Jahr nur ein gutes folgen konnte.

Und dann war der Winter zu Ende gegangen und das Frühjahr hatte Einzug gehalten, bis der Frost gekommen war. Aber in Südtirol, dem größten zusammenhängenden Obstanbaugebiet Europas, war man ja darauf vorbereitet. Man schützte die Blüten mit der Frostschutzberegnung. Nicht nur Liesi, Gabor und seine Leute waren in der Nacht draußen gewesen, auch Filomena hatte sich ihre Fellstiefel und den Daunenmantel angezogen und es sich nicht nehmen lassen, mitzukommen. Alle hatten sie die Thermometer beobachtet. Als sich die Quecksilbersäule den null Grad und somit dem Gefrierpunkt des Wassers näherte, hatten sie das Bewässerungssystem eingeschaltet – nur war nichts passiert. Nicht ein einziger Tropfen war aus den Düsen gekommen, um sich wie ein schützender Film um die Blüten zu legen und zu gefrieren. Irgendjemand hatte die Wasserleitungen der Bewässerungsanlagen nahezu all ihrer Apfelwiesen an unzähligen Stellen beschädigt.

Und jetzt das!

»Es ist das dritte Jahr, das so beginnt, Gabor.«

Liesi wischte mit den Handrücken über ihre tränenden Augen und ließ zu, dass ihr Vorarbeiter, der sie schon auf seinen Knien schaukelte, als sie ein kleines Mädchen war, sie an sich zog und ihr sanft den Rücken streichelte.

»Ich weiß, Liesi, und wir müssen uns etwas einfallen lassen, um diese bösen Menschen zu finden. Zur Polizei gehen und Unbekannte anzeigen, bringt nichts außer Zeitverlust. Aber noch ist nicht alles verloren.«

Sie hob den Kopf und schaute ihn an.

»Sie haben alle zerschnitten. Da, schau doch!«

Sie deutete nach oben auf die durchtrennten Hagelnetze. Es sah aus, als ob jemand mit einem Traktor zwischen den Spalierreihen hindurchgefahren wäre, während ein anderer eine lange scharfe Klinge über seinen Kopf gehalten hätte, um den größtmöglichen Schaden anzurichten.

»Die Eisheiligen sind erst in zwei Wochen, wir haben die beste Beregnungsanlage, die es auf dem Markt gibt, und die Wetterlage ist im Moment stabil. Frost brauchen wir also nicht zu fürchten. Du musst nur neue Netze kaufen und wir ersetzen die kaputten. Ganz ohne teure Technikfirma, wir können das selbst.«

»Und wer soll das zahlen, Gabor?«

»Wo ein Wille, da ein Weg«, erwiderte er mystisch und verzog die Lippen zu einem Lächeln. Sein goldener Schneidezahn blitzte auf.

»Du sprichst wie meine Großmutter. Die wird genau

dasselbe sagen, sobald ich ihr von diesem neuen Anschlag auf uns erzähle. Aber anstatt mich mit Märchen zu beschwichtigen, solltet ihr beide irgendwo den Goldesel finden, denn unser Konto ist leer. Auf das Tischlein, das sich von selbst deckt, und auf den Knüppel aus dem Sack verzichte ich.«

Gabor grinste verschmitzt.

»Auf Bankkonten stehen nur Zahlen geschrieben, Liesi. Echtes Geld findet man in einer versteckten Nische im Keller, unter der Matratze oder einem losen Brett im Fußboden.«

Liesi tippte sich an die Stirn. Gabor hatte einen Vogel. Und sie hatte einen Fehler gemacht, als sie den Bertl in die sprichwörtliche Wüste geschickt hatte. Es würde ihr wohl nichts anders übrig bleiben, als zu Kreuze zu kriechen und sein Angebot anzunehmen.

Sie drehte sich um und lief zu ihrem Wagen.

»Ich ruf dich an«, rief sie ihm aus dem heruntergekurbelten Fenster zu und startete den Motor. Stücke feuchter Erde flogen hoch, als sie aufs Gas stieg und die Straße zu Bertls Hof nahm.

Doch als sie ankam, war weit und breit nichts von ihm zu sehen. Die Haustür war versperrt, die Scheune, in der die Nutzfahrzeuge und das Futter aufbewahrt wurden, ebenfalls. Im Stall liefen die Hühner herum und die Schweine grunzten in ihrem Abteil vor sich hin. Sie suchte die Reihen zwischen den Reben ab, aber auch hier deutete nichts darauf hin, dass irgendwer heute hier arbeitete. Liesi zog das Handy aus der Jackentasche, entsperrte das Display und rief Bertls Kurzwahl auf. Ihr Finger schwebte darüber, doch dann hielt sie ein. Ihn anzurufen und die von ihm angebotene Unterstützung einzufordern, bedingte eine Gegenleistung. Er wollte sie. Nicht nur für eine Nacht, sondern für immer.

Liesi grub die Fingernägel durch den Stoff ihrer Hose in ihre Oberschenkel und sog lautstark die Luft ein, als der Schmerz unerträglich wurde. Nein, sie konnte das nicht! In ihrem ganzen bisherigen Leben hatte sie nie den Wunsch verspürt, Bertl auch nur auf den Mund zu küssen. Er gehörte zu ihrer Familie, war der Bruder, den sie nicht hatte, und sie seine Schwester – hatte sie immer gedacht. Dass dem nicht so war, hatte sie erst letzte Nacht erkannt, als sie schlaflos in ihrem Bett lag. Bertl hatte einen jeden Burschen vergrault, der sich ihr genähert hatte. Nur war ihr das stets egal gewesen, weil sie ohnehin keiner interessierte. Nicht auf die Art, wie es ein Mann tun sollte, um den Funken zu entzünden, der sie mehr wünschen ließ. Und sie hatte eine genaue Vorstellung davon, wie sich das anfühlte, obwohl sie es noch nie erlebt hatte. Sie hatte ihre Neugierde befriedigt, wusste, wie sich Sex anfühlte, und hatte diese Erfahrung jeden Sommer aufgefrischt. Die zwei Wochen Auszeit in Jesolo mit Traudl, die in dieser Hinsicht genauso tickte wie sie, waren eine Konstante in ihrem Leben, so wie Ostern und Weihnachten.

Aber so wie es jetzt aussah, konnte sie den Urlaub heuer vergessen. Im Moment wusste sie nicht einmal, woher sie das Geld für die neuen Hagelnetze nehmen sollte. Mit einem Teil der zwanzigtausend, die sie von der Produktionsfirma des Films am Ende der Dreharbeiten auf dem Apfelhof bekommen würde, musste sie den Bankkredit abbezahlen. Der Bankdirektor hatte ihr die letzten Raten nur deshalb gestundet, weil sie sich dazu verpflichtet und der Bürgermeister für sie gebürgt hatte. Das restliche Geld brauchte sie, um die laufenden Kosten bis zur Ernte abzudecken, und etwas hatte sie auf die Seite legen wollen. Das war ja auch der Grund, weshalb sie den Vertrag nicht in kleine Fetzen zerrissen hatte – und da der Regisseur mit dem dämlichen Namen entlassen worden war. Dass der Bertl ihre Entscheidung nicht begriff oder begreifen wollte, hatte ja nur damit zu tun, dass er auf seinen Cousin nicht gut zu sprechen war. Doch das war ihr egal, nicht aber das, was ihr bester Freund von ihr verlangte, als ob er ein Recht darauf hätte.

Liesi stapfte zurück zum Auto, setzte sich hinein und umfasste das Lenkrad mit beiden Händen. Sie schaute zu Bertls Elternhaus, in das er am Tag seiner Volljährigkeit eingezogen war, und sah plötzlich ganz klar vor sich, dass sie sich beim besten Willen nicht vorstellen konnte, hier zu leben.

Wenn es nur eine klitzekleine Möglichkeit gab, an das Geld für die Hagelnetze zu kommen, ohne dass sie sich verbiegen und ihre Hoffnungen und Träume aufgeben musste, sie würde sie ergreifen. Und falls nicht, dann würde sie eben einen Hektar von ihren Wiesen verkaufen – Interessierte gab es mehr als genug. Lieber das, als dem Bertl nachzugeben und auf sein Drängen eingehen.

Sie holte tief Luft, stieß sie zwischen spitzen Lippen aus und startete den Motor. Auf dem Weg nach Hause fühlte sie sich mit jedem Meter, den sie sich von Bertls Hof entfernte, eine Spur leichter. Selbst der Gedanke, Filomena die neue Hiobsbotschaft überbringen zu müssen, wog nicht mehr so schwer wie vorhin.

Sie bog in die private Zufahrtsstraße ein und bremste an der Stelle ab, von der sie die drei riesigen Apfelbäume, die ihre Ururgroßmutter gepflanzt hatte, in all ihrer Pracht sehen konnte. Die weiß-rosa Blüten leuchteten im diffusen Licht, und die Farbe der Blätter war von diesem zauberhaften hellen Grün, das nur die Natur hervorbringen konnte. Liesis Blick glitt an den Stämmen abwärts zu der Holzbank, die schon seit über hundert Jahren dort stand. Verwirrt blinzelte sie einmal, dann noch einmal, aber das Bild blieb dasselbe.

Auf ihrer Bank saß ein Mann. Er hatte die langen Beine von sich gestreckt und die Handflächen neben sich auf der Sitzfläche abgelegt. Unbeweglich war er in das Panorama vertieft. Soweit sie es aus der Entfernung sehen konnte, war seine Nase gerade und perfekt. Nicht so seine Haare. Die waren braun und wellig und hätten einen Schnitt vertragen. Sie umgaben seinen Kopf auf höchst eigenwillige Art und Weise und kringelten sich im Nacken. Liesi seufzte auf, als ein zaghafter Sonnenstrahl sich in ihnen verfing und goldene Reflexe hineinzauberte.

Das Gefühl, den Unbekannten zu kennen, obwohl sie sicher war, ihn nie zuvor gesehen zu haben, erfüllte sie mit einer nicht zu erklärenden Vorfreude. Sie wusste nicht, was er auf dem Apfelhof machte, aber sie würde ihn nicht gehen lassen, bevor sie seine Stimme gehört und ihm in die Augen geschaut hatte.

Vorsichtig tippte sie das Gaspedal an, fuhr bis zum Hof und stellte ihren Wagen ab. Daneben stand einer mit Münchner Kennzeichen, was ihrer Vorfreude einen Dämpfer versetzte. Zwar hatte sie die Bestätigung, dass sie den Fahrer wirklich nicht kannte, erkannte aber, dass er sicher nur einer von diesen Urlaubern war, die hierherkamen und sie um Erlaubnis fragten, weil sie den Hof und die Bäume fotografieren wollten. Als ob das Schild, an dem er auf seinem Weg hierher vorbeigekommen war, nicht klar genug wäre. Sie schlug die Autotür zu und ging zur Wiese, wo er immer noch auf der Bank unter den ausladenden Baumkronen saß und ihr den Rücken zuwandte.

»Können Sie nicht lesen?«, rief sie. »Das hier ist Privatbesitz und die Zufahrt eine Privatstraße!«

Kapitel 10

Die Anspannung, die ihn seit Tagen quälte, sich wie ein metallener Ring um seine Brust gelegt hatte, lockerte sich. Im selben Moment, in dem Chris Bergmann sich auf die uralte Holzbank unter den Apfelbäumen setzte, hatte er das Gefühl, angekommen zu sein. Und das, nachdem ihn die alte Frau so forsch abgewiesen hatte. Gut, vielleicht hatte er einen Fehler gemacht, als er mit dem Wagen hergekommen war, aber er musste endlich mit dieser Liesi Thaler sprechen. Tagelang hatte er es vor sich hingeschoben, die Gespräche mit der Filmcrew und langwierige Telefonate mit den Schauspielern geführt, doch letztendlich hatte er es geschafft.

Der neue Zeitplan der Produktion stand, nicht zuletzt, weil Marcus Wagner, der Regieassistent, seinen Vorschlag erfreut angenommen hatte. Endlich durfte er selbstständig arbeiten und vorerst die Verantwortung für die Landschaftsaufnahmen in der gesamten Region übernehmen, die Chris zu einem großen Teil für den Imagefilm benötigte, den die Südtiroler Landesverwaltung in Auftrag gegeben hatte. Zudem hatte Marcus die Zusammenarbeit mit Ummo Tütken ebenso sehr gehasst wie alle anderen, was sämtliche Crewmitglieder aber erst zugegeben hatten, als er ihnen versicherte, dass der Regisseur mit dem Alkoholproblem und dem cholerischen Charakter nie wieder für seine Produktionsfirma arbeiten würde. Die Mitarbeiter hätten weiterhin gelitten, anstatt sich ihm anzuvertrauen – weil sie ihn einfach nicht gut genug kannten. Nur Heidelinde Wagner, mit der er schon in L. A. zusammengearbeitet und die er eigens für dieses Projekt als Produktionsassistentin nach München geholt hatte, war ehrlich zu ihm gewesen. An dem Tag, an dem seine Mutter eingeäschert worden war, hatte sie ihn kontaktiert und über die unerträgliche Situation in Südtirol informiert.

Zum Glück, sonst wäre Chris sicher nicht in seinen Wagen gestiegen und hierhergekommen, an diesen Ort, der ihn gefangen nahm. Noch vor wenigen Tagen war er knapp davor gewesen, dem inneren Drang nachzugeben und die Urne in München bestatten zu lassen, auf demselben Friedhof, auf dem sein Vater lag. Er glaubte zwar nicht daran, dass die Nähe nach dem Tod zwei Menschen mehr miteinander verband, als wenn sie auf gegenüberliegenden Seiten des Globus begraben werden würden, im Grunde genommen nicht einmal an ein Leben danach. War es mit dem irdischen Dasein vorbei, war Schluss. Er hätte sich also nicht mit Selbstvorwürfen gepeinigt, dem letzten Wunsch seiner Mutter nicht nachgekommen zu sein – aber jetzt ...

Die drei riesigen Bäume mit ihren ausladenden Ästen, die ineinander übergriffen und in deren frischem grünem Blätterwerk leise der Wind säuselte, übten eine eigenartige Faszination auf ihn aus. Auf dieser uralten Bank, die auf einer Art kleinem Erdhügel zwischen den Baumstämmen stand, der vermutlich von den ineinander verschlungenen Wurzeln aufgewölbt wurde, fühlte er sich rundum wohl. Chris Bergmann, der Journalisten auf die Frage, ob er eher in Hamburg, München oder aber in L. A. daheim war, nie eine Antwort gegeben hatte, weil er keine hatte, spürte plötzlich eine Verbundenheit mit diesem Ort, wie er sie nie zuvor irgendwo auf der Welt gespürt hatte.

Dabei wusste er nur das, was er sich aus den wenigen Bemerkungen seiner Mutter in ihrem letzten Lebensjahr zusammengereimt hatte.

Ihr Kopf hatte mit Vaters Tod vor zehn Jahren einfach nicht mehr richtig funktionieren wollen, obwohl sie damals erst fünfundfünfzig gewesen war. Sie hatte ihren Sven, ihren wundervollen Hamburger, wie sie ihn stets genannt hatte, so sehr geliebt, dass sie sich ohne ihn in der normalen Welt nicht zurechtfand und sich eine eigene schuf. Eine, die sich aus Erinnerungen und Träumen zusammensetzte, die sie jedoch kaum mit jemandem teilte. Als Chris nach einem äußerst besorgniserregenden Telefonat mit seiner Mutter, bei dem sie komplett wirres Zeug gesprochen und ihn ständig Sven genannt hatte, überstürzt nach München geflogen war, hatte er nicht mehr viel tun können. Sie hatte sich im Laufe der Zeit zunehmend von Freunden und Bekannten zurückgezogen und in den täglichen Belangen der Haushälterin vertraut, mit der sie nie ein enges Verhältnis gehabt hatte. Die hatte nicht daran gedacht, ihn zu informieren, dass seine Mutter immer eigenartiger wurde. Er hatte der Angestellten den Grund an den Kopf geworfen, ihr gesagt, dass ihr das sichere monatliche Einkommen wichtiger war als die Gesundheit der Frau, für die sie seit vielen Jahren arbeitete. Aber sein Ausbruch hatte nichts an der Tatsache geändert, dass der einzige Mensch, der ihm von seiner Familie geblieben war, an schwerer Demenz litt. »Sie kommt mit ihrem Leben und der Welt nach dem Tod Ihres Vaters nicht mehr zurecht, Herr Bergmann«, hatte ihm der Professor erklärt und ihm dringend angeraten, sie in einer privaten Pflegeeinrichtung betreuen zu lassen. Von da an war er immer öfter zwischen L. A. und München hin und her gependelt. Während ihn in Deutschland der alte Partner seines Vaters damit köderte, die Firma allein zu übernehmen und zu leiten, da er auf die siebzig zuging und sich zurückziehen wollte, war die Beziehung zu seiner Freundin, die diesen Namen nicht verdiente, den Bach runtergegangen. Anfangs hatte er gedacht, dass es an der Zeit lag, die er nicht in L. A. war und ihr entzog, bis er eines Tages zufällig eines Besseren belehrt wurde. Sobald er weg war, amüsierte sie sich in seinem Haus mit ständig wechselnden Liebhabern. Mit einem von ihnen hatte er sie überrascht und erst dann den längst fälligen Schnitt gesetzt und sein Leben in eine neue Richtung gelenkt. Gegen die Selbstvorwürfe, die ihn, den ausgeglichenen und stets fröhlichen Mann, damals in einen unruhigen Menschen verwandelt hatten, war er bis zum heutigen Tag nicht angekommen.

Hätte er nur vermutet, dass seine Mutter mit fünfundsechzig sterben würde, er wäre viel früher zurückgekehrt. Vor allem aber hätte er die Momente, in denen sie gedanklich zugänglicher gewesen war, genützt und ihr viel mehr Fragen nach ihrem Leben vor seiner Geburt gestellt. Zu wissen, dass sie aus Südtirol stammte und hier seinen Vater kennengelernt hatte, war eine Sache. Nicht zu wissen, weshalb sie nie über die Vergangenheit und die Menschen hatte sprechen wollen, die ihr doch sicher etwas bedeutet hatten, eine andere. Erst als er ihre Todesurkunde in Händen gehalten und den Wandsafe im ehemaligen Arbeitszimmer seines Vaters geöffnet und die Dokumente herausgenommen hatte, um die zu suchen, die er für den Nachlass benötigte, hatte er ihren Geburtsnamen gelesen, der ihm absolut nichts sagte. Sie selbst hatte ihn auch nie erwähnt.

Das Einzige, wovon sie mit verklärtem Lächeln und erstaunlich fester Stimme in ihren letzten Monaten immer wieder gesprochen hatte, war der Apfelhof in Mela gewesen. Da hatte sie seine Hände genommen und so fest umklammert, dass sich ihre Fingernägel in seine Haut bohrten: »Versprich mir, dass du meine Asche unter den drei Apfelbäumen vergraben wirst, Chris. Versprich es mir!«

»Können Sie nicht lesen? Das hier ist Privatbesitz und die Zufahrt eine Privatstraße!«

Die harsche Stimme einer Frau riss ihn aus seinen Gedanken.

Chris sprang auf und drehte sich um, schlug dabei mit dem Knie gegen die Kante der Holzbank und verzog den Mund.

»Also? Was tun Sie hier?«

Sie war umwerfend. Ihre Wangen waren gerötet, das blonde, lockige Haar umrahmte unordentlich ihr ebenmäßiges Gesicht, das von der Stupsnase beherrscht wurde, wären da nicht die strahlend blauen Augen gewesen. Aus denen schossen Blitze in seine Richtung, während sie mit ausgestrecktem Arm auf ihn zukam und hinter der Rückenlehne stehen blieb. In den Aufnahmen, die Ummo Tütken auf dem Golfplatz gedreht hatte, war zwar ihre eindeutig weibliche, schlanke Gestalt zu sehen gewesen, doch das Golfkäppi und die verspiegelte Sonnenbrille hatten nicht im Entferntesten darauf schließen lassen, welch natürliche Schönheit sie verbargen.

Chris ignorierte sein schmerzendes Knie und streckte die Hand aus, fing damit die ihre ab, bevor sich ihr Zeigefinger in seine Brust bohren konnte. Als ob sie sich verbrannt hätte, zog sie ihren Arm sofort zurück.

»Der Bürgermeister hat mir gesagt, wo ich Sie finde, Frau Thaler, und die alte Frau meinte vorhin, dass ich hier auf Sie warten kann.«

Er deutete mit dem immer noch gehobenen Arm zum Haus.

»Und was wollen Sie von mir?«

»Mit Ihnen reden. Ich bin der Produzent von Apfelblüten im Regen.«

Als ob sie ein Luftballon wäre, den man mit einer Nadel gepikst hätte, stieß sie die Luft aus, mit der sich ihr Brustkorb offensichtlich gefüllt hatte. Ihre Schultern sackten nach unten und ihre Mundwinkel zuckten.

»Oh.«

Er hatte jahrelange Erfahrung mit Schauspielern, und einige davon waren unter den besten der Welt. Aber nicht eine einzige von ihnen hatte ein derart ausdrucksstarkes Gesicht, diese Mimik, die mehr sagte als tausend Worte. Chris war fasziniert, so sehr, dass er sie einfach nur anstarrte.

»Haben Sie schon gegessen?«, fragte sie und drehte sich um. Ohne seine Antwort abzuwarten, ging sie zum Haus. Er stand immer noch wie zur Salzsäule erstarrt da, als sie verlangsamte und über die Schulter zu ihm sah.

»Kommen Sie, Herr Produzent. Es ist spät und ich habe Hunger. Sie können mit uns essen und dann reden wir.«

Liesi legte die Hand auf die Klinke und drückte die Haustür auf. Ihr Herz raste, und das lag nicht nur daran, dass sie den Filmproduzenten wütend angefahren hatte. Der Kerl hatte nicht nur lange Beine, die perfekt zum Rest seines athletischen Körpers passten, sondern eine Stimme, die mit ihrem Klang jede einzelne Saite in ihr zum Schwingen gebracht hatte. Zu wissen, dass er ihr jetzt ins Haus folgte, versetzte sie in einen Zustand, der nichts mehr mit der Sorge um die zerschnittenen Hagelnetze zu tun hatte.

»Du bist spät dran, zum Glück gibts heute Gröstl.« Filomena stand in der Küchentür und wischte sich die Hände in der Schürze ab.

»Echt jetzt? Hoffentlich isst er das.«

»Ich esse alles«, tönte es hinter ihr.

Filomena kniff die Augen zu Schlitzen und schaute über ihre Schulter hinweg auf den Mann. Sie presste die Lippen zusammen, drehte sich um und ging wortlos zurück in die Küche. Dass ihre Großmutter nicht von vielen Worten war, wussten alle in Mela, aber nicht einmal zu grüßen, wenn ein Gast das Haus betrat, sah ihr gar nicht ähnlich. Andererseits kam so gut wie nie jemand zum Essen zu ihnen, schon gar nicht unter der Woche, nur manchmal am Sonntag die Gitti samt Familie, die Traudl und der Bertl zur Marende. Wahrscheinlich war ihr das schlicht und einfach unangenehm, weil Gröstl ein Restlessen war. Aber der sollte froh sein, dass sie ihn nicht weggeschickt hatte. Liesi drehte sich um.

»Das hoff ich doch, dass Sie alles essen, Herr Produzent«, sagte sie jetzt spitz und schaute zu ihm auf.

»Selbstverständlich, wenn ich mir nur vorher die Hände waschen dürfte.«

Tja, das sollte sie auch noch tun. Sie deutete auf die Tür, hinter der das kleine Bad und die Waschküche lagen.

»Dort, wir warten auf Sie.«

»Der Gabor hat mich angerufen«, sagte Filomena, während sie in der gusseisernen Pfanne umrührte. Liesi starrte auf ihren Hinterkopf mit der perfekten Haarschnecke, den sie wie immer aus ihrem zum Zopf geflochtenen schneeweißen Haar gemacht hatte. »Wenn du mir jetzt Löcher in den Rücken starrst, ändert sich auch nichts. Setz dich lieber.«

Sie seufzte auf, schlupfte aus der Jacke und wusch sich dann die Hände in dem riesigen Keramikspülbecken neben dem Herd. Während sie sich abtrocknete, schaute sie zum Tisch und öffnete die Kredenz, um einen weiteren Teller herauszuholen.

»Ich wollte keine Umstände machen.«

Verdammt, sie war doch sonst nicht so schreckhaft! Sie zuckte zusammen, als sie die Stimme des Mannes ganz nah vernahm und er die Hand ausstreckte, um ihr den Teller abzunehmen. Dabei streiften sich ihre Finger, und es war, als ob sie ein ungeschütztes Kabel berührt hätte. Pure Energie schoss durch ihren Körper. Reflexartig riss sie den Kopf hoch – und sah in seinen Augen dasselbe Erstaunen, das sie verspürte.

»Wollt ihr noch länger dort stehen?«, fragte Filomena vom Tisch her und setzte sich auf ihren Platz. »Ein drittes Mal wärme ich das nicht auf.«

»Meine Mutter hat immer gesagt, dass ein Gröstl ohnehin erst beim vierten Mal gut schmeckt«, sagte er mit seiner angenehmen, tiefen Stimme.

In seinen Augen blitzte der Schalk auf. Er stand ganz knapp vor ihr und schaute auf sie runter. Wenn er ihr noch näher käme, müsste sie den Kopf ein wenig in den Nacken legen – dabei hatte er ihr nicht einmal gesagt, wie er hieß.

»Gibt es das in München auch?«

Liesi machte einen raschen Schritt zur Seite, griff in die

Bestecklade, nahm eine Gabel und ein Messer heraus und ging zum Tisch.

»Wieso wissen Sie …«

»Von Ihrem Autokennzeichen, Herr Produzent.«

»Warum nennen Sie mich so?«

»Weil Sie mir was voraushaben, Sie Schlaumeier. Sie kennen nämlich meinen Namen, aber ich nicht den Ihren.«

»Oh.«

»Oh und weiter?«

Liesi grinste ihn an und stellte erstaunt fest, dass seine Wangen die Farbe wechselten. Süß! Bei Männern erwartete man so etwas nie, schon gar nicht bei einem solchen Münchner Großkopferten.

»Mein Name ist Christian Bergmann.«

Filomena fiel der metallene Kochlöffel aus der Hand und schlug auf dem Pfannenrand auf. Ein paar Kartoffelstückchen verteilten sich auf dem Tischtuch.

»Alles in Ordnung?«, fragte Liesi.

»Ja, ja. Ich stell mich nur schon die ganze Zeit so patschert an, seitdem der Gabor angerufen hat.«

»Komm, lass mich das machen«, überging Liesi ihre Worte, stand auf und verteilte Gröstl auf die drei Teller. Dann schob sie die Salatschüssel zu dem Produzenten.

»Ein echtes Südtiroler Gröstl muss man mit Krautsalat essen, Herr Bergmann.«

»Meine Freunde nennen mich Chris, Frau Thaler.«

»Wir haben uns gerade erst kennengelernt«, parierte sie. »Aber wenn Sie meinen, ich bin die Liesi.«

Er warf ihr einen langen Blick zu, der sie so sehr verwirrte, dass sie den ihren senkte. Sie griff nach dem Salatbesteck und bugsierte eine ordentliche Portion auf seinen Teller.

Filomena saß immer noch unbeweglich da und starrte den Mann an ihrem Tisch an.

»Großmutter, magst nicht essen, bevor es kalt wird?«

»Doch, doch«, murmelte die alte Frau jetzt, schaute ihrer Enkelin zu, die ihr Salat auf den Teller tat, und griff nach der Gabel.

»Guten Appetit, die Damen.«

»Ich heiße Liesi und meine Großmutter Filomena«, erwiderte sie, spießte ein Stück Rindfleisch und eine Kartoffel auf und öffnete den Mund.

Dabei erhaschte sie seinen Blick und das flüchtige Lächeln.

»Freut mich«, sagte er und begann zu essen.

Eine Zeit lang hörte man so gut wie nichts, nur die Geräusche der Gabeln, die auf den Tellern kratzten.

»So ein gutes Gröstl habe ich noch nie gegessen.«

Liesi sah erstaunt auf. Sie hatte gar nicht bemerkt, dass er schon aufgegessen hatte.

»Nehmen Sie sich noch, Chris.«

Sie deutete auf die Pfanne.

»Ich will Ihrem Mann nichts wegessen, der wird doch sicher am Abend ...«

»Wie kommen Sie denn drauf, dass ich verheiratet bin, Chris?«

Er runzelte die Stirn. »Derjenige, der darauf bestanden hatte, diese Szene mit dem Golfschläger mit Ihnen zu drehen ...«

»Sie meinen den, der sich freiwillig von mir einen Schlag auf seine Eier hat geben lassen?«

Liesi wusste nicht, ob sie lachen oder weinen sollte.

Chris Bergmann nickte.

»Der Bürgermeister hat meiner Produktionsassistentin, als sie ihm vor ein paar Monaten am Telefon die Szene erklärte und fragte, wer denn dafür infrage käme, sofort ihren Namen genannt. Und dann fügte er hinzu, dass es die Liesi Thaler jedoch sicher nur in Kombination mit dem Bertl Kofler gäbe.«

»Und deshalb haben Sie gedacht, dass der Bertl mein Mann ist?«

Endlich kam wieder ein Geräusch von Filomena – und es war ein Kichern.

»Das hätt er gern, der Bertl, aber da spielt die Liesi net mit«, gab sie glucksend von sich.

Liesi verdrehte die Augen und fing zugleich den intensiven Blick ihres Gegenübers ein. Oder bildete sie sich nur ein, dass sich das Braun seiner Iriden verdunkelt hatte? Wahrscheinlich, aber sicher nicht, dass er die Unterlippe mit den Zähnen malträtierte – denn das tat er.

»Wollen'S noch von dem Gröstl?«, beeilte sie sich, zu fragen, bevor ihr womöglich andere Blödheiten in den Kopf kamen.

»Ja, sehr gern. Meine Mutter hat die Kartoffel immer mit Pilzen und Gemüse gemacht, und meistens hat sie eine Wurst hineingeschnitten, aber so, einfach nur mit Zwiebeln und Rindfleisch, kannte ich das nicht.«

»Andere Länder, andere Sitten«, erwiderte Liesi leichthin und beobachtete, wie er kräftig zuschlug.

Er nickte, dann schenkte er sich Wasser aus dem Tonkrug nach und nahm einen Schluck. Dabei huschte sein Blick wieder zu ihrem Hals und den Würgemalen, aber auch jetzt sagte er nichts, und sie war froh darüber.

»Wer wohnt denn außer Ihnen noch hier?«, fragte er stattdessen. »Sie haben doch sicher eine große Familie?«

»Ist es das, was man von uns Südtiroler Bauern in Bayern glaubt?«

»Eher das, was man sich von der alpenländischen Bevölkerung generell vorstellt.«

»Früher einmal war das vielleicht so, aber auch nicht

immer. Ich bin zum Beispiel ein Einzelkind, und meine Mutter war ebenfalls eins.«

»War?«, fragte er vorsichtig.

Liesi nickte. »Sie und mein Vater sind bei einem Bergunglück umgekommen, als ich elf war. Seither sind die Filomena und ich allein.«

Er sah sie unverwandt an, und sie konnte in seinem Blick das Mitleid für das kleine Mädchen lesen, das sie damals war.

»Das ist schon lang her«, murmelte sie.

»Die Frauen in unserer Familie mussten alle stark sein, und die Liesi hat das mit den Genen mitbekommen«, sagte Filomena mit fester Stimme.

Chris Bergmann wandte sich in ihre Richtung.

»Nur die Frauen? Die Männer nicht?«

»Nein.« Sie schüttelte nachdrücklich den Kopf. »Meine Urgroßmutter stammte aus Ungarn und war siebzehn, als sie mit dem Gefolge der Kaiserin Sissi nach Südtirol kam und hierblieb. Sie hat aus einem kleinen Stall den Apfelhof gemacht und die Familie begründet, indem sie zwei Kinder bekam, aber sie hat nie geheiratet. Ihre Tochter, meine Mutter, hat mich in die Welt gesetzt – und niemand hat je erfahren, wer mein Vater war. Ich war ihr einziges Kind, so wie auch ich nur eines hatte – Sofia, Liesis Mutter. Sie sehen also ...«

»Und Sie, Filomena, waren Sie verheiratet?«, fragte er hastig dazwischen und Liesi hielt die Luft an.

Ihre Großmutter mochte es nicht, wenn man sie unterbrach, noch weniger aber gefielen ihr Fragen ausgerechnet zu diesem Thema.

Filomena griff zum Wasserglas, trank einen Schluck. Dabei schaute sie ihn über den Rand hinweg aus ihren wasserblauen Augen an, als ob sie in seinen Kopf eindringen wollte, um seine Gedanken zu erkennen. Liesi wusste, wie sie sich fühlte, wenn ihre Großmutter das machte – nämlich nackt. Aber der Münchner senkte weder den Blick noch schien er unangenehm berührt. Langsam stellte die Filomena das Glas ab und antwortete ihm.

»Ich habe nie den Richtigen gefunden, Chris. Vielleicht hat mir jedoch einfach nur der Mut gefehlt, zu dem Mann zu stehen, der es hätte sein können. Wie auch immer. Meine Großmutter hat ihren Nachfahren Fleiß, Ausdauer, Wagemut und einen Sturschädel vererbt. Wir sind nüchterne Menschen, die sich um das Land und den Hof sorgen und darum, dass wir das, was wir geerbt haben, für die nachfolgenden Generationen erhalten. Romantische Gefühle kennen wir nicht, weshalb uns daraus resultierende Komplikationen erspart bleiben.«

Er klappte den Mund auf – und schloss ihn. Dann schaute er in ihre Richtung, und Liesi spürte wieder dieses eigenartige Gefühl, das sie schon gehabt hatte, als sie ihn noch vom Auto aus beobachtete, während er mit dem Rücken zu ihr unter den Apfelbäumen saß.

»Sie haben vorhin von Ihren Eltern gesprochen, Liesi. Waren die beiden glücklich miteinander?«

Ein Lächeln stahl sich auf ihre Lippen.

»O ja, das waren sie, und mein Vater war auch der erste Mann, der eine Nachfahrin meiner Ururgroßmutter geheiratet hat.«

»Der erste, aber nicht der einzige?«

Liesi sah Hilfe suchend zu ihrer Großmutter.

»Du hast mir einmal erzählt, dass dein Onkel verheiratet war, richtig?«

Filomena nickte.

»Er war der Bruder meiner Mutter und Vater eines Sohnes, der sich ebenfalls eine Frau nahm. Aber die beiden waren

Männer, da blieb der Name der Familie ganz automatisch erhalten.«

»Ging es immer nur darum?«, fragte Chris Bergmann interessiert. »Wollten die Frauen Ihrer Familie ihren Namen den Kindern vererben?«

»Vielleicht war das im Unterbewusstsein unser Grund – zumindest, bis meine Tochter Sofia den Max Thaler heiratete. Aber seitdem die italienischen Truppen Südtirol am Ende des Ersten Weltkriegs im November 1918 besetzt haben und im Jahr darauf der Friedensvertrag von Saint Germain die Annexion unserer Region durch Italien sanktionierte, wurden auch die Gesetze der Namensgebung geändert. In Italien nimmt die Frau durch Heirat nicht den Namen des Mannes an, sie behält ihren Geburtsnamen ein Leben lang. Ihre Kinder erhalten hingegen den des Vaters, egal, ob sie ehelich oder außerehelich zur Welt kommen, sofern dieser sie anerkennt.«

»Das wusste ich nicht.« Er schüttelte nachdenklich den Kopf.

»Das weiß kaum jemand im Ausland, Chris. Für mich war es jedenfalls der Grund, weshalb ich den Namen des Vaters meiner Tochter den Behörden nicht gemeldet habe.«

»Und Sie haben das nie bereut?«

Filomena lächelte und all die kleinen Fältchen, die ihr Gesicht durchfurchten, vertieften sich.

»Nein, niemals. Ich war immer stolz darauf, eine Nachfahrin von Erzsebet Pinkasz zu sein. Meine Großmutter war eine Pionierin, eine Frau, die sich bereits am Ende des neunzehnten Jahrhunderts über gesellschaftliche Regeln und Konventionen hinweggesetzt hat, um selbstbestimmt und an dem Ort zu leben, in den sie sich verliebt hatte. Und Mela war damals, zu einer Zeit, als die Kaiserin Sissi als fortschrittliche Person, die sich von ihrem

Ehemann nichts sagen ließ, während ihrer Aufenthalte in Meran frischen Wind in die adelige Gesellschaft der Kurstadt brachte, ein hinterwäldlerisches Dorf.«

»Ihre Großmutter hieß Erschebet Pinkasch?«

»Man spricht es so aus, schreibt jedoch den Vornamen Erzsebet, der Elisabeth bedeutet, mit einem Zet und Es anstatt eines Sch und den Nachnamen mit Es und Zet«, erklärte sie ihm.

»Aber«, fuhr Filomena jetzt fort, und Chris wandte sich ihr zu. »Weil den Menschen hier die Aussprache schwerfiel, hat meine Großmutter zu Beginn des zwanzigsten Jahrhunderts, als ihre Tochter und ihr Sohn noch Kleinkinder waren, deren Namen ganz offiziell geändert.«

Liesi wunderte sich, dass sie keine Anstalten machte, vom Tisch aufzustehen, wie sonst immer nach dem Mittagessen. Offensichtlich empfand auch sie die Gesellschaft des Filmproduzenten, der höchst interessiert an ihrer Familiengeschichte war, als angenehm. Sie spielte mit der Serviette, während sie ihre Augen noch weiter öffnete und tief in die seinen schaute.

»Sie wundern sich also sicher nicht, dass meine Enkelin Elisabeth getauft wurde, auch wenn sie Liesi gerufen wird. Hier bei uns neigt man generell dazu, Vornamen in ihrer Kurzform oder Kosenamen zu verwenden. Nur ich bin eine von den wenigen, die stets darauf bestand, Filomena genannt zu werden. Nicht Filli und nicht Mena, sondern immer schön alles zusammen.«

»Das kann ich gut verstehen«, erwiderte Chris schmunzelnd. »Aber Sie haben mir noch nicht verraten, welchen abgeänderten Familiennamen Sie tragen?«

»Ja, Sie haben recht.« Sie strich mit ihren schmalen, von Altersflecken gezeichneten Händen die Serviette glatt, bevor sie wieder aufsah. »Natürlich. Bereits meine Mutter Agnes und ihr Bruder Peter hießen nicht mehr Pinkasz, und so wurde ich als Filomena Pinker geboren.«

Sie sprach langsam, betonte jede einzelne Silbe und fixierte Chris Bergmann dabei. Noch war sie nicht am Ende des Satzes angekommen, als er erstarrte und sie entgeistert anschaute. Zumindest kam es Liesi einen Moment lang so vor. Nur einen ganz kurzen Augenblick, der ebenso rasch endete, wie er begonnen hatte. Offenbar war es auch nur ihr aufgefallen, denn ihre Großmutter legte die Hände auf die Tischplatte und drückte sich hoch.

»Wollen Sie einen Kaffee, Chris?«, fragte sie liebenswürdig.

Er nickte wortlos.

»Ich habe auch einen Apfelstrudel gemacht, Liesi«, fuhr sie dann an ihre Enkelin gerichtet fort. »Der steht drüben in der Speisekammer, holst du ihn bitte?«

»Ja, natürlich.«

Sie räumte Teller, Pfanne und Salatschüssel ab, während Filomena die Moka richtete und auf den Herd stellte. Dann ging sie hinüber, um den Strudel zu holen, und als sie zurückkehrte, kam es ihr so vor, als ob Chris Bergmann und ihre Großmutter in der Zwischenzeit kein einziges Wort gewechselt hätten.

Umso mehr sprach der Produzent, nachdem er den starken, schwarzen Kaffee getrunken hatte, sobald Filomena ganz beiläufig Gabors Anruf und die zerschnittenen Hagelnetze erwähnt hatte.

Wie auch immer es passiert war, als Stunden später die Abenddämmerung hereinbrach und sie das Licht aufdrehen mussten, wusste der Münchner weit mehr über ihre Probleme als ihre Freunde vor Ort. Und er machte ihr einen Vorschlag, der ihren finanziellen Engpass vorerst beseitigte und sie nicht zwang, einen Teil ihrer Apfelwiesen zu verkaufen oder schlimmer.

Als Liesi am Abend im Bett lag, war sie einfach nur froh, den Bertl mittags nicht auf seinem Hof angetroffen und um Hilfe gebeten zu haben. Noch mehr aber freute sie sich, Chris Bergmann kennengelernt zu haben. Der Münchner, der jahrelang in Kalifornien gelebt und in Hollywood gearbeitet hatte, schien ihr viel zu bodenständig für einen solchen Filmfuzzi. Und zu verständnisvoll. Und zu nett. Zu attraktiv. Höllisch attraktiv. Irgendwie entsprach er zu achtzig Prozent dem Bild, das sie immer von einem Mann gehabt hatte, der ihr Herz erobern könnte. Vielleicht sogar zu neunzig? Oder möglicherweise ...?

Zum Glück konnte Liesi den Gedanken nicht mehr zu Ende denken, weil der Schlaf sie nach dem langen und ereignisreichen Tag ganz plötzlich übermannte.

Kapitel 11

Während Liesi zum ersten Mal seit Wochen tief und traumlos schlief, wurde ihre Großmutter von nagenden Gedanken wach gehalten.

Filomena Pinker hatte das Fenster geöffnet und sah hinaus zu den Apfelbäumen, deren Blätter leise im Wind säuselten. Es war dieses Flüstern, das sie seit neunzig Jahren vom Frühjahr bis zum Herbst begleitete, stets in einem anderen Tonfall, doch immer präsent, in dem sie die Antwort suchte. Warum? Wieso ausgerechnet jetzt? Als sie um die Mittagszeit den Wagen gehört hatte, der sich dem Apfelhof näherte, hatte sie ein eigenartiges Gefühl erfasst. Das Motorengeräusch, das dem von Liesis Auto so unähnlich war und auch nicht klang wie das der anderen Fahrzeuge, die mit schöner Regelmäßigkeit hierherkamen, hatte eine Vorahnung in ihr ausgelöst. Ihre sonst ruhigen Hände hatten zu zittern begonnen. Das Messer, mit dem sie eine große Kartoffel schälte, war ihr entglitten, als eine Autotür zugeschlagen worden war. Und dann hatte sie ihn gesehen. Er war vor dem Küchenfenster vorbeigegangen und mit einem Schlag hatte sie sich mehr als vier Jahrzehnte zurückversetzt gefühlt.

Mai 1975

Vier Menschen lebten unter dem Dach des Apfelhofs, und jeder bekam alles von den anderen mit und wurde miteinbezogen, ob er wollte oder nicht.

Nach dem Tod ihrer Mutter Agnes und ihres Onkels Peter gab es zwei Familien auf dem Apfelhof und beide bestanden aus jeweils zwei Personen.

Die eine bildeten Filomena und ihre Tochter Sofia, die mit ihren zweiundzwanzig Jahren überall mit anpackte und sich für das Leben als Apfelbäuerin begeisterte. Ganz anders als die gleichaltrige Elisabeth, die lieber nähte und stickte und nach der Lehre bei der besten Schneiderin von Mela weiterhin dort arbeitete. Elisabeth war die Tochter ihres Cousins Jakob Pinker, dem Sohn ihres Onkels, der im gleichen Jahr zur Welt gekommen war wie sie selbst. Man konnte also mit Fug und Recht behaupten, dass sie beide sich ein Leben lang kannten, und nicht nur die Tatsache, dass sie auch innerhalb von wenigen Monaten beide Eltern geworden waren, verband sie. Jakobs Frau war bei der Geburt ihrer Tochter Elisabeth gestorben, und sie zog Sofia, die ihre, ebenfalls allein auf.

Manchmal im Laufe der Jahre hatte es sich so angefühlt, als ob sie eine richtige Familie wären, obwohl sie beide sich nie als Mann und Frau gesehen hatten. Trotzdem hatte Jakob irgendwann Anwandlungen in der Richtung gehabt, ihr Zusammenleben im selben Haus mit Ringen zu besiegeln, aber die hatte sie ihm rasch ausgetrieben. Nicht, weil er ihr Cousin war, denn er war ja nicht das leibliche Kind ihres Onkels, sondern der Sohn einer ledigen Magd, die an Kindbettfieber gestorben war. Bei seiner Geburt, Ende der Zwanzigerjahre, wurde in einem solchen Fall nicht lange gefackelt. Die Dienstherren nahmen sich ihrer Bediensteten und Familien an. Der Jakob war also in jeder Hinsicht ein Pinker geworden, als Ziehsohn zuerst und dann mit den offiziellen Papieren – nur hatte er nichts von den Genen der Erzsebet Pinkasz abbekommen.

Er war ein Träumer, einer, der zwar auf den Wiesen mit anpackte, es jedoch vorzog, Äpfel zu malen, wenn er nicht gerade für die kleine Elisabeth Geschichten von Rittern und Burgfräuleins erfand. Letztere waren natürlich alle wie seine Tochter, die er maßlos liebte. Er war dermaßen davon überzeugt, dass sie ihr Leben an seiner Seite verbringen und niemals jemand anderen lieben könnte als ihn, dass er nach dem entsetzlichen Streit nur noch vor sich hinvegetierte – bis zu seinem Tod.

Natürlich hatte auch Elisabeth keine Pinkerschen Gene geerbt, aber sie lebte mit Filomena im selben Haushalt und sah in ihr nicht die Großcousine, sondern die Mutter, die sie nie kennengelernt hatte. Daher vertraute sie ihr und der gleichaltrigen Sofia, die für sie wie eine Schwester war, alles an. Und so kam es, dass sie lang vor ihrem Vater wussten, dass Elisabeth sich bis über beide Ohren verliebt hatte.

Dass er ein Norddeutscher war, ein Ausländer, der so ganz anders sprach und noch dazu fotografierte und in den Bergen herumkletterte, anstatt einen Bauernhof zu bewirtschaften, störte sie nicht. Er hatte eine Jacke in die Schneiderwerkstatt gebracht, bei der ein Saum aufgerissen war – und es war um ihn genauso geschehen wie um Elisabeth, als sich ihre Blicke trafen. Mit unzähligen

Redensarten hätte man die überschäumenden Gefühle der beiden so ungleichen Menschen beschreiben können, aber der passendste Spruch war: Liebe kennt kein Alter.

Es war früher Abend und der laue Maiwind säuselte zwischen den Blättern in den ineinander verschlungenen Kronen der drei Apfelbäume über ihren Köpfen. Sofia traf sich mit Freundinnen auf eine Pizza, aber Elisabeth sollte bald kommen. Nur war es nicht ihre Vespa, sondern ein Geländewagen, der sich brummend auf der Zufahrtsstraße dem Hof näherte und anhielt.

Jakob, der mit einem Zeichenblock neben ihr auf der Bank saß und eine Apfelblüte skizzierte, während sie die ersten Erbsenschoten des Jahres auslöste, drehte sich zugleich mit ihr um. Der Kohlestift entglitt ihm und fiel in die Wiese, der Block hinterher. Auf seinem Gesicht zeichnete sich Entsetzen ab. Seine Tochter kam glücklich lächelnd auf ihn zu und schmiegte sich an einen ausgesprochen attraktiven, großen, sportlichen Mann, der ihre Mitte umfasste.

»Freut mich, Sie endlich kennenzulernen, Herr Pinker«, sagte der Unbekannte in reinstem Hochdeutsch und streckte seinen Arm vor. »Mein Name ist Sven Bergmann. Ich liebe Ihre Tochter und bitte Sie um ihre Hand.«

Jakob schrie auf wie ein waidwunder röhrender Hirsch, sprang um die Bank herum auf den Mann zu und stieß ihn mit aller Gewalt von sich. Der Deutsche war so überrascht, dass er nach hinten stolperte und auf den Hosenboden fiel, sich aber sofort wieder aufrappelte. Doch da war die Elisabeth bereits auf ihren Vater losgegangen und schlug mit beiden Fäusten auf ihn ein.

»Ich hasse dich«, schluchzte sie dabei und riesige Tränen rannen über ihre Wangen.

Filomena packte das junge Mädchen von hinten und zog sie von ihrem aufgebrachten Cousin weg, der den Deutschen mit irrsinnigem Blick anfunkelte und mit seinen Händen versuchte, auf ihn einzuschlagen. Sven Bergmann brachte Abstand zwischen sich und den Vater seiner großen Liebe, vernahm dessen Worte, während er zu Elisabeth sah, die mit weit aufgerissenen Augen und Mund dastand.

»Niemand wird jemals meine Tochter bekommen«, schrie Jakob Pinker wie von Sinnen mit erhobener Faust. »Schon gar kein solcher Affe wie Sie, ein Piefke, der ihr Vater sein könnte!«

So absurd und bösartig seine Worte waren, mit der letzten Aussage traf der Jakob den Nagel auf den Kopf. Sven Bergmann war im selben Jahr zur Welt gekommen wie er und Filomena. Aber das erfuhr sie erst Wochen später, als auf der Gemeinde die obligatorische Ankündigung, die jeder Heirat vorerging, ausgehängt wurde und die größte Klatschtante von Mela sie anrief, um es ihr brühwarm zu erzählen.

Jakob wollte nichts mehr von seiner Tochter wissen. Filomena versuchte tagelang, ihn zur Vernunft zu bringen, aber er verschloss sich zunehmend in sich selbst, verweigerte die gemeinsamen Mahlzeiten und überließ fortan die Arbeit auf den Apfelwiesen und dem Hof seiner Cousine.

Elisabeth ihrerseits setzte nie wieder einen Fuß auf den Apfelhof.

Die Einzige, mit der sie anfangs noch Kontakt hielt und die sie bat, ihr die persönlichen Gegenstände und Kleidung aus ihrem Zimmer zu bringen, war Sofia.

Elisabeth zog zu Sven und lebte mit ihm in der kleinen Wohnung unten im Ort, die der Deutsche angemietet hatte und wo er im fensterlosen Badezimmer seine Fotos entwickelte, wenn er nicht gerade auf dem Ortler, in der Texelgruppe oder in den Dolomiten herumkraxelte.

Nur sechs Wochen nach dem schrecklichen Vorfall auf dem Apfelhof, der eine Familie auseinandergerissen hatte, wanderte Sven Bergmann vom Grödner Joch über das Cir-Joch und stieg in die Südostwand des Sas Ciampac ein. Beim Abstieg durch die Adang-Führe, die für einen Alpinisten seines Niveaus reines Vergnügen war, kam er einem anderen Kletterer zu Hilfe, der in Schwierigkeiten war. Gemeinsam flogen sie so unglücklich aus der Wand, dass sein Bein mehrmals brach. Am selben Tag hatte Elisabeth Gewissheit, schwanger zu sein. Die standesamtliche Hochzeit, die in der darauffolgenden Woche auf der Gemeinde stattfinden sollte, wurde abgesagt.

Filomena, die vorgehabt hatte, daran teilzunehmen, obwohl Jakobs Tochter den Kontakt zu ihr abgebrochen hatte, wurde klar, dass sie die Ältere war, und Elisabeth, die sie nicht weniger als Sofia liebte, entgegenkommen musste. Und doch dauerte es ein paar Tage, bis sie sich dazu durchrang, die junge Frau eines Abends aufzusuchen. Es war ein Samstag und sie war nicht zu Hause.

Am Montag musste sie ohnehin auf die Gemeinde und zur Bank, und so ging sie nach ihren Erledigungen zur Schneiderwerkstatt, wo Elisabeth arbeitete. Dort teilte man ihr mit, dass sie mit Sven Bergmann sofort abgereist war, nachdem man ihn am Freitag aus dem Krankenhaus entlassen hatte.

Filomena hatte nie wieder etwas von Elisabeth gehört. Erst zwanzig Jahre später, als sie nach dem Unglück in den Bergen, bei dem ihre Tochter Sofia und deren Mann Max umgekommen waren, fand sie in ihrem Schlafzimmer eine Schachtel mit Ansichtskarten, Fotos und Briefen. Darunter war eine neunzehn Jahre alte Geburtsanzeige. Elisabeth und Sven Bergmann hatten geheiratet und einen Sohn namens Christian bekommen. Filomena, die nie jemandem schrieb, setzte sich hin und füllte eine halbe Nacht Seite um Seite, bevor sie alle in ein Kuvert steckte, das sie mit der Hamburger Adresse auf der Geburtsanzeige adressierte.

Der Brief kam mit dem Vermerk, dass der Empfänger unbekannt verzogen sei, zurück.

Und heute hatte plötzlich Chris Bergmann vor ihr gestanden. Sie hatte gedacht, dass ihre Wahrnehmung sich einen Scherz mit ihr erlaubte. Er war die Reinkarnation seines Vaters. Ebenso groß, athletisch und attraktiv. Selbst seine Stimme war die gleiche, nur sprach er anders. Weicher, nicht wie ein Norddeutscher, sondern in einem ziemlich reinen Deutsch, in das sich hin und wieder ein Münchner Ausdruck mischte.

Obwohl er an ihrem Küchenfenster vorbeigegangen war, war ihr die Luft weggeblieben, als er an der Haustür geklopft hatte. Er hatte ihr seinen Namen nicht genannt, nur, dass er der Produzent des Films Apfelblüten im Regen war und die Frau Liesi Thaler suchte – und sie hatte ihn nicht danach gefragt. Sie hatte nicht unfreundlich sein wollen, als sie ihn nicht hereingebeten, sondern auf die Bank unter den Apfelbäumen geschickt hatte, wo er auf Liesi warten konnte. In dem Moment war sie nicht in der Lage gewesen, auch nur einen zusammenhängenden Satz hervorzubringen.

Sie hatte sich wieder über die Kartoffeln hergemacht, das Gröstl zubereitet und dabei jeden aufkommenden Gedanken beiseitegeschoben. Nur deshalb hatte sie es geschafft, sich nichts anmerken zu lassen, als Liesi heimgekommen war und ihn zum Mittagessen eingeladen hatte. Obwohl ihr dann, als er seinen Namen nannte, der Kochlöffel aus der Hand gerutscht war. Es zu vermuten oder zu wissen waren eben doch zwei Paar Schuhe. Aber sie hatte nur ein paarmal tief durchgeatmet und keiner der beiden hatte etwas bemerkt.

Filomena stützte sich auf das Fensterbrett auf und lehnte sich so weit vor, dass sie in die Richtung schauen konnte, in der der Guflerhof lag. Ausgerechnet bei Gitti und Leon hatte er sich eingemietet, hatte er ihnen erzählt, bevor er gefahren war. Unwillig, als ob er noch bleiben wollte, hatte er gewirkt. Und immer, wenn er geglaubt hatte, dass es niemand sah, hatte er Liesi mit einem eigenartigen Blick angeschaut, so, als ob er in ihr Innerstes hineinsehen wollte.

Sie seufzte auf.

Alt sein bedeutet nicht, dass man sich in ein Kind zurückverwandelt, wie manche Leut behaupten. Natürlich gab es welche, bei denen in einem gewissen Alter ein paar Birnen im Hirn durchbrannten und die dann wie Kleinkinder sabberten oder sich ihre Schuhe nicht mehr selber anziehen konnten.

Aber damit verhielt es sich so wie mit den Augen und den Ohren. Die einen wurden halb blind, die anderen hörten schlecht, die dritten vergaßen, wo sie wohnten, und manche ihren Namen – doch sie funktionierte mit ihren neunzig Jahren immer noch perfekt. Und sie erkannte das Interesse eines Mannes für eine Frau, auch wenn es verschleiert wurde. Und umgekehrt. Denn ihre Liesi, die sich nie um irgendwelche Mannsbilder scherte, die ihr schöne Augen machten, hatte Chris genau so angeschaut wie er sie, sobald er sich abwandte. Interessiert und auch bewundernd, so, als ob sie sich jedes Details seines Gesichts einprägen wollte.

Filomena presste die Augen zu Schlitzen zusammen und fokussierte ihren Blick auf das Licht, das in einem Zimmer oben auf dem Guflerhof brannte. Sicher war, dass er die Geschehnisse und daraus resultierenden Erkenntnisse des heutigen Tages Revue passieren ließ, wie sie es tat. Nur waren die seinen andere als ihre. Sie war sicher, dass er wirklich hergekommen war, weil er diesen Film produzierte und auf dem Apfelhof viele Szenen mit den beiden berühmten Hauptdarstellern gedreht werden würden. Chris hatte Apfelblüten im Regen als neumodischen Heimatfilm bezeichnet, bei dem aber genauso wie in den alten Filmen die Liebe im Mittelpunkt stand. Zwei verliebten sich ineinander und mussten unzählige Hindernisse überwinden, bis sie am Ende zusammenkamen.

Ein bisschen so wie die Geschichte zwischen seiner Mutter und seinem Vater, hatte sie gedacht, während sie ihm die ihrer Großmutter und ihre eigene erzählte. Nicht die kleinste Regung in seinen Augen und seinem Gesicht war ihr entgangen, auch nicht das Erstaunen, als sie ihm ihren kompletten Namen genannt hatte. Filomena Pinker.

Aber seine Reaktion war nicht die gewesen, die sie bei seinem Auftauchen Stunden zuvor erwartet hatte. Sonst hätte er doch irgendwas gesagt, als Liesi ihm erklärt hatte, dass sie ihren Namen von ihrer Ururgroßmutter Erzsebet hatte, nur eben in seiner deutschen Form. Denselben, den Cousin Jakob seiner Tochter und somit Christian Bergmanns Mutter gegeben hatte.

Chris hatte nicht reagiert.

Er wusste nichts über die Vergangenheit, darüber, was vor seiner Geburt geschehen war. Wie auch? Elisabeth hatte den Kontakt zu Sofia bald nicht mehr aufrechterhalten, nach der Geburtsanzeige war nur noch ein Brief von ihr gekommen, den Filomena aufgrund der Handschrift erkannt hatte. Sie hatte nicht einmal gewusst, von wo er kam. Es war kein Absender auf dem Kuvert gewesen, und sie öffnete nur ihre eigene Post. Auf jeden Fall hatte ihre Tochter damals kein Wort darüber verloren und Filomena ihrerseits hatte nicht gefragt. Sofia hatte den Brief nicht aufgehoben, denn sie hatte ihn nicht in der Schachtel gefunden. Als Jakob nur wenige Wochen nach Sofia und Max starb, stand sie plötzlich mit der total verstörten elfjährigen Liesi ganz allein da. Da hatte sie nicht einmal einen Gedanken daran verschwendet, Elisabeth zu suchen, um sie vom Tod ihres Vaters zu informieren. Außerdem hätte sie nicht gewusst, wie. Privatdetektive gab es nur in Filmen, und sie war zu alt, um sich für neumodisches Zeug wie diese Computer zu interessieren, mit denen man angeblich jeden Menschen finden konnte – und die Liesi war damals noch zu klein dafür. Es war ohnehin besser gewesen, denn nach so langer Zeit alte Wunden wieder aufzureißen, hätte niemandem etwas gebracht.

Auch nicht Chris Bergmann, der ganz offensichtlich nichts über die Vergangenheit wusste und zum ersten Mal in seinem Leben in Mela war, wie er erzählt hatte. Der Apfelhof war für ihn ein Drehort, den der Locationscout vor etwa einem Jahr mit dem Bürgermeister von Mela besucht und dann neben einigen anderen der Produktionsfirma vorgeschlagen hatte.

Er hatte gar nicht die Zeit, sich um jedes Detail zu kümmern, und die Auswahl der Orte seiner Produktionsassistentin und dem Regisseur überlassen, wie das in seiner Branche so üblich war, hatte er erzählt. Dass ebendieser Mann, dieser Ummo Tütken, dann ausgerechnet der Liesi gegenüber handgreiflich geworden war und Chris Bergmann ihn daraufhin entlassen und deshalb heute hierhergekommen war, war eine Verkettung von Zufällen.

Ob diese glückliche oder unglückliche Folgen mit sich brachte, würde sich zeigen. Denn dass die Vergangenheit auf die eine oder andere Art an die Oberfläche kommen würde, daran zweifelte sie nicht. Die Zukunft steckte entweder in einem mit Positivem gefüllten Glückshorn oder aber in der Büchse der Pandora, die das Böse in die Welt brachte, sobald sie geöffnet wurde.

Filomena rieb sich fröstelnd über die Schultern, trat einen Schritt nach hinten und schloss das Fenster. Sie würde das Rätsel nicht lösen, selbst wenn sie noch Stunden hier stand, die Nacht zum Tag machte und grübelte. Gegen das Schicksal ist kein Kraut gewachsen, sagte der Volksmund. Und genau so war es, wie sie immer wieder am eigenen Leib erfahren hatte.

Außerdem bewahrte sie den Vertrag, mit dem sie Jakob seinen Anteil am Apfelhof abgekauft hatte, sicher auf. Es war unwichtig, dass sie ihm dafür nur eine symbolische Summe bezahlt und das Wohnrecht auf Lebenszeit zugesichert hatte. Er hatte es so wollen, weil sie und Sofia und Max die ganze Arbeit gemacht hatten, während er in seiner Traumwelt gefangen war und jedes Jahr Dutzende von Zeichenblöcken mit Äpfeln und Blüten und Apfelbäumen füllte. Der Hof gehörte zur Hälfte ihr und zur anderen Liesi, die ihre einzige Erbin war. Sie musste sich keine Sorgen machen, und wenn, dann nur darüber, wann ihre Enkelin endlich ein Kind in die Welt setzen würde. Mit oder ohne Vater – das war egal. Hauptsache, es gab einen Erben, der den Apfelhof und mit ihm das Vermächtnis der Erzsebet Pinkasz weiterführen würde.

Kapitel 12

Chris saß trotz der Temperatur, die jetzt nach Mitternacht empfindlich abgefallen war, nur mit dem Pyjama bekleidet auf dem Balkon. Als er vom Apfelhof zurückgekommen war, hatte er Susi, die ältere Tochter der Guflers, kennengelernt. Sie hatte ihm gesagt, dass die Annie bei einer Freundin schlafen würde und deshalb sie die Stellung hielt, bis ihre Eltern zurückkämen. Dann hatte sie ihm einen Kaffee angeboten und ihn über seine Arbeit ausgefragt. Wenig später hatte Leon Gufler seine Frau heimgebracht, und während Gittis Mann wieder verschwand, um sich mit Freunden zu treffen, hatte die Bäuerin ihm ein Glas Vernatsch eingeschenkt und dort angesetzt, wo ihre Tochter aufgehört hatte. Chris hatte sich gefühlt wie ein Magier vor der heiligen Inquisition, aber der vollmundige Rotwein vom Kalterer See war einfach zu gut gewesen. Außerdem war er selbst schuld. Er hatte erwähnt, dass er Liesi Thaler auf dem Apfelhof besucht hatte und sogar von ihr und ihrer Großmutter zum Mittagessen eingeladen worden war. Woraufhin Gitti Gufler es sich nicht hatte nehmen lassen, ihn zu einer Brettljause mit herrlichem Speck und Graukas, einem deftig-würzigen Almkäse, zu überreden, und er hatte angenommen, um mehr über die Frauen vom Apfelhof zu erfahren. Nicht, dass die Bäuerin ihm viel erzählt hätte, aber zumindest wusste er jetzt, dass sie und Liesi seit ihrer Kindheit ganz enge Freundinnen waren und es noch eine dritte im Bunde gab, die Traudl hieß und Hausärztin war. Chris hatte eins und eins zusammengezählt und deren Namen mit dem ärztlichen Attest kombiniert, das eine Frau Dr. Edeltraud Gruber ausgestellt hatte. Eine Kopie davon hatte ihm der Bürgermeister gegeben – und sich wohlweislich das Original behalten, als er ihm am Vormittag von den wirtschaftlichen Problemen der Liesi Thaler erzählt hatte.

Der Sepp Gamper frisierte sein schütteres Haar quer über die lichten Stellen seines Kopfes, kaschierte seinen prominenten Bauch mit der Weste seines dreiteiligen Anzugs und hatte mit seinen kleinen runden Augen und den Hamsterbacken ungemeine Ähnlichkeit mit einem Ferkel. Man sagte, Schweine seien kluge Tiere, doch der Bürgermeister von Mela war sozusagen der König in seinem Stall. Er war zum Politiker geboren, und Chris hatte nach ihrem persönlichen Treffen die Sicherheit, dass er sich nicht zu schade war, jedem, der ihm von Vorteil sein konnte, den Hintern zu küssen. Andererseits wusste er um seine Macht, wie er mit dem ärztlichen Attest bewies, als er es ihm über den Tisch zugeschoben hatte.

Dabei hatte der Mann nicht begriffen, dass Chris selbst unbeschreiblich wütend war und es von Herzen bedauerte, dass er Tütken für seinen tätlichen Angriff nicht vor Gericht zerren konnte. Das war schon so gewesen, bevor er Liesi Thaler persönlich getroffen hatte – und jetzt wünschte er sich, sie dazu zu bringen, den Regisseur anzuzeigen. Aber sie würde es nicht tun, weil sie das Geld, das sie von seiner Firma bekam, ganz dringend brauchte. Warum sie dachte, dass eine Filmproduktion sich, nach langer Suche und reiflicher Überlegung, gegen einen festgelegten Drehort entscheiden sollte, wusste er nicht. Aber jetzt, mitten in der Nacht auf dem Balkon des Guflerhofs, klärte die frische Luft seine Gedanken. Plötzlich wurde ihm klar, dass der Bürgermeister von Mela auch hier seine Finger im Spiel hatte, und die Antipathie, die er für diesen – unerklärlicherweise – vom Volk gewählten Vertreter empfand, erreichte die Neunundneunzig-Prozent-Marke. Er dachte nicht darüber nach, warum er nicht einhundert Prozent in die Minusspalte des Bürgermeisters setzte, weil sich unvermittelt strahlend blaue Augen und eine Stupsnase vor das Gesicht des Schweinchens schoben.

Chris seufzte auf und rieb sich die Arme, da er plötzlich fröstelte.

Warum hatte er, als er sich die Golfplatzszene angeschaut hatte, nicht gesehen, wie besonders sie war? Liesi Thaler war das, was man in der Filmbranche als Charakterdarsteller bezeichnete. Sie war zwar keine Schauspielerin, aber die Bezeichnung traf haarscharf zu.

Sie war keine klassische Schönheit, hatte weder die prominenten Kurven der Südländerinnen noch die Schlankheit und Größe der Skandinavierinnen, doch selbst mit Sonnenbrille, Golfkäppi und dem lächerlichen Dirndl war sie ausdrucksstärker als alle Frauen, die er vor der Kamera gehabt hatte. Prompt fiel ihm die eine ein, die ihn jahrelang an der Nase herumgeführt und wie eine Zitrone ausgepresst hatte. Eine leere Hülle, deren Körper mit zunehmendem Alter kaum noch natürliche Attribute aufzuweisen hatte und neben Liesi Thaler verblasste wie eine schwache Glühbirne neben dem Polarstern. Chris musste schmunzeln, als er sich die Apfelbäuerin auf dem roten Teppich eines Filmfestivals vorstellte, wo sie selbst in dem kitschigen gelb-rosa Dirndl mit der pinkfarbenen Schürze und Golfschuhen seine Ex in den Schatten stellte. Mit einem verkniffenen Lächeln für die Pressemeute würde sie den Hauptpreis entgegennehmen, als ob es sich um einen Apfel handele, und das Podium ganz rasch verlassen, um wieder in der Anonymität zu verschwinden. Und sie würde die Ehrung nur deshalb nicht ablehnen, weil damit ein Geldbetrag verbunden war, der ihre finanziellen Probleme auf einen Schlag lösen würde.

Vielleicht sollte er ihr eine Rolle ...?

Er setzte sich kerzengerade auf, kniff die Augen ein wenig zusammen und richtete den Blick dorthin, wo sich die Silhouette des Apfelhofs gegen den sternenübersäten Nachthimmel abzeichnete. Mit den beiden Frauen hatte er sich wohler gefühlt als mit irgendjemandem sonst seit langer Zeit. Die alte Filomena war ein Unikat, ein Mensch, wie er noch keinen getroffen hatte – und in seinem Beruf mangelte es nicht an Begegnungen. Aber Liesi ...

Chris drehte den Kopf und warf einen Blick durch die Scheibe auf die Urne auf dem Fensterbrett. Im sanften Schein der Nachttischlampe zeichneten sich ihre Umrisse klar ab. »Wieso hast du mir nie etwas erzählt?«, flüsterte er. Nein, er hatte den Moment am Nachmittag, als ihm die alte Frau ihren Namen genannt hatte, nicht vergessen. Nur mit aller Kraft und mithilfe einiger Gläser Vernatsch verdrängt. Pinker. Verdammt! Warum hatte er seine Eltern nie gezwungen, mehr über ihre Vergangenheit zu erzählen? Die Zeit, bevor er geboren wurde? Stets hatte er sich von seinem Vater mit den spektakulären Fotos seiner Bergbesteigungen ablenken lassen – und viele davon waren in Südtirol gemacht worden. Vor dem Unfall, der sein Leben verändert hatte. Chris hatte doch immer geahnt, dass mehr unter der Oberfläche ausweichender Antworten zu ihrer Ursprungsfamilie und der Verweigerung seiner Mutter, über den Brennerpass zu fahren und italienischen Boden zu betreten, steckte. Aber erst jetzt, nach zwei aufregenden und beruflich erfolgreichen Jahrzehnten in Amerika, erinnerte er sich daran, wie sie immer nur »Lass sein, Chris. Meine Eltern sind tot, und es ist zu schmerzhaft, über sie zu sprechen« gesagt hatte.

Aber warum hatte sie ihm nie Fotos von seinen Großeltern gezeigt? Weshalb hatte er ihren Geburtsnamen erst nach ihrem Tod erfahren, und nur, weil er den Wandsafe geöffnet und die Mappe mit den Dokumenten durchgesehen hatte, die der Anwalt für den Nachlass benötigte? Pinker. Sie hatte vor ihrer Heirat mit seinem Vater genauso geheißen wie Filomena, deren Großmutter Erzsebet hieß. Elisabeth also, wie seine Mutter – und wie Liesi.

Ausgerechnet! Verdammt!

Er warf einen bösen Blick auf die Urne. Sie hatte ein Leben lang Zeit gehabt, ihm etwas zu erzählen. Aber nein! Hätte sie ihn vor ihrem Tod nicht immer wieder angefleht, dass er ihre Asche unter den drei Apfelbäumen des Apfelhofs in einem Südtiroler Ort namens Mela vergraben sollte, würde er sich jetzt nicht so beschissen fühlen. Denn dass er Liesi kennengelernt hätte, stand außer Frage. Der Film war sein erstes Projekt, das nicht die Natur in den Mittelpunkt stellte, seitdem er nach Europa zurückgekommen war. Der Locationscout hatte ausgezeichnete Arbeit geleistet, die Drehorte waren perfekt, und Ummo Tütken war bereits vor Drehbeginn ein Pulverfass gewesen. So oder so wäre er hierhergekommen und hätte diese Frau, die ihm unter die Haut ging und ihn wünschen ließ, noch viele Tage wie den heutigen mit ihr zu verbringen, kennengelernt. Nur hätte er nicht diesen entsetzlichen Gedanken in seinem Kopf gehabt, der stetig wuchs und sich dehnte wie ein Hefeteig. Warum hatte er den

Film ausgerechnet in Südtirol machen wollen? Es gab doch auch anderswo Apfelanbaugebiete! Die waren zwar landschaftlich weniger abwechslungsreich, andererseits waren die Apfelblüten im Filmtitel austauschbar. Marillenblüten im Regen klang zum Beispiel nicht schlecht – und die Wachau war ebenfalls sehr schön. Zudem würde der Titel mit dem österreichischen Ausdruck für Aprikosen in seinen Landsleuten exotischere Erwartungen wecken, als es Äpfel taten.

»Verdammt«, murmelte Chris Bergmann und wiederholte sich. »Hätte, wäre, wenn«, schickte er fast lautlos hintennach. Es war sinnlos. Wie er es auch drehte und wendete, die Fakten lagen auf dem Tisch, die Suppe war bereits versalzen, besser wurde es nicht mehr, und er hatte das Fahrrad wollen, jetzt musste er treten. In seinem Kopf formten sich unzählige Wörter zu mehr oder minder absurden Redewendungen, die alle dasselbe aussagten, was er schon an dem Tag, an dem er nach Mela gekommen war, erkannt hatte.

Er steckte in der Scheiße. Nicht nur knietief, nein, er saß darin. Und wenn er nicht aufpasste, würde sie ihm bald bis zum Hals stehen.

Nur ging es jetzt nicht mehr um einen versoffenen, gewalttätigen Regisseur und darum, einen Film zu retten. Nicht der Filmproduzent Christian Bergmann war betroffen, sondern der Mann. Er, Chris Bergmann, der sich geschworen hatte, nie wieder eine Frau in die Nähe seines Herzens zu lassen, fühlte sich wie ein Teenager und hatte zugleich Angst vor der Wahrheit, die sich hinter dem Namen seiner Mutter verbarg. Er stand auf und schaute durch die Dunkelheit zum Apfelhof. Der Halbmond hatte sich jetzt genau darüber platziert wie auf einer kitschigen Ansichtskarte. Chris wandte sich ab, trat in das Zimmer und streckte seine Hand nach der

Urne aus, strich über die Oberfläche.

»Da hast du mir was Schönes eingebrockt!« seufzte er, schloss die Balkontür, machte die Nachttischlampe aus und legte sich ins Bett.

Sein Kopf war noch nicht einmal im Kissen versunken, fielen ihm die Augen zu – und da sah er sie. Sie lächelte ihm zu, wobei ihre Stupsnase leicht bebte. Und dann vermeinte er, ihre Stimme zu hören, die ihm zuflüsterte, dass alles gut würde. Was auch immer sie damit meinte, er glaubte ihr und versank in einem tiefen Schlaf, in dem er von Äpfeln in allen nur möglichen Farben träumte.

Kapitel 13

Wenn er jetzt den Finger in den Rachen steckte, würde er kotzen. Zwar würde er nicht die Kloschüssel umarmen wie vorgestern, als er heimgekommen war, nachdem Liesi ihn rausgeworfen und ihm gesagt hatte, dass sie ihn nie wiedersehen wollte. Aber welchen Unterschied machte es schon? Bertl Kofler fühlte sich hundeelend.

Er starrte hinauf zu dem Balkon, hinter dessen Fenstern das letzte Licht, das noch im Guflerhof gebrannt hatte, ausgegangen war. Unbändige Lust, das Haus seiner Freunde zu betreten, über die Treppe nach oben zu gehen und seine Hände um den Hals von diesem arroganten Münchner Filmfuzzi zu legen, überkam ihn. Hätte er gewusst, dass dieser Mistkerl auf dem Apfelhof auf seine Liesi wartete und sie ihn nicht nur zum Mittagessen einladen, sondern auch noch den ganzen Nachmittag mit ihm verbringen würde, dann hätte er nicht so lang gewartet. Scheiße!

Er hatte ihr vierundzwanzig Stunden gegeben, bis sie ihn reumütig um Entschuldigung bitten und um seine Hilfe anflehen würde. Und es hatte viel weniger gedauert, bis sie auf seinem Hof aufgetaucht war.

Dass er ihr seit dem Morgen gefolgt war, hatte sie in ihrer Aufregung gar nicht bemerkt. Es war ja auch verständlich, denn die zerschnittenen Hagelnetze hatten sie zutiefst getroffen. Vor allem in ihrer leeren Geldbörse. Der Bertl wusste genau, wie es um ihre Finanzen stand. Immerhin war er es, dem sie immer alles erzählte – oft noch bevor sie sich Filomena anvertraute. Bis auf das, was sie jeden Sommer mit Traudl in Jesolo erlebte, wo die beiden ihren Urlaub verbrachten. Das war auch so ein Punkt, der ihn nervte. Nie hatte sie ihn gefragt, ob er mitkommen wollte. Nicht ein einziges Mal! Dabei konnte sie doch ohne ihn gar nicht leben. Das hatte er immer gewusst, und seit Jahren hatte er geduldig gewartet, weil es einfach nicht anders sein konnte, als dass sie zu ihm kommen, ihre Arme um ihn legen und ihm mit verklärtem Blick ihre Liebe gestehen würde. Oder so ähnlich.

Deshalb hatte er es auch gestern so genossen, als sie die Straße zu seinem Hof genommen und ihn dann verzweifelt gesucht hatte. Sogar zwischen den Reben, obwohl er doch wirklich nicht so klein war, dass er sich dazwischen verstecken konnte. Immerhin hatte er breite Schultern und war mit seinem kräftigen Körper und den karierten Hemden unübersehbar. Liesi meinte zwar immer, dass er muskulös war, und sagte es mit einem Unterton, der nicht unbedingt ihre Bewunderung für seine Stärke ausdrückte. Aber es war ja nicht entscheidend, dass ihr jeder einzelne Muskel an ihm gefiel. Im Grunde genommen ging es nur um zwei. Den unter der Gürtellinie, von dem er wusste, dass er alles andere als unbedeutend war, und dem in seiner Brust. Sein Herz schlug nur für sie – immer schon. Da änderte auch die Tatsache nichts daran, dass ihm die Frauen generell nicht missfielen und er so manche mit seinen Fähigkeiten als Liebhaber beeindruckte. Er war ein Mann, verflixt noch einmal. Einer, der mit fünfunddreißig in der Blüte seiner Jahre war, wie ihm die Elsie vor ein paar Nächten im

Discostadl zugeflüstert hatte. Oder hatte sie Ella geheißen? Elvira? Evi? Egal. Namen waren Schall und Rauch und verzogen sich ebenso rasch wie die Härte zwischen seinen Beinen, sobald er in das Kondom kam, sich zurückzog, die Hose schloss und kurz darauf aus dem Zimmer verschwand. Wohlgemerkt mit dem verknoteten Gummi in der Tasche, den er dann daheim ins Klo spülte. Vorsicht war die Mutter der Porzellankiste – vor allem mit den Frauen, die es auf solche wie ihn abgesehen hatten. Gut aussehende, alleinstehende Bauern mit eigenem Hof. Er wusste, dass er ein Sechser im Lotto war, weil es niemanden gab, mit dem er sein Erbe teilen musste. Diejenige, die bei ihm einzog, setzte sich in ein gemachtes und warm gepolstertes Nest. Das war all den Unverheirateten, Geschiedenen und Verwitweten klar – nur Liesi wollte das nicht begreifen.

Er bohrte eine Schuhspitze in den feuchten Boden unter der Hopfenbuche vor dem Guflerhof, starrte wieder hinauf zu dem Zimmer, in dem der Mann verschwunden war, und drehte sich um. Sein Auto stand fünfzig Meter entfernt von Ästen verdeckt in der Kurve – ungefähr so weit weg, wie er am Vormittag vor seinem Hof stehen geblieben war, um Liesi hinter einem Holzstapel versteckt zu beobachten. Da hatte er gegrinst und gesehen, wie sie mit jeder Minute besorgter wurde. Es hatte ihm richtig gutgetan, zu wissen, wie sehr sie darunter litt, ihn so schlecht behandelt zu haben. Deshalb hatte er beschlossen, sie noch ein bisschen dunsten zu lassen, langsam wie Gemüse im Wasserdampf – und dann war der Schuss nach hinten losgegangen.

Wie hätte er auch wissen sollen, dass dieser arrogante Schnösel auf sie wartete? Fast war er mit seinem Wagen in diesen SUV gekracht, der auf seinem angestammten Platz am Ende der Zufahrt zum Apfelhof stand, als er ihn neben Liesis abstellen wollte. Er hatte auf das Münchner

Kennzeichen gestarrt, den Rückwärtsgang eingelegt und war den ganzen Weg bis zur Abzweigung mit verrenktem Hals gefahren, bevor er weiter oben in dem Forstweg geparkt hatte und zu Fuß zum Apfelhof zurückgegangen war. Da hatte er noch nicht gewusst, wer der Kerl war. Eine halbe Stunde später aber schon.

Nicht nur, dass der Typ mit dem selbstgerechten Lächeln und den teuren sportlichen Klamotten, die ihn nur noch affektierter aussehen ließen, in der Küche auf seinem Platz gesessen und Filomenas berühmtes Gröstl verdrückt hatte. Er hatte Liesi dabei ständig auf eine Art und Weise angeschaut, die ihm Sodbrennen verursacht hatte. Deshalb hatte er sich hinters Haus verzogen und den Bürgermeister angerufen. Sein Cousin war ein Arschloch, aber er hatte ihm bereitwillig Auskunft gegeben, selbstverständlich, um sich mit seinem umfassenden Wissen über alles, was in seiner Gemeinde passierte, zu brüsten. Denn natürlich wusste er, dass der Fahrer von diesem bayrischen Protzauto, das weder Fisch noch Fleisch war, der Filmproduzent war. »Dieser Christian Bergmann ist wie eine Eintrittskarte in die VIP-Zone beim Kitzbüheler Hahnenkammrennen«, hatte er gesagt. »Unsere Gemeinde wird mit diesem Film so berühmt werden, dass wir unsere Gästebetten werden verdoppeln müssen. Ach, was sag ich denn: verdreifachen, mindestens!« Was er damit sagen wollte, war natürlich, dass er bei den nächsten Wahlen nicht mit knapp achtzig, sondern mit über neunzig Prozent wiedergewählt werden würde. Das war nämlich das Einzige, was seinen Cousin Sepp interessierte. Es war ihm scheißegal, welche Probleme die einzelnen Mitbürger hatten. Er kümmerte sich nur um diejenigen, die ihm gerade nützlich waren, versprach ihnen das Blaue vom Himmel und griff, falls nötig, tief in die Gemeindekasse, um Worten auch Taten folgen zu lassen. Natürlich nur, um sich ihre ewige Dankbarkeit zu erkaufen.

Früher, als sie noch unter einem Dach lebten, hatte der Sepp sich das Geld immer aus der Börse seiner Mutter und aus der Brieftasche seines Vaters geholt, um seinen sogenannten Freunden, die sich nur deshalb in seinem Dunstkreis bewegten, eine Runde auszugeben. Bertl hatte das bald herausgefunden, nachdem ihn die Tante und der Onkel nach dem Tod seiner Eltern aufgenommen hatten. Damals war der Sepp achtzehn gewesen, sieben Jahre älter als er, und hatte ihm die Faust in den Magen gerammt, als er ihn darauf angesprochen hatte. Von da an hatte ihn sein Cousin immer drangsaliert, wenn sie allein waren. Bertl hatte gehofft, dass er bald ausziehen würde, aber das Leben als Mamas Liebling war einfach zu schön für ihn, und so verging die Zeit und er war nur in dem Sommer glücklich, den er in Kanada verbrachte. Damals wurde er größer und stärker, und als er heimkam, dachte er, dass der Sepp ihn in Ruhe lassen würde. Er war fünfzehn, als sein Cousin, der sicher war, dass niemand außer ihm im Haus war, mit einem Bündel Geldscheinen aus dem Schlafzimmer seiner Eltern gekommen war. Bertl hatte den Mund aufgemacht, aber bevor er nur ein Wort sagen konnte, hatte ihn der Sepp derart verdroschen, dass er wochenlang Schmerzen am Steißbein hatte und selbst heute noch manchmal von den Schlägen und Fußtritten träumte.

Bis zum Auszug aus dem Haus seiner Tante, die zwar die Schwester seiner Mutter, aber ihr so unähnlich war, wie ein Mensch nur sein konnte, hatte er jeden Tag gezittert und gehofft, dem Sepp nie wieder allein zu begegnen. Seither waren viele Jahre vergangen, und er hatte nicht nur den Hof seiner Eltern wieder richtig in Schuss gebracht und bewirtschaftete ihn mit Erfolg, er hatte auch an seinem Körper gearbeitet.

Mittlerweile ging er schon lang nicht mehr ins Fitnesscenter, aber er hatte keinen der Griffe und Tritte vergessen, die er im Judotraining gelernt hatte. Egal, wer sich ihm heute in den Weg stellen und ihn angreifen wollte, er würde den Kürzeren ziehen. Und obwohl er ein friedliebender Mensch war, nie einen Streit vom Zaun brach und Wirtshausraufereien ihm nicht einmal einen abschätzigen Blick auf die sich prügelnden Idioten wert waren, bei diesem Bergmann würde er keine Sekunde zögern, um ihn in seine Schranken zu weisen.

Der Bürgermeister hatte ihm gesagt, dass der Filmfuzzi zu Liesi gefahren war, weil er sichergehen wollte, dass sie nicht noch einen Rückzieher machen und aus dem Vertrag aussteigen würde. Bertl hatte das lächerlich gefunden, sich aber seinem Cousin gegenüber nicht dazu geäußert. Es war schon schlimm genug, dass der Sepp über die Finanzen des Apfelhofs offenbar genauso gut Bescheid wusste wie er. Fast schien es, als ob ihn der Bankdirektor freizügig mit Informationen über die Konten der Melaner füttern würde. Bertl überlegte, ob es nicht besser wäre, die Bank zu wechseln, wo so gut wie alle Ortsbewohner Kunden waren. Er schüttelte irritiert den Kopf. »Blöde Gedanken«, murmelte er, streckte den Arm aus und riss der Hopfenbuche ein Blatt ab, das er Rippe für Rippe zerlegte. Fakt war, dass er von dem Filmfuzzi ausgetrickst worden war, weil er Liesi noch mehr leiden lassen wollte, bevor er ihr großzügig die Hand zur Versöhnung reichte. Denn irgendwas hatte der Kerl Liesi versprochen, sonst hätte sie ihn erstens nicht so lange erduldet und zweitens, spätestens nachdem er endlich verschwunden war, ihn angerufen.

Er hatte sein Handy extra in die Brusttasche seines Hemds gesteckt, damit er das Vibrieren sofort spürte, während er zu seinem Wagen gelaufen war, als dieser Bergmann sich von

Filomena verabschiedet hatte. Dass er dann trotzdem weitere fünf Minuten hatte warten müssen, bis der Pseudojeep, der wie eine übergroße Limousine mit überdimensionierten Reifen aussah, aus der privaten Zufahrtstraße des Apfelhofs gekommen war, hatte ihn wütend gemacht. Was hatte der noch so lange mit Liesi zu reden gehabt? Am liebsten wäre er ihm gegen die Stoßstange gefahren, und zwar so fest, dass der Typ, der Stunden mit seiner Liesi verbracht hatte, einen Hals in eine Krause stecken und sich nicht mehr bewegen konnte. Dann hätte er nämlich heimfahren müssen und das Thema wäre ein für alle Mal vom Tisch gewesen.

Stattdessen hatte er fast einen Unfall gebaut, weil er in seine Gedanken versunken nicht gemerkt hatte, dass der Münchner abgebogen war. Er hatte so brutal abgebremst, dass der Lieferwagen bis auf eine Handbreit auf ihn aufgefahren war. Zum Glück war der Fahrer einer, den er aus seinem Stammlokal kannte und dessen Wut verraucht war, als er ihm ein Bier beim nächsten Treffen versprochen hatte. Er hatte sogar gewartet, dass Bertl das Auto wendete und in die Straße einbog, in die der Münchner gefahren war. Eine, die er sehr gut kannte. Die Zufahrtsstraße zum Guflerhof.

Dass der Kerl ausgerechnet hier wohnte und nicht in einem Luxushotel drüben in Meran, war ihm genauso schleierhaft wie die Tatsache, dass er keinen Ferrari oder Lamborghini hatte. Diese arroganten Filmtypen fuhren doch alle solche flachen Schwanzverlängerungen, um ihre nicht vorhandenen Attribute zu kompensieren und den Weibern klarzumachen, wie wichtig sie waren. Aber dieser Christian Bergmann war irgendwie anders. Der hatte nämlich tatsächlich zuerst mit der Susi Kaffee getrunken, als ob es normal wäre, dass ein Mann in seinem Alter – er schätzte ihn mindestens auf vierzig, also viel zu alt für die Liesi – mit einer Siebzehnjährigen irgendwas gemeinsam haben könnte.

Und als der Leon, der ihn zum Glück nicht gesehen hatte, die Gitti heimbrachte und sie ihre Tochter ablöste, hatte sie den Münchner mit Brettljause und Vernatsch bewirtet. Nicht nur das. Sie hatte sich immer wieder die Zöpfe nach hinten gestrichen und kokett geblinzelt und ihm fasziniert auf den Mund gestarrt, als ob pures Gold herausfließen würde. Er hatte sich so was von für seine Freundinnen geniert, die beide diesen Ausländer anhimmelten – die Liesi mittags und die Gitti abends. Wie ausgeflippte Groupies irgendeinen pickeligen Jungen, der ein paar Töne von sich gab. Das war so schlimm, dass er sogar den Hunger vergessen hatte, der ihn quälte.

Wie auf Kommando knurrte sein Magen jetzt schon wieder los. Bertl warf noch einen Blick hinauf zu dem Balkon, auf dem dieser Christian Bergmann ewig lang gesessen hatte. Im Pyjama, ohne irgendwas drüber, als ob er hier auf Hawaii wäre. Er hatte die ganze Zeit darauf gewartet, dass er telefonieren würde, wie das solche Filmfuzzis, die in Hollywood zu Hause waren, doch normalerweise ständig machten. Dass der nämlich eigentlich aus Amerika kam, hatte er herausgefunden, weil er die elendigliche Warterei genutzt hatte, um ihn zu googeln. Er hatte gedacht, Fotos von ihm mit supersexy Frauen zu finden, solchen wie Angelina Jolie, nachdem er gelesen hatte, dass er nicht nur Produzent, sondern auch Regisseur war. Aber dieser Saubermann schien kein Privatleben zu haben.

Das Einzige, was Bertl zum Stichwort Familie gefunden hatte, war ein Artikel aus dem Vorjahr über einen Sven Bergmann, einen Hamburger, der vor ewigen Zeiten in München eine Produktionsfirma gegründet hatte, die vor allem auf Naturfilme spezialisiert war, und der vor zehn Jahren gestorben war. Sein Sohn Christian kehrt nach zwei

Jahrzehnten zurück, um das Erbe seines Vaters anzutreten, war der Titel. Sonst nichts. Null. Niente.

Der hatte also Hollywood aufgegeben, um in Südtirol einen Heimatfilm zu drehen? Absurd! Schon wieder kam ihm die Galle hoch, und das Brennen in seiner Kehle wurde unerträglich. Er musste endlich etwas essen, anstatt sich auch noch die restliche Nacht die Füße vor dem Haus seiner Freunde in den Bauch zu stehen. Es war saumäßig spät und einen weiteren Tag, an dem er nicht in der Baumschule und in den Reben nach dem Rechten sah, konnte er sich nicht leisten. Seine Arbeiter waren zwar gut, aber Kontrolle war besser als Vertrauen. Während er noch grübelte, warum dieser Bergmann nicht ein einziges Mal telefoniert hatte, immer nur in den Himmel und Richtung Apfelhof gestarrt und hin und wieder etwas vor sich hingemurmelt hatte, schlenderte er zu seinem Auto.

Der Lichtkegel von näher kommenden Scheinwerfern erschreckte ihn derart, dass er sich mit den Armen voraus in das hohe Gras neben der Straße warf und mit dem Ellenbogen aufkam, was ihm einen unterdrückten Schrei entrang. Schwer atmend und mit rasendem Puls beobachtete er den Wagen seines Freundes Leon, der an ihm vorbeifuhr, ohne zu verlangsamen. Den hatte er total vergessen! Was machte der noch so spät außer Haus?

Bertl hörte die Autotür, die zugeschlagen wurde, zog die Knie an, stützte sich mit den Händen ab, richtete sich auf, tat einen Schritt – und rutschte aus. Er wusste es, bevor er darin zu sitzen kam. Man konnte es riechen. Wie ausgerechnet hier ein Haufen Kuhscheiße herkam, und zwar ein derart großer, war ihm ein Rätsel. Genau das hatte ihm noch gefehlt! Als ob die Wut auf die Liesi und diesen Filmfuzzi und auf die Gitti und den Leon, die diesem Kerl ein Zimmer vermietet hatten, nicht gereicht hätte. Als er schließlich neben seinem Auto stand, zog er sich in der Dunkelheit die Schuhe und die Hose aus, damit die Farbe und der Gestank der Scheiße auf dem Sitz ihn nicht wochenlang an den gestrigen Tag und den davor und diese Nacht erinnern würden. Nachdem er dann mühsam wieder in die Schuhe gefunden hatte, war er am Ende seiner Kräfte angelangt.

Es war also kein Wunder, dass er, als er daheim ankam, nicht den Kühlschrank öffnete, sondern die Kredenz, wo er nach der erstbesten Flasche griff und den Apfelbrand erwischte. In der Morgendämmerung fiel er stockbesoffen von der Küchenbank und schlief, ohne aufzuwachen, auf dem Fußboden weiter.

Kapitel 14

»Hast du gut geschlafen?«

Liesi drückte ihrer Großmutter ein Bussi auf die Wange und ließ sich auf ihren Stuhl am Küchentisch sinken.

»Das sollte wohl eher ich dich fragen.«

Die alte Frau tauchte ein Kipferl in die bauchige Tasse Milchkaffee und biss davon ab, ohne aufzusehen.

»Wie meinst du das?«

»Na ja, gestern ist ja alles Mögliche passiert«, erwiderte Filomena und fixierte sie dabei.

Liesi wich ihrem Blick aus, griff nach der Kanne mit dem Milchkaffee und schenkte sich ein. Als sie aufgewacht war, hatte sie sich so ausgeruht gefühlt wie schon lange nicht mehr. Während sie sich wusch und anzog, war sie im Geiste durchgegangen, was sie heute tun musste, und dann erst hatte sie an Chris Bergmann gedacht. Sie wollte es nicht, nur geisterte er in ihrem Kopf herum und drängte sich in den Vordergrund. Der gestrige Nachmittag mit ihm war verflogen und das Gefühl, ihn ewig zu kennen, war immer noch da. Aber das war idiotisch, und anstatt sich darüber Gedanken zu machen, wann sie ihn wiedersehen würde, sollte sie ihn ganz rasch vergessen. Der Mann war Filmproduzent, lebte in München und war nur hergekommen, weil Ummo Tütken sie gewürgt hatte und er besorgt gewesen war, dass sie sich deshalb aus dem Vertrag zurückziehen würde.

»Allerdings«, antwortete sie jetzt. »Es passiert ja nicht alle Tag, dass einem Hagelnetze zerschnitten werden.«

»Das meine ich nicht, und das weißt du ganz genau.«

Filomena schaute auf und richtete ihre wachen Augen, denen nichts entging, auf sie. Liesi nahm eines der Blätterteigkipferl, die der Bäcker jeden Morgen vorbeibrachte, aus dem Brotkörbchen, senkte den Blick und zerzupfte das duftende Gebäckstück.

»Ich kenn dich besser als sonst wer, mein Kind. Er gefällt dir.«

Sie verschluckte sich an dem Kipferl, begann zu husten und griff nach ihrer Tasse, um den Bissen mit Kaffee runterzuspülen. Erst nachdem sie wieder Luft bekam und das nächste Stück zum Mund führte, fragte sie beiläufig:

»Wer?«

»Du brauchst mir nichts vorzumachen, Liesi. Du hast ihn angeschaut wie ein Hund eine riesige Knackwurst.«

»Woher weißt du denn das? Wir haben doch keinen Hund, Großmutter.«

Filomena kicherte.

»Verkauf mich nicht für dumm, mein Kind. Das bin ich nicht – nur alt.«

»Und genau das ist das Problem mit dir«, murmelte sie und riss den Zipfel vom Kipferl ab, bevor sie ihn sich in den Mund schob.

»Taub bin ich auch nicht. Und der Chris gefällt nicht nur dir.«

Liesi schluckte runter und seufzte auf. Sie wandte ihren Kopf und schaute in das von Falten durchzogene Gesicht.

»Er ist nett«, betätigte sie mit einem Nicken. »Und dass er

mir das Geld im Vorhinein gibt, damit ich die neuen Hagelnetze kaufen kann, ist sehr nett von ihm.«

»Dass er gut ausschaut, einen knackigen Hintern hat und wunderschöne braune Augen, hast du natürlich nicht bemerkt.«

»Filomena!«

»Was? Ich bin zwar neunzig, aber einen feschen Kerl erkenn ich trotzdem. Und der Chris war genauso von dir angetan wie du von ihm.«

Liesi schüttelte den Kopf.

»Wie willst denn du das wissen?«

»Ha!« Ihre Großmutter streckte ihr den Zeigefinger entgegen. »Jetzt hast du es zugegeben.«

»Gar nix hab ich.« Sie spürte, wie ihre Wangen heiß wurden, und plötzlich wünschte sie sich, Make-up zu verwenden, wie es die Traudl tat. »Ich frag mich nur, wie du drauf kommst, dass ein so einer irgendwas in mir sehen könnt. Der hat in Los Angeles gelebt und in Hollywood Filme gedreht. Dem rennen die ganzen jungen Schauspielerinnen nach, die alle wunderschön sind, große Brüste und einen flachen Bauch haben und hautenge Kleider und schwindelerregend hohe Stöckelschuhe tragen. Nicht solche wie ich.«

Sie rutschte mit ihrem Stuhl ein Stück zur Seite, streckte ein Bein aus und hob es hoch. Ihre Jeans hatten ein Loch über dem Knie – ein echtes, keines, das sie mitgekauft hatte – und ihre braunen Schuhe mit den Profilsohlen hatten schon bessere Zeiten gesehen. Aber sie waren urgemütlich und perfekt, wenn man durch die Spaliere der Apfelwiesen lief.

»Die sind genau das Richtige für eine Apfelbäuerin.«

»Eben!«

Liesi nahm das Bein runter, trank den letzten Schluck von ihrem Milchkaffee und trug die Tasse zur Abwasch.

»Ich fahr zuerst zur Bank und dann zum Gabor, und wenn bei der Traudl nicht zu viele Leute warten, will sie sich meinen Hals anschauen. Sie hat mir gestern wieder eine Nachricht geschickt.«

»Du kommst aber schon zum Mittagessen, oder?«

»Was gibt's denn?«

»Ich mach Speckknödel, weil wir noch Krautsalat haben.«

Filomena schmunzelte, als sie auf sie zukam, ihr Gesicht mit beiden Händen umfasste und ihr einen Kuss auf die Stirn platzierte.

»Du bist die beste Großmutter von allen.«

»Ich bin deine einzige, deshalb«, rief sie ihr nach. Aber ihre Stimme war so voller Liebe, dass sie sich vor dem Küchenfenster umdrehte und ihr zuzwinkerte. Und dann ging sie wie jeden Morgen hinüber zu den Apfelbäumen, stellte sich unter deren noch nicht allzu dichtes Blätterdach und legte den Kopf in den Nacken. Die weiß-rosa Blütenpracht ließ zunehmend mehr Grün durchschimmern, aber der einzigartige süßliche Duft zog nach wie vor unzählige Bienen und Hummeln an, auch zu dieser frühen Stunde. Liesi atmete tief ein, bevor sie sich umdrehte und auf ihren Wagen zuging.

So etwas wie Zuversicht, dass alles gut werden würde, erfüllte sie – und das verdankte sie Chris Bergmann. Ob er Speckknödel mochte? Damit könnte sie sich bei ihm bedanken, dachte sie, während sie die Brücke über den Eisfluss nahm und durch den Ort zu den am weitesten vom Hof entfernten Apfelwiesen fuhr. Bis ihr einfiel, dass sie zwar seinen Namen wusste, er ihr jedoch nicht seine Telefonnummer gegeben hatte. In einem Anflug von Enttäuschung presste sie die Lippen zusammen, bevor sie »Es ist besser so« murmelte.

Wenn er nicht heute wieder nach München zurückfuhr,

dann morgen oder in ein paar Wochen. Er war Filmproduzent, einer, der nur nach Deutschland zurückgekommen war, um die Firma zu übernehmen, weil sie einmal seinem Vater gehört hatte. Aber er würde nicht bleiben, niemals. Das hatte er zwar nicht so gesagt, doch ein Mann wie er, der sein ganzes Erwachsenenleben in L. A. gelebt und gearbeitet hatte, würde bald genug davon haben. Sobald er auch die anderen Probleme, wie dieser Ummo Tütken eines gewesen war, beseitigte, würde er einen Geschäftsführer einstellen und wieder nach Amerika gehen, wo eine wunderschöne Frau auf ihn wartete. Ein Model oder eine Schauspielerin, die bestenfalls nach München kam, um sich bei einem Besuch im Promi-Zelt auf dem Oktoberfest fotografieren zu lassen. Eine, die nicht einmal ahnte, dass es so etwas wie Südtirol überhaupt gab und die von Äpfeln nur wusste, dass sie rund und gelb oder rot oder grün waren.

Deshalb hatte er ihr seine Telefonnummer auch nicht gegeben. Sie war für ihn nur die Liesi Thaler, die er besucht hatte, weil er sichergehen wollte, dass seine Leute die Szenen mit den beiden Protagonisten wie geplant auf dem Apfelhof drehen konnten. Und das war der Grund, weshalb er heute die Überweisung der zwanzigtausend Euro auf ihr Konto veranlassen würde. Für Chris Bergmann war diese Summe nur ein Klacks – aber für sie die Rettung, die sie davor bewahrte, ein paar Wiesen verkaufen zu müssen. Und das war das Einzige, worauf es ankam.

Kapitel 15

Zur selben Zeit streckte Traudl ihren Arm aus und tastete mit geschlossenen Augen über den Brustkorb des Mannes neben ihr. Während ihres Studiums, des Praktikums und seitdem sie praktizierte, hatte sie so einige gut gebaute Exemplare des männlichen Homo sapiens gesehen, aber dieses hier erreichte auf ihrer Skala die volle Punktezahl. Nicht nur sein Körper, auch seine Haare, das Gesicht – und vor allem der Blick – waren in ihren Augen das Nonplusultra. Das war der Grund, weshalb sie zum ersten Mal, seitdem sie aus dem Haus ihrer Eltern ausgezogen und in ihre eigene Wohnung gezogen war, einen Mann hierher mitgenommen hatte.

Liesi würde entgeistert den Kopf schütteln, wenn sie es wüsste. Damals, als die Gitti – ihrer beider Meinung nach viel zu früh – schwanger geworden, das Kind bekommen und den Leon geheiratet hatte, und zwar in genau dieser Reihenfolge, hatten sie eine Strategie entworfen. Eine, an die sie sich seit zwei Jahrzehnten hielten. Gehalten hatten, berichtigte sich die junge Ärztin jetzt und ließ dabei ihre Finger über die stahlharten Bauchmuskeln gleiten. Mit dem Zeigefinger fuhr sie die schmale Linie der seidenweichen Härchen entlang abwärts und hörte, wie sich sein Atem beschleunigte ... als das Telefon läutete.

»Geh nicht ran!« Er umfasste ihre Hand mit seiner, um sie dorthin zu dirigieren, wo er sie haben wollte.

Einen Augenblick dachte sie daran, seinem Wunsch – der sich mit ihrem deckte – nachzukommen, doch dann gewann das Pflichtbewusstsein.

»Ich muss.« Forsch schüttelte sie ihn ab, drehte sich zur Seite und griff nach ihrem Handy, während sie sich aufsetzte und das Gespräch annahm. »Gruber.«

»Frau Doktor, bitte, kommen'S schnell. Der Bertl liegt auf dem Boden und rührt sich nicht.«

Sie musste nicht nach dem Namen der Anruferin fragen. Die Marie putzte seit Jahren zweimal wöchentlich bei ihr, wie sie es an den anderen Tagen bei dem Bertl machte.

»Atmet er?«, fragte sie, lief dabei ins Bad und stellte den Lautsprecher an.

»Seine Brust hebt und senkt sich, wenn'S das meinen, Frau Doktor.«

Sie seufzte auf.

»Redet er?«

»Nein, gar nix macht er.«

Während sie sich erleichterte, die Hände wusch, schließlich nach dem Waschlappen griff und eine Katzenwäsche erledigte, daraufhin Unterwäsche und eine Jeans und das erstbeste Shirt anzog, stellte sie kurze Fragen und erhielt beunruhigende Antworten.

»Jetzt rüttel ich ihn immer noch, aber er liegt einfach nur da, wie wenn er aus Gummi wär, und auf seinem Kopf hat er eine Beule.«

»Ich bin in zehn Minuten da, Marie.« Sie beendete das Gespräch.

Frau Doktor Edeltraud Gruber brauchte nur acht Minuten bis zum Koflerhof. Und jede einzelne Sekunde davon sah sie den enttäuschten Gesichtsausdruck des Mannes vor sich, den sie zurückgelassen hatte. Allein und in ihrer Wohnung, obwohl sie sich immer geschworen hatte, dass so etwas nie passieren würde. Was an sich ohnehin bedenklich war, nur war er auch noch jünger als sie! Aber mit ihm war einfach alles anders. Sonst hätten sie nicht schon die fünfte Nacht hintereinander und miteinander ... Fünf!

Selbst in Jesolo, wo die Liesi und sie sich einen Dreck darum scherten, wer sie sehen könnte, hatten sie niemals mit demselben Kerl mehr als einen Abend verbracht. Einen, der manchmal auch erst um drei oder vier Uhr früh endete, und zwar damit, dass sie den Mann aufforderten, sich anzuziehen und zu gehen. Das war dann für die andere das Zeichen, dass sie mit ihrem Liebhaber genauso verfahren sollte, wenn sie es noch nicht getan hatte. Sie buchten jedes Jahr im selben Hotel zwei nebeneinanderliegende Zimmer, sodass sie einander hören konnten, falls eine von ihnen an den falschen Mann geraten sollte. Das war zum Glück nie passiert, stattdessen hatten sie so manchen frühen Morgen, nachdem sie wieder allein waren, nebeneinander auf dem Balkon sitzend den Sonnenaufgang beobachtet.

Diese Sache, die seit fast einer Woche lief, war demnach in vielerlei Hinsicht eine Premiere, und sie fühlte sich dabei wie im Paradies. Sie hatte nicht einmal ein schlechtes Gewissen der Liesi gegenüber, der Einzigen, mit der sie sonst immer über alles sprach. Nicht, dass sie das mit der Gitti nicht auch konnte, die dritte im Bunde wusste so gut wie alles von ihnen beiden, aber eben nur fast. Die Sache mit den Männern konnte eine Frau, die bald ein Vierteljahrhundert mit ihrer Jugendliebe verheiratet war und drei Kinder hatte, nicht verstehen.

Traudl bog in die Zufahrt zum Koflerhof ein, als ihr Handy piepste und auf dem Display eine Nachricht aufleuchtete. »Du wirst dich heute Abend doppelt anstrengen müssen, um gutzumachen, dass du mich in diesem Zustand alleingelassen hast.« Lächelnd fixierte sie die Herzchen, die er in einer endlosen Reihe dahintergesetzt hatte – und trat hart auf die Bremse, als sie einen Schrei hörte. Marie stand mit beiden Armen über dem Kopf fuchtelnd keinen Meter vor der Motorhaube ihres Wagens. Noch ein Stück weiter, und sie hätte die Frau umgefahren und wäre im Flur von Bertls Hof gelandet.

»Mein Gott, Frau Doktor, wo warn'S denn mit Ihren Gedanken?«

Marie schlug die Hände über dem Kopf zusammen und bekreuzigte sich.

Bei einem Mann, der zu jung und außerdem ein Deutscher ist, noch dazu ein Künstlertyp, der bald wieder heimfahren und mich vergessen wird, antwortete sie in Gedanken. Einer, in den ich mich verliebt habe.

Erschrocken schlug sie eine Hand vor den Mund, sprang aus dem Wagen und rannte ins Haus. Marie musste ihre Arzttasche vom Rücksitz holen, denn die hatte sie vergessen. Auch das war eine Premiere, etwas, was ihr noch nie passiert war – und hatte nichts damit zu tun, dass der Bertl auf dem Boden seiner Küche lag.

Er musste vor Stunden, nachdem er die Flasche mit dem hochprozentigen Apfelbrand fast bis zur Neige geleert hatte, mitsamt dieser von der Bank gerutscht sein. Sein Blutdruck war im Keller, der Puls raste. Außerdem trug er zwar Socken und Schuhe, aber keine Hose, dafür eine weite Unterhose mit Beinen, die den halben Oberschenkel bedeckte und auf der kleine Bärchen aufgedruckt waren.

»Zum Glück hat der Bertl einen harten Schädel«, sagte die Traudl zur Marie, die mit bebenden Händen ihre Schürze zerknüllte und auf sie hinabsah.

Die Zweideutigkeit ihrer eigenen Worte fiel der Ärztin dabei nicht auf, sehr wohl jedoch die riesige Beule seitlich ganz oben auf Bertls Stirn, die sich unter dem Haaransatz fortsetzte. Er musste mit dem Kopf gegen das Tischbein geschlagen haben, bevor er auf dem Boden aufkam.

»Aber was ist denn jetzt mit ihm?«, fragte Marie ängstlich.

Traudl zog einzeln die Augenlider ihres Freundes seit Kindertagen hoch und leuchtete ihn mit einer Stablampe an. Die Pupillen waren riesig, von den Iriden war nur noch ein schmaler Rand zu sehen. Sie knipste die Lampe aus und schaute nach oben.

»Er ist stockbesoffen, Marie, das ist alles.«

»Jesus und Maria!« Die Frau bekreuzigte sich.

»Die beiden können gar nix dafür«, meinte die Traudl lakonisch und richtete sich auf. »Das hat er ganz allein geschafft, und vorher muss er in einen Haufen Kuhscheiße getreten sein, so wie er stinkt.«

»Na ja, er wird sich halt nicht gewaschen haben.«

»Nein, das sicher auch nicht«, erwiderte sie lachend. »Aber ich hab das schon so gemeint, wie ich es gesagt habe. Kontrollieren'S doch einmal seine Schuhe.«

Während Marie den Rock anhob und umständlich auf die Knie sank, um unter den Tisch zu krabbeln, zog Traudl ihr Telefon hervor.

»Grüß dich, Leon, bist du in der Nähe vom Ort?«

Sie nickte, bevor sie weitersprach.

»Kannst du bitte herüberkommen zum Bertl? Der schläft seinen Rausch auf dem Küchenboden aus und das wird noch Stunden dauern. Da wäre es besser, wenn wir ihn hinauf in sein Bett bringen, aber dafür brauch ich deine Hilfe.«

»Sie haben recht, Frau Doktor«, rief die Marie dazwischen, sodass sie nur vermuten konnte, dass der Leon sich sofort auf den Weg gemacht hatte, denn das Gespräch hatte er beendet.

»Womit?«

Marie streckte einen Arm unter dem Tisch hervor. In der Hand hielt sie einen von Bertls Schuhen mit den Profilsohlen.

»Mit der Kuhscheiße!«

»Der sauft doch sonst nicht so viel«, meinte Leon kopfschüttelnd, nachdem sie den Bertl mit vereinten Kräften zu dritt nach oben und in sein Bett gebracht und bis auf die lächerliche weite Unterhose mit den Bärchen ausgezogen hatten.

Während sich Marie mit warmem Seifenwasser und einem Waschlappen daranmachte, Bertl zu säubern, band ihm Traudl einen Arm ab, um eine Blutprobe zu nehmen. Dann zog sie Latexhandschuhe an und setzte sich auf den Bettrand.

»Was wunderst du dich denn. Hat dir die Gitti nicht gesagt, dass die Liesi ihn rausgeschmissen hat, weil er ihr wieder auf den Leib gerückt ist?«

Sie desinfizierte die Armbeuge, klopfte auf eine Vene und stach mit der Nadel zu.

»Ja, hat sie, aber das machen die zwei doch schon ewig.«

»Irgendwann ist es halt ewig und ein Tag, und das ist einer zu viel.«

»Du meinst, die beiden werden nie heiraten?«

Traudl zog die Nadel aus Bertls Arm, wischte mit einem Wattebausch über die Stelle, verschloss das Röhrchen mit dem Blut und wickelte die Kanüle in die Handschuhe ein, die sie ebenfalls in ihre Tasche steckte. Erst dann stand sie auf und stellte sich vor Leon.

»Du bist ein so ein großer Mann und warst schon mit fünfzehn Vater, aber von manchen Dingen hast du trotzdem keine Ahnung.«

»Wie moansch denn des?«

»Ganz einfach«, erwiderte sie lächelnd, weil er sie anschaute wie ein Kind ein verschlossenes Paket und dabei in den Dialekt verfiel, wie immer, wenn er unsicher war. »Die Liesi war nie in den Bertl verliebt, Leon. Er ist und war für sie eine Art Bruder, nicht mehr und nicht weniger.«

»Bisch du gonz sicha?«

»So sicher, wie das Amen am Ende vom Vaterunser steht.«

»Aber er ist in sie verliebt.«

Er deutete zum Bett, wo die Marie dem Bertl die Decke bis zum Hals hochzog und so tat, als ob sie nichts von dem hören würde, was Traudl und Leon sprachen.

»Ist er nicht.« Traudl schüttelte den Kopf. »Er ist nur in die Idee verliebt, dass er sie beschützen muss, so wie damals. Nur hat er vergessen, dass seither fast ein Vierteljahrhundert vergangen ist und sie beide keine Kinder mehr sind.«

»Aber vielleicht wird doch noch ein Paar aus ihnen.«

Traudl packte Leon an den Schultern und schüttelte ihn.

»Wach auf! Du bist ja schlimmer als er, wenn du so einen Blödsinn glaubst. Weißt du eigentlich, dass die beiden sich nicht ein einziges Mal geküsst haben, weil ihm die Liesi immer ausgebüxt ist, sobald er es versucht hat?«

Jetzt war es der Leon Gufler, der mit einer Geste verneinte.

»Ich hab geglaubt ...«

»Was? Dass die beiden miteinander eine geheime Sexbeziehung führen, von der niemand im Ort etwas weiß?«

»Na ja, es hätte ja sein können.«

Leon kratzte sich hinterm Ohr.

»Nicht in Mela, wo jeder weiß, wie oft der Nachbar furzt

und warum er es tut. Bei mir in der Praxis reden die Leute mehr über das, was die anderen möglicherweise haben könnten, als über ihre eigenen Problemchen. Viele kommen überhaupt nur, um mir ihre Annahmen zu den Beschwerden einer Bekannten mitzuteilen, die sie zufällig auf der Post getroffen haben, oder Vermutungen darüber anzustellen, warum irgendwer im Supermarkt an der Kasse ein paar Worte mit jemand anderem gewechselt hat. Falls die Liesi Thaler und der Bertl Kofler also ihre Liebe seit vielen Jahren geheim halten wollten, dann wäre ihnen das sicher nicht gelungen.«

»Und deshalb hat er sich besoffen?«

Es war schwierig mit den Männern. Traudl seufzte und schaute über die Schulter, ob Marie immer noch im Raum war, aber sie war verschwunden.

»Er ist in seinem Stolz gekränkt, würde ich vermuten«, sagte sie dann leise. »Was nicht passiert wäre, wenn er unter den vielen Frauen, die er vögelt, endlich die Richtige gefunden hätte.«

»Was weißt denn du ...«, brauste Leon auf und sie legte ihre Hand auf seinen Mund.

»Sch. Du musst den Bertl jetzt nicht aus männlicher Loyalität verteidigen und für ihn lügen. Vielleicht wissen nicht alle, wo er sich herumtreibt, aber ich bin Hausärztin, Leon. Und wie der Name schon sagt, besuche ich meine Patienten auch zu Hause, so wie heute. Und manchmal handelt es sich dabei nicht um einen Bauernhof oder eine Wohnung irgendwo im Ortszentrum, sondern um ein bestimmtes Lokal unten im Gewerbegebiet im Niederdorf.«

»Das ist aber jetzt nicht dein Ernst, Traudl.«

Er klang so entsetzt, dass sie schallend auflachte.

»Was? Dass ich von dem Nobelpuff innerhalb des

Discostadls weiß oder dass ich die Frauen dort regelmäßig untersuche?«

Der Mann ihrer Freundin Gitti, der schon in der Mittelschule der absolute Sonnyboy und Schwarm aller Mädchen war und auf den ersten Blick mit seiner Löwenmähne und dem strahlenden Lächeln, das seine perfekten Zähne betonte, wie ein Aufreißer wirkte, schaute zu Boden.

»Ich hab es ihm schon so oft gesagt, dass er es sich auf diese Art mit der Liesi verscherzt.«

Traudl legte ihren Zeigefinger unter sein Kinn, bis er den Kopf hob und sie anschaute.

»Leon, es ist ja nicht so, dass der Bertl es dort mit den Nutten treibt. Die Mädchen, die aus Bozen oder Trient kommen, um sich fernab ihrer Heimatstädte ausgelassen zu amüsieren, stehen auf ihn. Er hat es nicht schwer, falls er nicht nur etwas trinken will. Außerdem ist es der Liesi komplett egal, mit wem er wann, wo und wie oft schnackselt. Da auch ihre Landarbeiter und Erntehelfer manchmal ins Discostadl gehen, weiß sie nämlich sicher, dass er sich dort vergnügt. Denkst du nicht, dass sie längst einen Riesenaufstand gemacht hätte, wenn der Bertl ihr mehr bedeuten würde?«

»Wahrscheinlich«, erwiderte Leon nach kurzem Nachdenken.

»Dann sind wir uns ja einig.« Sie deutete auf Bertl. »Sollte er über drei Promille haben, komme ich sofort her, sobald mir das Labor Bescheid gibt. Ich bringe die Blutprobe jetzt gleich vorbei, bevor ich in die Praxis fahre. Wird aber nicht so sein. In der Flasche war noch was drin, und außerdem war sie sicher nicht voll, die Banderole war schon weg.«

»Wenigstens etwas.«

Leon machte sich wirklich Sorgen um seinen Freund.

»Kannst du mir einen Gefallen tun und irgendwann gegen Abend hier vorbeischauen?«, fragte sie ihn. »Erbrochen hat er leider nichts, sonst hätte ich Spuren davon gefunden. Das bedeutet aber, dass der ganze Alkohol in ihm steckt und er dementsprechend lang brauchen wird, bis er seinen Vollrausch ausgeschlafen hat und wieder zu sich kommt. Falls dem wider Erwarten nicht so sein sollte, ruf mich an.«

»Und was soll ich tun, wenn er aufwacht?«

»Er wird einen irren Durst haben. Gib ihm einfach Wasser zu trinken und stell ihn unter die Dusche, damit er sich besser fühlt. Die Beule wird ihm wehtun, wahrscheinlich wird er auch Kopfschmerzen haben, dann soll er ein Aspirin nehmen. Vor allem aber solltest du mit ihm reden, Leon. Vielleicht kannst du ihm einbläuen, dass es keinen Sinn hat, dass er sich weiter in diese eingebildete Liebe zur Liesi hineinsteigert. Er muss endlich begreifen, dass sie seine allerbeste Freundin und nicht mehr ist – und dass es nichts bringt, wenn er sich wegen ihr ins Koma säuft. Und dann können wir nur hoffen, dass ihm irgendwann seine Traumfrau über den Weg läuft und er begreift, dass er jahrelang auf dem falschen Weg war.«

Kapitel 16

Der Gabor hatte mit seinen Leuten Wunder gewirkt. Schon gestern, nachdem Chris Bergmann ihr die Vorauszahlung der Vertragssumme zugesichert und Liesi ihren Vorarbeiter angerufen hatte, hatte dieser umgehend einige Rollen Hagelnetze auf Lieferschein gekauft. Seit dem frühen Morgen zogen sie die neuen Netze auf. Sie war schon auf der Bank gewesen, um mit dem Direktor zu sprechen, und hatte dann auf der Fahrt hierher Semmeln mit Leberkas für Holbmittag geholt. Die Brotzeit am Vormittag gehörte in Südtirol vor allem für diejenigen, die den Tag noch vor dem Morgengrauen begannen, zum täglichen Leben, und den würzigen, warmen Fleischkäse mit Senf oder Kren mochte jeder. Gemeinsam mit den Männern, die aßen und tranken, saß sie jetzt auf der Ladefläche des Traktoranhängers und hörte ihnen zu. Sie diskutierten darüber, wie man denjenigen, die dem Apfelhof auf jede erdenkliche Art zu schaden versuchten, eine Falle stellen konnte. Immer wieder ließ Gabor Wörter in seiner Muttersprache einfließen, aber die festangestellten Arbeiter des Apfelhofs verstanden die ungarischen Ausdrücke genauso wie Liesi selbst. In solchen Momenten dachte sie stets an ihre Ururgroßmutter Erzsebet, eine starke Frau, die aus dem Nichts und ohne Mann an ihrer

Seite einen der umsatzstärksten Betriebe in der größten Apfelgemeinde Südtirols geschaffen hatte. Und jetzt setzte irgendjemand alles daran, um dem Apfelhof ein Ende zu setzen?

»Was hast du gesagt?«

Sie war in Gedanken woanders gewesen, hatte nicht aufgepasst.

»Wir sollten einen Privatdetektiv darauf ansetzen«, wiederholte Gabor.

Sie lachte auf. »Der müsste eine ganze Mannschaft einsetzen, um alle Wiesen zu kontrollieren, und wir können uns nicht einmal einen einzelnen Detektiv leisten. Das ist dir schon klar?«

»Filmkameras mit Bewegungsmeldern«, sagte ein kleiner stämmiger Mann.

»Drohnen«, meinte ein anderer.

Plötzlich wurde es still.

Liesi schaute zu Gabor. Sein größtes Hobby war die Fotografie und er hatte alle Mitarbeiter des Apfelhofs damit infiziert. Sie verbrachten ihre Abende nur selten im Gasthaus, trafen sich abends lieber bei Gabor, bearbeiteten Fotos und studierten einschlägige Zeitschriften. Im letzten Jahr hatten sie dann zusammengelegt und sich zwei Drohnen gekauft, die sie mit Kameras ausgestattet für die Kontrolle der entferntesten Ecken der Wiesen verwendeten. Tagsüber.

»Sie müssen unbeleuchtet fliegen«, sagte er zu seinen Männern. »Wir werden uns beim Steuern abwechseln und die Bilder auf die Computer übertragen, weil man auf den kleinen Displays Nachtaufnahmen nicht so gut sieht.«

»Mit zwei Drohnen könnt ihr doch nicht sechs Hektar Land kontrollieren«, warf Liesi ein.

»Nein, das nicht.« Gabor lächelte grimmig. »Aber offenbar haben sie es jetzt auf die Wiesen hier herunten an der MeBo abgesehen.« Er deutete auf die Rollen mit den Hagelnetzen und hinüber auf die letzten Spaliere, wo sie diese aufziehen würden.

»Da wären die aber schön blöd, wenn sie es noch einmal hier versuchen«, meinte einer der Männer.

Zustimmendes Gemurmel antwortete ihm.

»Womit wir wieder beim Anfang sind.« Liesis Schultern sanken herab.

»Nicht unbedingt«, meinte einer der Arbeiter, der erst seit Jahresbeginn fix in ihrer Mannschaft arbeitete. Früher war er Erntehelfer gewesen, aber dann hatte sich seine Frau von ihm getrennt und er war aus dem Vinschgau herübergezogen. »Mein Sohn und seine beiden Freunde studieren Informatik und sind absolute Drohnen-Freaks. Die haben sich ihre ersten selbst zusammengebaut, als sie noch Kinder waren, und sind dabei, wenn sie sich ein bisschen was verdienen können.«

Liesi musste nicht nachdenken. »Wir werden uns sicher einigen.«

»Somit kontrollieren wir alles«, sagte Gabor. »Nach jedem Flug, bevor die Akkus leer sind, holen wir sie zurück, tauschen sie und lassen sie wieder losfliegen. Aber wir müssen heute Abend damit anfangen.«

»Wieso bist du so sicher, dass sie es noch einmal versuchen werden?«

»Weil ich davon überzeugt bin, dass sie uns ständig beobachten, und wissen, was wir tun. Und es wird ihnen gar nicht passen, dass es letzte Nacht nicht gehagelt hat, während die Bäume schutzlos waren.«

Kapitel 17

Nachdem sie Bertls Blutprobe im Labor abgegeben hatte, fuhr Traudl nicht direkt in die Praxis. Bis zum Beginn der Sprechstunde hatte sie noch eine halbe Stunde, als sie ihren Wagen vor dem Haus parkte. Sie hatte noch nie jemanden allein in ihrer Wohnung zurückgelassen. Nicht, dass sie sich sorgte, dass er etwas mitnehmen und auf Nimmerwiedersehen verschwinden würde. Im Gegenteil – sie hoffte, dass er hier war. Immer zwei Stufen auf einmal nehmend lief sie nach oben, öffnete die Tür und rief seinen Namen. Es kam keine Antwort. Sie schaute in die Küche, das Wohnzimmer, das kleine Arbeitszimmer, sogar das Gästezimmer, bevor sie ins Schlafzimmer ging. Als sie das glatt gestrichene Laken und die perfekt gefalteten Decken sah, überkam sie ein Anflug von Traurigkeit. Aber was hatte sie denn gedacht? Sie war mehr als eine Stunde fort gewesen und auch er hatte einen Beruf. Zwar einen ohne geregelte Arbeitszeiten, doch seitdem sein Chef in Mela war, hatten die Männer sich täglich gesehen und das weitere Vorgehen besprochen. Die beiden Filmprojekte, an denen sie in Südtirol arbeiteten, waren kurz unterbrochen worden, aber jeder Tag, den das Team untätig war, kostete viel Geld.

Chris Bergmann, der Produzent, war ein Mann mit Prinzipien, der seinen Regisseur fristlos entlassen hatte, nachdem dieser auf Liesi losgegangen war und ihre Freundin gewürgt hatte. Und er war keiner, der die Dinge schleifen ließ. Umgehend hatte er Entscheidungen getroffen, die der gesamten Filmcrew zugutekamen. Dass er seinen Leuten vor Ort eine Chance geben wollte, anstatt selbst die Regie zu übernehmen, hatte sie großartig gefunden. Nicht zuletzt wegen Marcus.

Er hatte ihr alles erzählt, und Traudl war schmerzlich bewusst, dass sie in den kommenden Wochen nicht mehr jede freie Minute mit ihm verbringen konnte. Sein Chef hatte ihm, der bisher immer nur als Regieassistent gearbeitet hatte, die Verantwortung für die Naturaufnahmen in ganz Südtirol übertragen. Die mussten jetzt, mit den satten Farben des Frühlings, gedreht werden, bevor das Wetter dann stabiler und die Temperaturen abends angenehm genug sein würden, damit die beiden Hauptdarsteller nicht riskierten, sich einen Schnupfen einzufangen, wenn sie draußen im Mondschein drehten. Traudl konnte nicht verstehen, weshalb sich das gesamte Team bei Außenaufnahmen in den Dolomiten, wo noch Schnee lag, den Arsch abfrieren musste und sich die Rücksicht nur auf die zwei Personen richtete, die viel mehr verdienten als alle anderen. Doch Marcus war einfach nur glücklich über seine Chance als Regisseur – und sie mit ihm. Er wollte beweisen, dass er nicht zu jung und unerfahren war, um eine gleichwertige oder, wie er sagte, bessere Arbeit abzuliefern als dieser Säufer Ummo Tütken. Er würde also im Westen der Region drehen, im Grödnertal und auf den Bergen rundum, und eine Zeit lang nicht in Mela übernachten. Morgen gegen Mittag würde die Filmcrew wegfahren – und sie war traurig.

Wie hatte das passieren können? Und ausgerechnet ihr? Sie

liebte doch ihre Ungebundenheit und hatte nie das Bedürfnis verspürt, mit einem Mann auch nur eine ganze Nacht zu verbringen – und am Morgen gemeinsam zu frühstücken. Wieso fühlte es sich plötzlich so an, als ob ein Teil von ihr fehlen würde, wenn er nicht da war? Selbst jetzt. Dabei waren sie bis vor etwas mehr als einer Stunde noch zusammen gewesen.

Traudl näherte sich dem Bett und strich über sein Kissen. Dann griff sie danach, hob es hoch und atmete seinen Duft ein. Als sie es zurücklegte, brachte sie es wieder in Form, so wie er es gemacht hatte, und lächelte. Er liebte Ordnung, was etwas war, was sie nie in ihm vermutet hätte. Als er in ihre Praxis gekommen war, um sich einen tiefsitzenden Holzspan aus dem Finger entfernen zu lassen, hatte sie ihn ganz anders eingeschätzt. Mit seinen ungekämmten flachsblonden Haaren, den Cargohosen und dem weiten Sweatshirt hatte er auf sie den Eindruck eines ewigen Studenten gemacht und sie an ihre Studienzeit erinnert. Solche Typen waren die, die sich nicht darum scherten, wenn ihre Bude im Dreck erstarrte, die wochenlang in derselben Bettwäsche schliefen und bei denen jede freie Fläche in der Küche mit Pizzakartons, gebrauchtem Geschirr und Bierflaschen voll war. Wie sehr sie sich geirrt hatte, war ihr bewusst geworden, als er sie nach ihrer ersten gemeinsamen Nacht mit einem Frühstück überrascht und danach Teller und Besteck in die Spülmaschine geräumt hatte. Während sie sich im Bad fertig machte, hatte er dann noch das Laken geglättet und die Kissen aufgeschüttelt.

»Das habe ich vorhin auch gemacht.«

Erschrocken drehte sie sich um und stolperte – direkt in seine Arme. Das Lächeln, mit dem er sie ansah, war voller Zärtlichkeit.

»Was denn?«

»Ich habe dein Kissen in den Arm genommen und damit gekuschelt.«

»Aber das hab ich doch gar nicht ...«

»Hast du. Ich habe es gesehen, Traudl.«

Er deutete zur Balkontür.

»Vielleicht ein bisschen«, flüsterte sie, legte ihre Hände an seine Wangen und küsste ihn. Glückshormone strömten durch ihren Körper, als sich ihre Lippen berührten – und lockerten ihre Zunge. »Es ist zwar komplett verrückt«, flüsterte sie, »aber du fehlst mir, wenn du nicht da bist.«

»Mir geht es genauso, und ich glaube nicht, dass es verrückt ist«, erwiderte Marcus und zog sie noch näher.

»Sondern?« Sie hielt die Luft an, während sie auf seine Antwort wartete.

»Hast du schon mal was von Liebe auf den ersten Blick gehört?«

Traudl blinzelte. Wärme breitete sich in ihrer Brust aus und ihr Herz beschleunigte seinen Schlag. Hatte er soeben gesagt, dass er sie liebte? Nach nicht einmal einer Woche?

»Schau mich nicht so an, Frau Doktor. Ich habe mich in dem Moment verliebt, in dem du mit der Nadel in meinen Finger gestochen und den Span herausgeholt hast.«

»Das hast du dir nur eingebildet, weil du Schmerzen hattest.«

»Quatsch. Ich bin doch kein Masochist. Außerdem tut es schon längst nicht mehr weh und das Gefühl ist immer noch da.«

»Warum also?«

»Erst war da dein Geruch, dann dein Blick.«

Traudl schaute ihn fassungslos an. Genau dasselbe hatte sie empfunden – in der Reihenfolge. Sonst hätte sie doch nie zugestimmt, mit ihm essen zu gehen, und ihn heraufgebeten, als er sie heimgebracht hatte und ihr eine Gute Nacht gewünscht hatte. Außerdem ...

»Du weißt aber schon, dass ich deine Einladung zum Abendessen nur angenommen habe, weil du der Letzte warst. Wären noch andere Patienten im Wartezimmer gewesen ...«

»Hätte ich gewartet, Traudl. Außerdem hättest du mich nicht gehen lassen ...« Das Piepsen seines Chronometers unterbrach ihn. Er hob den Arm und warf einen Blick auf die Uhr. »Verflixt und zugenäht. Der Chef erwartet mich in zehn Minuten vor der Gemeinde.« Er beugte sich vor und küsste sie flüchtig auf den Mund, bevor er sich umdrehte und das Schlafzimmer verließ.

Sie ging ihm nach, streckte ihre Hand aus und erwischte ihn, bevor er die Wohnungstür öffnete.

»Wann sehen wir uns?«

Als sie die Worte aussprach, merkte sie, wie schrecklich sie klang. Wie eine frischverliebte Fünfzehnjährige, die Angst hatte, dass ihr Schwarm sich verdrücken und ihr ein anderes Mädchen vorziehen könnte.

Er schaute auf ihre Hand, die sein Handgelenk umschloss, und lächelte.

»Ich weiß nicht genau, wie lange der Chef mich heute braucht, aber ich denke nicht, dass es ewig dauern wird, und wir haben die gesamte Ausrüstung bereits in den Autos – und müssen erst gegen Mittag weg. Gedreht wird dann übermorgen. Was hältst du also davon, wenn wir zum Kalterer See fahren, sobald du deine Sprechstunde erledigt hast? Am Vormittag kommen doch nie so viele Leute, hast du gesagt. Vielleicht schaffen wir es, spätestens um eins wegzufahren.«

Sie jubelte innerlich. Er wusste tatsächlich, dass sie heute Nachmittag freihatte. Dann fiel ihr Bertl ein. Hoffentlich ergab die Auswertung seines Blutbefunds keine böse Überraschung und er wachte bald auf. Andererseits ... Wenn er so blöd war, sich fast ins Koma zu saufen, musste sie ihm nicht das Händchen halten, sobald er zu sich kam. Leon würde sich schon um seinen Freund kümmern – und ihn nötigenfalls ins Krankenhaus bringen.

»Schickst du mir eine Nachricht?«

»Natürlich. Und du sieh zu, so früh wie möglich fertig zu sein. Ich will jede Stunde mit dir auskosten, bevor ich morgen Vormittag mit dem Team nach Gröden fahre.«

Traudl hatte einen Kloß in der Kehle, auch noch, als sie in der Praxis ihren Kittel überstreifte und den ersten Patienten aufrief. Sie hatte sich Hals über Kopf verliebt und konnte sich nicht vorstellen, Marcus nicht mehr in ihrem Leben zu haben. Dabei war eines zwischen ihnen von Beginn an klar gewesen: Es gab ein Ablaufdatum. Sobald Apfelblüten im Regen abgedreht war, würde er nach München zurückgehen, und er hoffte, irgendwann vielleicht sogar in Hollywood zu landen. Chris Bergmann mit seinen Beziehungen war der Schlüssel für seine Zukunft. Nur deshalb hatte er die Zusammenarbeit mit Ummo Tütken in Kauf genommen, obwohl der ihn immer nur wie einen Handlanger behandelt hatte. Und jetzt war er seinem Ziel ein ganzes Stück näher – und sie wusste nicht, wie sie sich für ihn freuen sollte, wo sie doch das Gefühl hatte, auf einen Abgrund zuzugehen.

Kapitel 18

Chris war mit gemischten Gefühlen aufgewacht, was vor allem daran lag, dass er keinen klaren Plan hatte. Er hatte sogar überlegt, die Urne vom Fensterbrett seines Zimmers zu nehmen und ins Auto zu legen, es aber dann doch nicht getan. Jetzt bereute er es. Man sollte immer auf alles vorbereitet sein, hatte sein Vater ständig gesagt und gelacht, wenn er skeptisch all die Ausrüstung betrachtete, mit der er seinen Wagen belud. Auf dem Dach waren stets die beiden Wildwasserkajaks festgeschnallt gewesen, und innendrin hatte es ausgesehen, als ob eine Nomadenfamilie ihren kompletten Haushalt von A nach B transportieren wollte. Er hätte also die Urne mitnehmen und darauf hoffen sollen, rein zufällig noch einmal auf dem Apfelhof zu landen und vielleicht einen Moment lang allein zu sein, um die Asche unter den Apfelbäumen auszuschütten. Das entsprach zwar nicht exakt dem Wunsch seiner Mutter, die unbedingt dort begraben werden wollte, weshalb er sich von dem Bestatter auch diese teure und biologisch komplett abbaubare Urne hatte andrehen lassen, die für Erdbestattungen geeignet war – aber sie würde es ja nicht erfahren. Dass sie genauso gut neben seinem Vater auf dem Waldfriedhof hätte begraben werden können, wie er nach ihrem Tod gedacht hatte, kam ihm nicht mehr in den Sinn. Jetzt, wo ihm klar war, dass ihre Verbindung zum Apfelhof weit enger sein musste, als er noch bis zum gestrigen Nachmittag geahnt hatte, verstand er sie.

Das Fleckchen dort oben über dem Fluss und die alte Holzbank unter den drei riesigen Apfelbäumen war einzigartig – und nicht nur der ideale Ort für die ewige Ruhe, sondern auch für die Lebenden. Er würde weiß Gott was geben, wenn er irgendwann einmal an einem solchen Ort leben könnte. Warum bei diesem Gedanken schon wieder das Gesicht der Liesi Thaler in seinem Kopf herumspukte, darüber wollte er nicht mehr nachdenken. Sosehr er sich zu ihr hingezogen fühlte – diese Frau war für ihn auf jeden Fall tabu.

Sie war mit ihrer Erde verwurzelt, und er konnte sich beim besten Willen nicht vorstellen, dass sie jemals aus Mela und von ihrem Hof weggehen würde. Er hatte hingegen im letzten Jahr immer daran gedacht, dass sein Verweilen in Deutschland nur vorübergehend war und er irgendwann wieder nach L. A. zurückgehen würde, weil er sich dort mehr zu Hause fühlte als in München. Die Münchner Innenstadt glich einem Bierdeckel, auf dem sich alle Promis und Pseudopromis bewegten und man ständig dieselben Leute traf. Obwohl er sich – so gut er konnte – von allen fernhielt, war er seinem Vater so ähnlich, dass ihn die Älteren sogar als Sven ansprachen. Und ganz so unbekannt war er auch den Jüngeren nicht, die sein Gesicht kannten, weil er maßgeblich an ein paar bekannten Hollywoodfilmen beteiligt gewesen war. Das passte ihm nicht. Er wollte nicht im Rampenlicht stehen, sondern das tun, was er liebte, und sich keinesfalls in der Enge der deutschen Filmwelt bewegen, wo jeder jeden kannte und man sowohl bei Erfolg als auch bei Misserfolg den Atem der Konkurrenten, Neider und Missgünstigen ständig im Nacken hatte.

In Amerika war es zwar in einem gewissen Sinne ähnlich, aber das Land war so viel größer und mit ihm die Filmwelt, dass er nicht einmal riskierte, seiner Ex in L. A. über den Weg zu laufen. Dort traf man sich eigentlich nur, wenn man es darauf anlegte. Gefahr, dass er ihr auf einem der obligatorischen Events begegnete, zu denen er als Produzent und Regisseur eingeladen wurde, waren gering. Sie hatte es bisher nicht geschafft, nach seinem Film, bei dem sie die Nebenbuhlerin der Protagonistin gespielt hatte, eine weitere ähnlich wichtige Rolle zu bekommen. Ob man sie schnitt, weil sie sich einige unschöne Auftritte in der Öffentlichkeit geleistet hatte, nachdem er ihren wahren Charakter entdeckt und die Beziehung beendet hatte, wusste er nicht. Ihm hatte niemand die kalte Schulter gezeigt – und wenn er zurückginge, würde er wieder dort anknüpfen können, wo er aufgehört hatte. Aber zuvor wollte er Apfelblüten im Regen in die Kinos bringen und den Leuten zeigen, dass Heimatfilme nicht immer nach dem traditionellen und altbewährten Muster ablaufen mussten. Das war er seinem Vater schuldig, der diese Idee vor vielen Jahren gehabt hatte und nicht mehr verwirklichen konnte.

»Warum eigentlich ausgerechnet Südtirol?«, fragte Heidelinde Wagner jetzt. Sie warteten seit einer Viertelstunde auf dem Flur des Gemeindeamtes auf Sepp Gamper, der sie sehen und den neuen Regisseur kennenlernen wollte. Chris hatte vermieden, ihm zu sagen, dass noch nicht feststand, wer künftig bei Apfelblüten im Regen Regie führen würde. »Den Film hätten wir doch ebenso gut in Garmisch oder am Tegernsee drehen können«, sagte Heidelinde. »Dann müssten nicht wir auf den Bürgermeister warten, sondern er auf uns, und er würde sich sogar vor uns auf die Knie werfen.«

Er mochte den trockenen Humor der Produktionsassistentin, mit der er in L. A. zweimal zusammengearbeitet hatte. Sie war fast so lange in Amerika gewesen wie er und hatte sein Angebot, für sie in Deutschland zu arbeiten, sofort angenommen. »Abwechslung ist die Würze des Lebens«, hatte sie gemeint, und erst Wochen später hatte er erfahren, dass sie ihre Heimat mit neunzehn nach einem handfesten Streit mit ihren Eltern Hals über Kopf verlassen hatte. Damals war sie in den erstbesten Flieger gestiegen, für den sie direkt am Flughafen ein Last-Minute-Ticket ergattert hatte – Destination Hollywood. Mittlerweile hatte sie die beiden besucht und sie hatten Frieden geschlossen.

»Also ich mag Südtirol sehr und Mela ganz besonders«, meinte Marcus Berg und lächelte dabei ziemlich verträumt. »Und ich glaube nicht, dass sich die Politiker bei uns anders verhalten.«

»Damit hast du auch wieder recht«, lenkte Heidelinde jetzt ein. »Obwohl du das nur sagst, weil du dich verliebt hast.«

Er stieß sie mit dem Ellenbogen an und sie sprang lachend zur Seite.

Chris schaute den jüngeren Mann nachdenklich an. Er kannte den Regieassistenten, in dem er ein großes Potenzial sah und aus diesem Grund vorerst mit der Regie betraut hatte, seit einem Jahr. Marcus war ein ruhiger und verschlossen wirkender Typ, der seine Gefühle nicht zur Schau stellte. Zumindest war es immer so gewesen, wenn er mit Ummo Tütken zusammengearbeitet hatte – was Chris sehr gut verstehen konnte. Aber heute wirkte er richtig locker und hatte ein Lächeln auf den Lippen. Das Privatleben seiner Mitarbeiter ging ihn nichts an, daher würde er sicher keine Fragen stellen. Vielmehr hoffte er, dass es mit den Dreharbeiten keine Probleme geben würde. Immerhin fuhr die Crew morgen nach Gröden und hatte dort einen eng getakteten Plan einzuhalten, der einerseits aufgrund der zu überwindenden Höhenunterschiede physisch anstrengend, andererseits auch stark wetterabhängig war.

»Sind Sie der Herr Bergmann?«

Eine Frau kam aus einem der Zimmer auf dem Flur des Gemeindeamts, wo sie vor dem Büro des Bürgermeisters warteten.

»Das bin ich.« Chris nickte und nahm die Hände aus den Hosentaschen.

Die Frau umklammerte ein Klemmbrett, von dem sie offenbar etwas ablas. Sie wirkte unsicher.

»Ich soll ihnen ausrichten, dass es dem Bürgermeister unendlich leidtut, aber er hat ein ernstes Problem.«

Heidelinde und Marcus tuschelten hinter ihm.

Er hatte keine Ahnung, ob der Mann verheiratet war, die Aussage der Frau ließ jedoch darauf schließen.

»Mit der Familie?«

Sein Gegenüber schüttelte vehement den Kopf.

»Irgendwas Geschäftliches.«

»Wann wird er kommen?«

»Er hat nichts gesagt, nur dass ich Ihnen das so sagen und den Termin absagen soll.«

»Verschieben meinen Sie sicher, richtig?«

Sie lief rot an.

»Nein. Der Bürgermeister war ganz klar. Er wird heute nicht mehr kommen, weil er sich um seine Geschäfte kümmern muss. Das passiert hin und wieder. Aber er hat gemeint, dass Sie fürs Erste ohnehin alles geklärt haben und Sie sich treffen können, wenn die Hauptdarsteller anreisen und bevor die Aufnahmen hier in Mela beginnen.«

Chris war einerseits froh, keine weitere Zeit mit diesem Idioten verplempern zu müssen, andererseits erreichte sein

Unmut soeben den Siedepunkt. Was dachte dieser Sepp Gamper eigentlich? Wenn es nach ihm gegangen wäre, hätten sie sich heute nicht treffen müssen, damit er Marcus Berg kennenlernte. Der junge Regisseur hatte ohnehin nichts mit ihm zu tun und Heidelinde ebenso wenig. Außerdem kannten sich die beiden schon, sie hatte ja bereits im Vorjahr mit ihm zu tun gehabt, als sie die vom Locationscout vorgeschlagenen Drehorte besichtigt hatte.

Heidelinde Wagner sah ihm offenbar an, dass er kurz vor dem Explodieren stand. Sie legte ihm beschwichtigend eine Hand auf den Unterarm.

»Welche Geschäfte denn?«, fragte sie die Frau.

»Ich weiß nicht, worum es heute geht. Er macht ja alles Mögliche, der Sepp.«

Dass sie sich dazu hinreißen ließ, ihn einfach nur mit dem Vornamen zu bezeichnen, deutete darauf hin, dass sie nicht viel von ihm hielt, dachte Chris. Normalerweise waren die Menschen auf Ämtern Filmproduzenten gegenüber immer vorsichtig und behandelten sie mit Samthandschuhen. Immerhin waren Leute wie sie, die einen Film im Ort drehten, der natürlich im Nachspann erwähnt wurde, Werbegaranten. Mit ihnen wollte man es sich nicht verscherzen, denn sie waren auf ihre Unterstützung mit der Bevölkerung angewiesen.

»Richten Sie dem Bürgermeister aus, dass ich nicht weiß, wann und ob ich überhaupt noch einmal nach Mela komme. Ich vertraue meinen Leuten hundertprozentig und habe ein Unternehmen zu führen, das immer mehrere Projekte parallel abwickelt.«

Chris nickte knapp mit dem Kinn, wandte sich ab und machte die paar Schritte bis zur Treppe. Ohne sich umzudrehen, wartete er, bis Marcus und Heidelinde aufholten. Schweigend gingen sie nach unten, traten durch das hohe Holztor, bogen um die Ecke – und begannen zu lachen.

»Das war gut, wirklich gut, Chris!«, meinte Heidelinde, nachdem sie sich beruhigt hatte.

Er ärgerte sich zwar immer noch, aber er fühlte sich befreiter. Sollte die Mitarbeiterin diesem selbstgerechten Bürgermeister ruhig mitteilen, dass er ein Arschloch war. Außerdem hatte er im Endeffekt Zeit gespart. Am Morgen nach dem Aufstehen hatte er bereits die Überweisung an Liesi Thaler getätigt – persönlich – und anschließend mit dem Finanzchef seiner Firma gesprochen.

»Tja, meine Lieben. Ich denke, dass ihr mich nicht mehr braucht, richtig?«

Marcus und Heidelinde bejahten beide.

»Fährst du direkt nach München?«, fragte sie ihn.

Er hob das Handgelenk und sah auf die Uhr. Entweder holte er sein Gepäck vom Guflerhof und fuhr heim – mit der Urne – oder aber ... Er musste herausfinden, wo er den Wagen abstellen und durch den Wald hinter dem Gebäude zum Apfelhof gelangen konnte. Sobald es dunkel war und im Haus kein Licht mehr brannte, würde er die Asche seiner Mutter vergraben, morgen zum letzten Mal das fantastische Frühstück der Gitti Gufler genießen und dann nach München fahren und das Kapitel abschließen.

»Nein«, antwortete er. »Ich will auch noch ein paar ruhige Stunden ...« Sein Handy klingelte. »Entschuldigt einen Moment«, murmelte er, zog es aus der Tasche und runzelte die Stirn. Die Nummer auf dem Display kannte er nicht, aber sie war von hier und gehörte zu einem Festnetzanschluss. »Bergmann?«

Er hörte die Stimme und sein Gesicht erhellte sich.

Filomena Pinker entschuldigte sich nicht für die Störung, fragte ihn auch nicht, wo er war. Ebenso wenig interessierte es sie, welche Pläne er hatte.

»Heute gibt es Speckknödel mit Krautsalat, Chris. Die Liesi hat angerufen, dass sie gegen halb eins kommt.«

Sie wartete nicht seine Antwort ab und sagte auch nicht Auf Wiedersehen, sondern legte einfach auf – und er lächelte über das ganze Gesicht.

»Wie gesagt, ich fahre morgen«, wiederholte er dann, zog Heidelinde kurz an sich und streckte Marcus die Hand hin. »Toi, toi, toi, Marcus. Ich bin übrigens ab sofort der Chris für dich. Meine Nummer hast du, egal, welche Frage du haben solltest, ruf mich an. Okay?«

Der jüngere Mann, mit dem er fast auf Augenhöhe war, strahlte ihn an.

»Danke für dein Vertrauen.«

»Das musst du dir erst verdienen«, unkte Heidelinde, stieß ihm den Ellenbogen in die Seite und zog ihn mit sich fort.

Chris schaute den beiden nach, versenkte die Hände in den Hosentaschen und machte sich auf den Weg zu seinem Auto. Und dann begann er zu pfeifen. Auf offener Straße, wie er es seit ewigen Zeiten nicht mehr gemacht hatte.

Kapitel 19

Liesi bereute es, ihren Freundinnen nachgegeben zu haben, die ihr eine Nachricht in der WhatsApp-Gruppe geschickt hatten. Das Apfelkiachl war eines der beliebtesten Kaffeehäuser von Mela und von morgens bis abends gab es hier ein ständiges Kommen und Gehen. Nicht nur der namensgebenden Apfelküchle wegen, die hier unentwegt frisch zubereitet und wahlweise mit Vanillesoße oder Schlagsahne serviert wurden, sondern weil es mitten im historischen Ortszentrum lag. Wer zwischen seinen Erledigungen oder Terminen fünf Minuten abzweigen konnte, schaute kurz herein, trank einen Kaffee und wechselte ein paar Worte mit Bekannten. Und da man über die teilweise überdachte Terrasse musste, die auch im Winter der ideale Treffpunkt der Raucher war, sah man jeden und wurde gesehen. Und genau das war es, was Liesi jetzt zu schaffen machte. Nicht, dass sie die Würgemale an ihrem Hals, die mittlerweile in hellem Violett und Grüntönen schillerten, vergessen hatte, aber alle, die vorbeigingen, starrten sie an.

»Verflixt, ich hätte nicht kommen dürfen«, sagte sie leise und schaute vorwurfsvoll in die Runde.

Die stets perfekt gekleidete Andrea, Geschäftsfrau in der

dritten Generation, winkte mit einer eleganten Geste ab. Wie immer trug sie eine auffallende Brille mit großen Gläsern, die in Kombination mit dem Haarschnitt und den rot geschminkten Lippen an Marlene Dietrich erinnerten.

»Du weißt doch, wie die Leute sind, Liesi.«

»Ja, neugierig«, kam ihr Erika zuvor und warf mit einer lässigen Geste ihre glänzenden langen Haare über die Schulter. Sie hatte früh geheiratet und sich mit Leidenschaft der Erziehung ihrer Kinder gewidmet, die inzwischen außer Haus waren. Ihr Mann war nach dem Bürgermeister der meistbeschäftigte Einwohner von Mela, der sich zwar nicht politisch, aber sonst in jeder Hinsicht und rund um die Uhr betätigte, und so widmete sie sich zunehmend dem Volontariat.

Gemeinsam mit Grete, der ruhigsten von ihnen, die nun eine Hand auf Liesis Unterarm legte und besänftigend darüberstrich.

»Du kannst dir doch vorstellen, wie rasch diese schreckliche Sache die Runde gemacht hat. So etwas passiert ja auch nicht alle Tag, und jetzt bist du hier, und die Handabdrücke auf deinem Hals sind der Beweis, dass es wirklich geschehen ist. Vielleicht hättest du dir ein Halstuch ...«

»Quatsch«, unterbrach sie Andrea. »Die Liesi wäre nicht sie, wenn sie das tun würde. Außerdem hat sie sicher keinen Foulard, oder habt ihr schon einmal einen an ihr gesehen?«

Jetzt musste sie lachen und alle anderen mit ihr.

»Doch, ich habe Halstücher, und am ersten Tag hab ich mir auch eines umgebunden, weil die Salbe, die mir die Traudl verschrieben hat, grauslich riecht.«

»Du bist wirklich ein Unikat, Schatzerl«, meinte Andrea jetzt und zündete sich eine von ihren langen, schmalen Zigaretten an.

»Was man von dir absolut nicht behaupten kann«, zog Erika sie auf.

»Du bist ja nur eifersüchtig, mein Liebes«, konterte die Freundin und erwiderte den Gruß des Anwalts, der jeden Vormittag im Apfelkiachl auf einen Kaffee vorbeikam, wenn er nicht in Bozen oder Meran bei Gericht zu tun hatte.

»Falls Sie Anzeige erstatten wollen, Frau Thaler ...«, rief er jetzt in ihre Richtung, bevor er seinem Freund, dem erfolgreichsten Bauunternehmer von Mela, folgte.

Liesi schüttelte konsterniert den Kopf und wandte sich wortlos ab.

»Aasgeier«, murmelte sie.

»Du weißt doch, dass die Mannsbilder sich hier nur herumtreiben, damit sich alle an sie erinnern, falls sie einen von ihnen brauchen«, erwiderte Grete flüsternd. »Schau dich um.«

Nein, das musste sie nicht tun. Sie wusste genau, dass hier um diese Uhrzeit fast jede Berufssparte vertreten war. Nur Traudl als Ärztin und die Friseurin fehlte. Die eine, weil sie Sprechstunde hielt, und die andere, da ihr Salon am Vormittag überlaufen war – aber sie mussten sich ja auch nicht in Erinnerung rufen. Jeder brauchte hin und wieder seinen Hausarzt und einen Haarschnitt.

»Wie gehts dir denn?«, fragte Grete sie jetzt und plötzlich wurden alle ernst.

Was sollte sie ihnen sagen? Keine von ihnen hatte die geringste Ahnung von finanziellen Problemen, und obwohl Erikas Eltern ebenfalls ein paar Apfelwiesen bewirtschafteten, hatten sie noch nie mit beschädigten Bewässerungsleitungen oder zerschnittenen Hagelnetzen zu kämpfen gehabt wie sie. Mit Gitti und Traudl konnte sie über alles reden, aber mit den drei Frauen, mit denen sie jetzt am

Tisch saß, gab es eigentlich nur ein gemeinsames Thema: Golf.

»Gut. Sehr gut sogar«, beantwortete sie die Frage und die Unwahrheit ging ihr locker über die Lippen. »Schmerzen habe ich keine und diese blauen Flecken auf meinem Hals verschwinden sicher auch bald. Dann bin ich wieder wie neu. Aber warum wolltet ihr mich heute unbedingt treffen?«

»Ach ja! Das hätte ich jetzt fast vergessen.« Erika beugte sich vor und senkte die Stimme. »Du hast deine Quote für den Bus und das Hotel noch nicht bezahlt, Liesi.«

»Für welchen Bus denn?« Sie legte die Stirn in Falten.

»Das Turnier am Gardasee? Ende nächster Woche?«

Jetzt erinnerte sie sich dunkel daran, wann sie darüber gesprochen hatten. Nach dem ersten Turnier der Saison, das zu Monatsbeginn bei ihnen im Club stattgefunden und das ihre Mannschaft gewonnen hatte. Auf die Preisverleihung war das Essen gefolgt und es war feuchtfröhlich zugegangen. Da sie im Gegensatz zu den meisten anderen am nächsten Morgen wieder früh rausmusste, war sie heimgefahren, bevor sie das Auto hätte stehen lassen müssen.

»Ich habe nicht zugesagt.« Sie schüttelte den Kopf.

»Aber dein Name steht doch auf der Liste!«

»Ich habe ihn sicher nicht eingetragen, Erika, weil ich nicht wegkann.«

»Gehts deiner Großmutter nicht gut?«

Wie immer war es Grete, die Schlüsse zog und die besorgte Frage stellte.

»Nein, sorge dich nicht. Der Filomena geht es ausgezeichnet, aber sie ist eben schon neunzig und kann sich nicht mehr um den laufenden Betrieb kümmern. Und ich habe halt kein Geschäft, das ich am Wochenende zusperren kann.«

Der letzte Satz brachte ihr eine hochgezogene Augenbraue

von Andrea ein, aber keinen Kommentar. Sie hatte es ja schließlich auch nicht bös gemeint, sondern einfach die Wahrheit gesagt.

Erika seufzte auf, griff in ihre Handtasche und zog ein mehrfach gefaltetes Papier heraus. Dann schob sie ihre Kaffeetasse zur Seite und glättete es auf dem Tisch. Es handelte sich um besagte Liste. Liesi beugte sich ein wenig vor, um besser zu sehen.

»Da sind ja schon einige durchgestrichen.«

»Es scheint irgendein eigenartiger Virus herumzuschwirren«, meinte Erika, während sie auch ihren Namen durchstrich.

»Aber gar nicht«, erklärte die Grete. »Es ist wie jedes Jahr. Das Frühjahr nimmt Fahrt auf und es wird geheiratet. Auf der Gemeinde gibt es so viele Aufgebote, dass der Schaukasten zu klein ist. Sie hängen teilweise übereinander.«

»Das hätten die in dem Club unten am Gardasee aber auch bedenken können«, meinte jetzt Andrea, schob den Stuhl nach hinten und stand auf. »Ich muss zurück ins Geschäft, meine Lieben.«

Sie warf ihnen Luftküsschen zu und verschwand.

»Ich muss einkaufen gehen«, sagte Grete und winkte die Kellnerin herbei. Während sie für alle zahlte, legte Erika Liesi einen Arm um die Schulter.

»Hast du Lust, heute eine Runde mit uns zu spielen?«

Hatte sie? Seit der Filmszene im Dirndl und Ummo Tütkens absurdem tätlichem Angriff hatte sie nicht mehr den Wunsch verspürt, in den Club zu fahren. Das lag teilweise daran, dass ihr davor graute, von allen angestarrt und ausgefragt zu werden, was unweigerlich passieren würde. Es hatte damit zu tun, dass sie einfach keine Ruhe hatte, bis sie nicht wusste, wer dem Apfelhof und somit ihr schaden wollte. Und Filomena. Plötzlich erinnerte sie sich, was ihre

Großmutter am Morgen gesagt hatte. Es gab Speckknödel zum Mittagessen.

»Nein, heute nicht.« Liesi winkelte den Arm an und schaute auf die Uhr. »Ich muss jetzt zur Traudl zur Kontrolle und dann zurück auf den Hof. Im Moment ist viel zu tun, aber ich melde mich!«

Zwei Minuten später saß sie in ihrem Wagen, fischte ihr Telefon aus der Tasche und wählte die Nummer vom Apfelhof.

»Großmutter, ich fahr jetzt zur Traudl in die Praxis und spätestens um halb eins bin ich daheim.«

»Er hat was?« Liesi starrte sie an, als ob sie ihr erzählt hätte, dass ein Ufo in Mela gelandet war.

»Du hast schon richtig verstanden«, erwiderte Traudl. »Er hat sich besoffen und ist halb nackt und mit Kuhscheiße an den Schuhen von der Küchenbank gefallen.«

»Aber warum denn? Der Bertl besäuft sich doch nie!«

Nein, die Traudl würde ihrer Freundin jetzt nicht sagen, dass er das mit schöner Regelmäßigkeit an den Abenden, die er im Discostadl verbrachte, tat. Sie wusste es ja nur, weil die Mädchen des Personals, die nicht nur kellnerten, ihre Patientinnen waren. Besser gesagt war gesetzlich vorgeschrieben, dass sie sich untersuchen lassen mussten. Vor ihr sprachen sie immer über alles, was daran lag, dass sie

Ärztin war und sie den hippokratischen Eid dem Beichtgeheimnis des Pfarrers gleichsetzten. Bertl war einer der Stammgäste, die das Angebot des Lokals, sich mit einem weiblichen Gast in eines der rückwärtigen Zimmer zurückzuziehen, in Anspruch nahmen.

»Woher willst du denn das wissen?«, fragte sie jetzt, während sie Liesis Hals abtastete. Natürlich kam keine Antwort.

»Wie auch immer«, fuhr sie fort. »Ich habe ihm Blut abgenommen, und das Labor hat bestätigt, dass er zwar ordentlich getankt hat, aber zum Glück nicht so viel, dass er im Alkoholkoma ist. Er schläft jetzt seinen Rausch aus und wird höllische Kopfschmerzen haben, wenn er wieder zu sich kommt. Im Gegensatz zu dir, denn bis auf die blauen Flecken, die am Verblassen sind und in ein paar Tagen weg sein werden, ist bei dir alles in Ordnung.«

»Na ja, rein körperlich schon«, erwiderte Liesi. »Aber ...«

Das Telefon läutete und Traudl hob entschuldigend die Hand. Sie nahm das Gespräch an.

»Nein, Frau Egger, ich bin heute Nachmittag nicht in der Praxis, erst wieder morgen.« Sie verdrehte die Augen und hörte sich das Gejammer eine weitere Minute an, bevor sie es unterbrach. »Wenn es so schlimm ist, müssen Sie ins Krankenhaus nach Meran fahren und sich dort anschauen lassen. Meine Sprechstunde ist zu Ende und ich bin schon so gut wie weg.«

Liesi zog sich die Jacke an und beobachtete, wie Traudl während des Gesprächs mit der hypochondrischen Egger am Festnetztelefon das Display ihres Handys aktivierte, und lächelte. Sie tippte irgendwas und seufzte zugleich auf, bevor sie mit harscher Stimme der Patientin antwortete.

»Frau Egger, ich habe ein Privatleben und bin auf dem Sprung. Sie hätten halt vorbeikommen müssen, wenn Sie den Ausschlag eh schon seit gestern haben. Sie können die Salbe verwenden, die ich Ihnen vor zwei Wochen für die Rötung auf Ihrem Arm gegeben habe, die ist für die Beine genauso gut. Und falls es nicht besser wird, sehen wir uns morgen. Mahlzeit.«

Sie knallte den Hörer auf die Gabel.

»So kenn ich dich ja gar nicht, Traudl.«

»Ach, Liesi, die Egger ist immer lästig, aber heute geht sie mir besonders auf die Nerven. Ich will einfach nur weg, bin ohnehin schon spät dran.«

»Wofür denn?«

Sie kannten sich ewig und teilten so gut wie alle Geheimnisse miteinander, aber so wie sich die Traudl jetzt verhielt, gab es irgendetwas, was sie ihr nicht gesagt hatte.

»Also?«

»Ich habe jemanden kennengelernt«, erwiderte sie leise und ihre Wangen überzogen sich mit Röte.

»Wann? Wo? Wen?«

»Das sind drei Fragen auf einmal, Liesi, und ich werde sie dir alle beantworten, versprochen, aber nicht jetzt.«

»Du vertraust mir nicht«, konstatierte sie, während Traudl sich den Kittel auszog, ihn über den Schreibtischstuhl warf und nach ihrer Tasche griff.

»Natürlich tu ich das, nur bin ich selber so verwirrt, dass ich nicht weiß, was ich davon halten soll. Außerdem ist er heute den letzten Tag hier und will mit mir an den Kalterer See fahren.«

Liesi verspürte einen eigenartigen Stich in der Brust und musste plötzlich an Chris Bergmann denken.

»Ein Urlauber?«, fragte sie und legte eine Hand auf Traudls Schulter.

»Er ist beruflich hier«, erwiderte ihre Freundin mit einem Kopfschütteln. »Aber das ist im Grunde genommen dasselbe. Zum ersten Mal in meinem Leben habe ich das Gefühl, dass ich mehr Zeit mit einem Mann verbringen will, und dann ist es ausgerechnet ein Ausländer.«

»Scheiße«, kommentierte sie inbrünstig.

»Das kannst du laut sagen.«

Traudl öffnete die Tür und sie folgte ihr durch das Wartezimmer aus der Praxis nach draußen. Vor dem Hauseingang blieben sie stehen und schauten sich an.

»Und jetzt?«, fragte Liesi.

Traudl zuckte mit den Schultern.

»Mache ich das Beste draus und genieße die Zeit, die wir noch haben.«

Sie zog ihre Freundin in eine Umarmung.

»Tu das, und wann immer du reden willst, bin ich für dich da.«

Traudl flüsterte »Danke«, drehte sich um und ging zu ihrem Auto.

Sie schaute ihr gedankenverloren nach, als die Glocke vom nahen Kirchturm einmal schlug. Halb eins! Wenn es etwas gab, was ihre Großmutter gar nicht vertrug, waren es zerfallene Knödel.

Kapitel 20

Auf der Fahrt zum Apfelhof hatte er noch einen Umweg gemacht. Jetzt stellte Chris seinen Wagen auf demselben Platz wie gestern ab, und sein Blick schweifte unweigerlich zu den drei Apfelbäumen. Es war kein richtig sonniger Tag, auch wenn die Luft wärmer war als gestern. Unzählige Wolken spielten miteinander Fangen, ließen die Vermutung zu, dass der Wind dort oben sehr stark war und schlechtes Wetter mit sich brachte. Dennoch war das Bild vor seinen Augen beruhigend und romantisch. Er konnte hautnah nachempfinden, wie Erzsebet Pinkasz sich vor weit mehr als hundert Jahren gefühlt hatte, als sie diesen Ort zum ersten Mal hier gesehen hatte. Damals waren diese drei Bäume sicher noch klein gewesen. Oder hatte man sie später gepflanzt? Er musste Filomena Pinker fragen, wie alt sie waren.

Aber all das war unwichtig, wenn er an das Versprechen dachte, das er seiner Mutter gegeben hatte. Er drehte den Kopf und schaute zum Beifahrersitz, streckte die Hand aus und berührte die Urne. Mit ihr unter dem Arm war er vorhin auf dem Guflerhof an der offen stehenden Küchentür und Gitti Gufler vorbeigelaufen und hatte ihre Einladung zum Mittagessen abgelehnt, ohne stehen zu bleiben. Er hatte keine Ahnung, ob die Bäuerin wusste, was in dem Gegenstand war, den er nach seiner Ankunft oben auf dem Fensterbrett platziert hatte. Aber sicher hatte sie sich gefragt, warum er damit auf Reisen ging, da sie sein Zimmer aufräumte.

»Ist dir eigentlich klar, in welch absurde Situation du mich mit deinem letzten Wunsch gebracht hast?« Er strich über das Gefäß und fragte sich, ob es normal war, dass er sich mit seiner toten Mutter unterhielt, als ob sie neben ihm sitzen würde. Andererseits war er schuld, dass er sie nicht zu Lebzeiten, nachdem sie den Apfelhof und Mela in ihren lichten Momenten immer wieder erwähnt hatte, danach gefragt hatte. Obwohl ... er bezweifelte, dass sie ihm geantwortet hätte. Als er nach München zurückgekehrt war, hatte er sich damit abfinden müssen, dass ihr Geist nicht mehr in der Realität, sondern in einer Traumwelt gefangen war, aus der er nur hin und wieder auftauchte. Und jetzt war es definitiv zu spät. Ihren Geburtsnamen auf den Dokumenten zu lesen, die er an ihrem Todestag zum ersten Mal gesehen hatte, hatte keine Regung in ihm hervorgerufen. Es war nun einmal so, dass Frauen – in Deutschland, aber nicht in Italien, wie er gestern erfahren hatte – den Nachnamen ihres Mannes annahmen. Zumindest war es zu der Zeit, als seine Eltern geheiratet hatten, so. Sie war für ihn immer Elisabeth Bergmann gewesen, und er hätte den Namen Pinker wahrscheinlich wieder vergessen, wenn nicht ausgerechnet Filomena genau so hieße – die neunzig war. Fast ein Jahrhundert, in dem so viel geschehen war, dass man Tage oder Wochen bräuchte, um es zu erzählen. Und in diesem Zeitraum war – vor fünfundsechzig Jahren – seine Mutter zur Welt gekommen. Sie, die nur ausweichende Antworten gegeben und Fragen zu ihrer Kindheit und Jugend abgewürgt hatte. »Das ist alles schon so lang her«, hatte sie immer gesagt. Bis nach ihrem Tod hatte er nur gewusst, dass sie aus Südtirol stammte und nicht über die Vergangenheit reden wollte. »Ich lebe hier, Chris. Wie dein Vater bin ich Wahlmünchnerin geworden und hier fühle ich mich wohl. Das ist es, was zählt.«

Doch aufgrund ihres letzten Wunsches und da er die wenigen Fakten miteinander verbunden hatte, musste er davon ausgehen, dass sie nicht irgendwo in Südtirol, sondern hier gelebt hatte. Die alte Filomena war neunzig – aber sie konnte nicht seine Großmutter sein. Leider. Sie hatte ihm gestern ganz klar gesagt, dass sie nur ein Kind gehabt hatte, Sofia, Liesis Mutter. »Warum hast du mir nie von deiner Vergangenheit erzählt?«, fragte er jetzt und strich über die Urne – als etwas gegen das Autofenster schlug.

Wie ertappt drehte er den Kopf und erkannte Liesis strahlend blaue Augen – die verärgert funkelten. Seine Kehle wurde eng, und es lag nicht an dem Gegenstand auf dem Beifahrersitz, sondern einfach daran, dass er in ihrem Blick versank.

»Was tun Sie denn schon wieder hier?«

Er ahnte ihre Worte mehr, als er sie durch das geschlossene Fenster verstand, zog den Autoschlüssel ab und öffnete die Tür. Noch hatte er sich nicht zu seiner vollen Größte aufgerichtet, als ihn ihr nächster Satz eiskalt erwischte.

»Also? Was machen Sie hier? Das ist wirklich nicht die richtige Uhrzeit für Besuche!«

Himmel! Sie versprühte so viel Energie, dass er das Gefühl hatte, von glühend heißen Funken versengt zu werden. Dabei stand sie so knapp vor ihm, dass sie ihren Kopf in den Nacken legen musste, um ihm in die Augen sehen zu können. Sie war so nah, dass er ihre Lippen mit den seinen berühren konnte, sobald er sich nur ein wenig vorbeugte. In seinem Innersten wusste er zwar, dass das weder von korrektem Benehmen noch von Intelligenz zeugte – vor allem in diesem speziellen Fall –, aber er tat es.

Chris Bergmann senkte den Kopf, hob zugleich seine Arme, vergrub seine Hände in ihren wilden Locken und küsste sie. Sanft nur, abwartend, ob sie ihm eine knallen, ihn von sich stoßen oder ihm ihr Knie zwischen die Beine rammen würde. Doch dann, als die Sekunden vergingen und immer noch keine derartige Reaktion von ihr kam, sie stattdessen seufzte und ihre Lippen öffnete, verlor er die Kontrolle.

Sie schmeckte ein wenig nach Kaffee, roch nach Wiesen und Apfelblüten, und ihre Zunge spielte mit der seinen, als ob sie ihr Leben lang nichts anderes gemacht hätten. Es war perfekt. Der Moment, der Ort, Liesi – einfach alles.

»Knutschen könnt ihr später noch, die Knödel zerfallen!«

Eine kalte Dusche hätte nicht ernüchternder wirken können als die Stimme von Filomena Pinker.

Chris fühlte sich plötzlich wie ein Teenager, der von seiner Mutter beim ersten Kuss erwischt wurde. Er spürte die Hitze, die ihm zu Kopf stieg – und dann hörte er Liesis Kichern. Ungläubig fokussierte er sie, erkannte das belustigte Blitzen in ihren wundervollen Augen und zog sie näher, um sie noch einmal zu küssen. Keusch diesmal, obwohl es ihm schwerfiel.

»Ich denke, wir sollten ...«, begann er.

»Ja, ich auch«, unterbrach ihn Liesi und ihre Wangen röteten sich. »Die Filomena kann sehr ungemütlich werden, wenn ihr die Knödel zerfallen.«

»Das ist dein größtes Problem?«, fragte er schmunzelnd.

»Allerdings, im Moment ist es das und jedes andere muss warten. Komm.«

Sie ergriff seine Hand, und er hatte gerade noch Zeit, seine Fahrzeugtür zuzuwerfen, da zog sie ihn schon mit sich.

Chris umschloss ihre Finger und es fühlte sich einfach nur gut an – und irgendwie richtig, obwohl es das nicht war. Was hatte er nur getan?

Hinter ihr trat er durch die hölzerne Tür in das Bauernhaus, den Blick auf Liesis wilde Locken gerichtet, als sie sich plötzlich zu ihm umdrehte.

»Hände waschen?«

Er reagierte nicht, starrte nur auf ihren herzförmigen Mund und spürte das Bedürfnis, seine Lippen wieder daraufzulegen.

»Chris?«

Mein lieber Scholli! So wie sie seinen Namen aussprach, sanft und forsch zugleich, hatte es noch niemand getan. Er atmete tief ein.

Sie entzog ihm ihre Hand und verschränkte die Arme vor der Brust.

»Willst du hier Wurzeln schlagen?«

Er schüttelte den Kopf, obwohl ihm die Stimme darin sagte, dass es genau das war, was er tun wollte.

»Kommt ihr jetzt endlich oder braucht ihr eine schriftliche Einladung?«, rief Filomena und klapperte mit Tellern.

Liesi begann zu lachen – und er fiel mit ein.

»Ich glaube, wir sollten sie nicht noch mehr verärgern«, flüsterte sie ihm zwinkernd zu und ging zur Küchentür.

»Ich komme gleich.«

Er flüchtete ins Bad. Da stand er, mit den Händen auf dem kleinen Waschbecken aufgestützt, das Gesicht nur eine Handbreit vom Spiegel entfernt, und erkannte seinen verwirrten Blick. Was machte er hier? Um den Film ging es nicht. Der Apfelhof als Location war spätestens seit heute Morgen, als er den kompletten vereinbarten Betrag auf Liesis Konto überwiesen hatte, hundertprozentig sicher. Marcus Berg war gut – und mit Heidelinde Wagner an seiner Seite würde er auch mit den Schauspielern zurechtkommen. Er selbst musste sich um die Firma und die weiteren Projekte kümmern. Das Südtiroler Team war nur eines, andere arbeiteten an verschiedenen Orten bis hinauf nach Skandinavien. Er war auf dem allerbesten Weg, den geplanten Umsatz heuer nicht nur zu erreichen, sondern zu übertreffen – und mit ihm die Gewinne. Sobald er sicher war, dass Heidelinde Wagner die geeignete Geschäftsführerin war und er ihr den Posten anbot, konnte er spätestens in einem Jahr wieder nach L. A. gehen und beruflich dort anknüpfen, wo er unterbrochen hatte. In Hollywood war er bekannt, und die Türen standen ihm offen, während er in Deutschland noch nicht einmal richtig Fuß gefasst hatte.

Warum also war er auf den Apfelhof zurückgekommen? Die Ausrede, dass er den letzten Wunsch seiner Mutter erfüllen wollte, glaubte er sich selbst nicht mehr. Schon gar nicht, seitdem er ziemlich sicher war, dass sie hier gelebt haben musste. Das lag auf der Hand – und machte ihm Angst. Es war offensichtlich, dass er und Liesi Thaler irgendwie miteinander verwandt waren. Warum also war er nicht seinem ersten Impuls gefolgt, nachdem ihm diese Erkenntnis den Atem geraubt hatte? Er war doch kein Kind mehr, das seine Emotionen nicht kontrollieren konnte! Sie ging ihm unter die Haut und er sollte die Beine in die Hand nehmen und davonrennen. Egal, wie sehr ihm dieser Kuss gefallen und in ihm den Wunsch geweckt hatte, sie wie ein Neandertaler zu packen und in seine Höhle zu schleppen. Chris umklammerte den Rand des Waschbeckens und schüttelte den Kopf. Er musste Vernunft annehmen und der Katastrophe entkommen, bevor sie ihn unter sich begrub.

»Ist alles in Ordnung mit dir?« Liesi klopfte an die Tür, und er verzog das Gesicht, als er die Besorgnis in ihrer Stimme hörte.

»Nein. Gar nichts ist in Ordnung!«, wollte er schreien. Stattdessen rief er: »Ich komme gleich.«

Erst als ihre sich entfernenden Schritte verklungen waren, öffnete er die Tür. Dann zog er das Handy aus der Tasche und betrat die Küche. Er hielt das Telefon hoch.

»Es tut mir leid«, begann er. »Es gibt Probleme, ich muss zurück nach München.« Er vermied es, Liesi anzusehen, und senkte den Blick, als plötzlich Filomena in seinem Gesichtsfeld erschien.

»Davonrennen ist nie eine Lösung«, sagte die alte Frau so leise, dass er die Wörter mehr auf ihren Lippen ablesen, denn hören konnte. Übergangslos sprach sie laut weiter. »Auf eine Viertelstunde wird es nicht ankommen, Chris. Setz dich und iss. Mit vollem Magen reist es sich besser.«

Kapitel 21

Natürlich konnte Filomena die Sache mit ein paar Sätzen in eine andere Richtung lenken. Aber wie oft kam es denn heute noch vor, dass sie sich in der Wirklichkeit so herrlich amüsieren konnte? Normalerweise gab es solche Schauspiele nur im Fernsehen. So perfekt ihre selbstverständlich nicht zerfallenen Speckknödel waren und so gut der Krautsalat dazupasste, so imperfekt war die Stimmung in ihrer Küche. Filomena bemerkte Chris' verzweifelte Versuche, nicht zur Liesi zu schauen, und die ihren, seinen Blick einzufangen. Mit jedem Bissen legte sich die Stirn ihrer Enkelin mehr in Falten. Bald würde sie einem Mops ähneln und zu hecheln beginnen. Selbst ein Blinder hätte erkannt, dass sie sich Hals über Kopf verliebt hatte – und falls sie es nicht hatte wahrhaben wollen, so hatte der Kuss alles geändert. Für beide, wie sie sehr wohl gemerkt hatte, als sie um die Hausecke geblinzelt hatte. Chris war im Auto sitzen geblieben und Liesi kurz nach ihm gekommen. Sie hatte sich die Hände gerieben und ihnen genauso lange Zeit gegeben, dass der Kuss nicht einfach nur ein flüchtiger Unfall sein konnte.

Und dann war natürlich das passiert, was sie erwartet hatte.
Der Junge war komplett durch den Wind. Filomena

bezweifelte, dass seine Mutter ihm irgendetwas erzählt hatte. Elisabeth war zwar nur eine entfernte Cousine gewesen, aber sie hatte sie großgezogen und in ihr lesen können wie in ihrer Tochter Sofia. Und jetzt war auch sie tot. Als Chris gestern überraschend hier aufgetaucht war und sich als der Produzent von Apfelblüten im Regen vorgestellt hatte, war ihr sofort klar, dass er nicht allein des Films wegen gekommen war. Dafür hätte er diese Mitarbeiterin schicken können, die sich den Apfelhof doch schon im letzten Jahr angeschaut hatte und die wieder hier war, wie sie vom Bürgermeister wusste.

Und dann, heute Vormittag, hatte Filomena die Bestätigung für ihre Vermutung erhalten. Sie war froh, dass Liesi nicht daheim gewesen war, als der Arzt aus München anrief – obwohl der ohnehin nach ihr gefragt hätte. »Frau Pinker«, hatte er gesagt, »es tut mir leid, Ihnen mitteilen zu müssen, dass Elisabeth Bergmann verstorben ist. Ich kannte ihren Mann und sie seit vielen Jahren, nicht nur als Mediziner, und sie hat mich ersucht, Sie eine Woche nach ihrem Tod anzurufen und über ihren letzten Wunsch zu informieren.«

Als sie das Gespräch mit dem freundlichen Professor beendete, wusste sie zwei Dinge. Zum Ersten, dass Elisabeth immer über den Apfelhof informiert geblieben war. Sonst hätte sie nicht gewusst, dass Jakob, ihr Vater, vor Jahrzehnten gestorben war und dass sie selbst noch lebte. Und zum Zweiten hatte sie erfahren, dass Elisabeth ihren Schwur gehalten und nie wieder über ihre Vergangenheit und Südtirol gesprochen hatte. Mit niemandem – und am allerwenigsten mit ihrem Sohn, dem sie aber aufgetragen hatte, ihre Asche hier unter den geliebten Apfelbäumen zu begraben.

Dass Chris sich als Produzent außerdem ausgerechnet für

den Apfelhof als einen der Drehorte entschieden hatte, war ein Riesenzufall. Die Sache mit diesem besoffenen Regisseur ebenfalls. Kein Wunder, dass er persönlich hergekommen war, um mit der Liesi zu reden! Diese ganze Filmsache war nur ein Vorwand, die Wahrheit eine andere. Chris war auf der Suche nach Erklärungen, die ihm seine Mutter zu Lebzeiten nicht gegeben hatte. Filomena hatte es ihm gestern angesehen, dass er nicht im Entferntesten geahnt hatte, dass Mela und der Apfelhof mit Elisabeth zu tun hatten. Er war verwirrt gewesen, dass er ihre Asche ausgerechnet hier begraben sollte. Und dann hatte er die Liesi gesehen, den Namen Pinker gehört – und nichts mehr begriffen.

Der arme Junge war zwar ein gestandenes Mannsbild, und sie wusste ja, wie alt er war, aber er hatte sich benommen wie ein Teenager. Zwischen der Liesi und ihm waren die Funken hin und her gesprungen – bis sie ihm die Geschichte ihrer Urgroßmutter Erzsebet erzählt und ihm gesagt hatte, dass sie als Filomena Pinker geboren wurde. Und jetzt saß er da wie der arme Sünder, nachdem er die Liesi geküsst hatte, und war so durcheinander, dass er immer noch an seinem ersten Knödel aß.

Sie musste nur den Mund aufmachen und die Sache erklären, um seine Zweifel auszuräumen – und alles wäre gut. Sehr gut sogar. Denn das, was neben all der Unsicherheit und Verwirrung in der Luft lag, war eindeutig mehr als oberflächliche Anziehungskraft zwischen zwei Menschen. Filomena war alt – sie hatte jedoch nichts von dem vergessen, was sie damals als junge Frau gefühlt hatte, als sie Sofias Vater begegnet war. Aber das war Vergangenheit und sie würde es nie wieder erleben.

Sie gab sich einen Ruck, straffte die Schultern und schaute zu Chris.

»Schmeckt es dir nicht?«

Liesi fühlte sich ertappt. Rasch teilte sie den zweiten Knödel, nahm ein Stück auf die Gabel und steckte es sich in den Mund.

»Nein, nein, es ist ausgezeichnet«, antwortete Chris und sie schaute auf.

Wieder wich er ihrem Blick aus.

Sie verstand die Welt nicht mehr. Nachdenklich kaute sie auf einem Stückchen Speck herum und fixierte ihn. Er schien es nicht zu bemerken. Nein, falsch, er wollte nicht! Als ob sie es gewesen wäre, die ihn geküsst hatte! Dabei hatte sie doch nichts anderes getan, als seinen weichen Lippen nachzugeben, die sich auf ihre gelegt hatten. So sanft wie Schmetterlingsflügel und zugleich so drängend, als ob er Angst gehabt hätte, etwas zu versäumen. Und genau so wäre es gewesen! Sie konnte sich nicht erinnern, jemals Derartiges bei einem Kuss empfunden zu haben. Nicht, dass auch nur eine ihrer wenigen Kusserfahrungen einen bleibenden Eindruck hinterlassen hätte. Knutschen war überhaupt nie so ihres gewesen. Nicht in der Oberstufe – und schon gar nicht später. Sex in Jesolo hatte ja nie Verliebtheit als Vorbedingung gehabt, im Gegenteil. Traudl und sie waren da von Beginn an sehr methodisch vorgegangen und hatten sich genau die Männer ausgesucht, bei denen ohnehin klar war, worum es ging. Immer hatten sie heißblütige, dunkelhaarige Italiener Deutschen, die es dort zuhauf gab, vorgezogen. Da konnten sie sicher sein, miteinander ein paar Stunden Spaß zu haben – und Küsse waren da eher nebensächlich. Nicht ein einziges Mal hatte sie das Gefühl gehabt, dass ihr ein Mann die Füße unter dem Körper wegzog, wenn er sie küsste. Aber Chris hatte genau das mit ihr gemacht – und jetzt schaute er sie nicht einmal an.

Dabei sollte sie doch froh sein! Hatte sie nicht erst heute Morgen, als ihre Großmutter sie beim Frühstück so eigenartig angeschaut hatte, festgestellt, dass er nichts für sie war? Filmproduzent mit Vergangenheit und Zukunft in Hollywood, der vorübergehend in München lebte. Die dreihundert Kilometer dorthin waren ja nicht so schlimm, sah man davon ab, dass es auf dem Brenner sommers wie winters staute und es zu Urlaubszeiten oder bei starkem Schneefall viele Stunden dauern konnte, bis man über den Pass kam. Aber Amerika? Wie sollte eine Beziehung ...

»Du isst ja auch nicht, Liesi.«

Zum Glück riss die Stimme ihrer Großmutter sie aus ihren idiotischen Grübeleien. Beziehung! Pah! Aus welcher Ecke war denn das gekommen?

»Ich hab nicht so viel Hunger.«

»Mir scheint, es hat euch beiden den Appetit verschlagen. Woran das nur liegen mag?«

Filomena kicherte, und zum ersten Mal, seitdem sie sich an den Tisch gesetzt hatten, schaute Chris sie direkt an. Und prompt hatte sie das Gefühl, dass ihr die Luft zum Atmen fehlte. Sein Blick war so intensiv, dass ihr warm wurde. Chris' Augen waren so speziell, die Iriden haselnussbraun und mit goldenen Einsprengseln – einfach wunderschön. Wenn Filomena nicht mit ihnen am Tisch sitzen würde ...

»Ich habe zu viel gefrühstückt, aber die Frau Gufler lässt einen ja nicht gehen, bis man nicht von allem probiert hat«, erklärte er jetzt.

»Ja, die Gitti liebt es, ihre Gäste zu verwöhnen«, sagte sie leise. Das würde ich mit dir auch gern tun, dachte sie und schluckte schwer.

Fast schien es, als ob er ihren Gedanken ahnen würde. Seine Pupillen weiteten sich und er räusperte sich. Dann legte sich ein trauriger Zug um seinen Mund und er drehte mit einem Ruck seinen Kopf und sah zu ihrer Großmutter.

»Ihre Speckknödel sind wirklich großartig, daran liegt es nicht, nur wenn ich noch mehr esse, schlafe ich auf der Fahrt ein. Ich muss so rasch wie möglich nach München zurück.«

»Vorher hast du aber etwas zu erledigen, oder?«

Er riss die Augen weit auf und starrte Filomena an – und sie schaute von ihrer Großmutter zu ihm. Die beiden schienen stumm zu kommunizieren.

»Was denn?«, stieß sie hervor.

Chris' Kiefer mahlten. Er presste die Lippen fest aufeinander, bis sie weiß wurden – und die ganze Zeit über schauten er und Filomena sich an, ohne den Blick zu senken.

»Es ist nicht so wichtig«, murmelte er dann.

»Sicher?«, fragte ihre Großmutter.

»Ich habe keine Ahnung, wovon Sie sprechen, Frau Pinker.«

»Blödsinn, Chris, das weißt du ganz genau. Sonst wärst du nicht noch einmal hergekommen.«

»Sie haben mich doch angerufen!«, konterte er.

Liesi folgte ihrem Wortwechsel, der wie ein Pingpongball über dem Tisch hin und her flog – und sie hatte keine Ahnung, worum es ging.

»Wovon um Himmels willen redet ihr?«, schrie sie, schob ihren Teller schwungvoll zur Seite, sprang auf und stützte sich mit den Händen auf dem Tisch auf. Es war, als ob die beiden sie nicht bemerken würden. Keiner von ihnen schaute zu ihr. Hier ging es nicht um Speckknödel und Krautsalat, nicht darum, warum wer keinen Hunger hatte. Was auch immer es war, es machte Liesi Angst.

»Sie haben mich zum Mittagessen eingeladen, Filomena«, sagte Chris plötzlich mit leiser Stimme.

»Das war nur ein Vorwand, und du weißt es. Ich habe gemerkt, wie erstaunt du gestern warst, als ich dir meinen Namen nannte. Da hast du eins und eins zusammengezählt, richtig?«

»Ich habe keine Ahnung, wovon Sie sprechen.«

Er schob seinen Stuhl mit einem Ruck nach hinten und stand auf.

»Setz dich, Chris.«

Liesi kannte ihre Großmutter seit fünfunddreißig Jahren, und sie hatte sie hin und wieder verärgert erlebt. Ihre kraftvolle Stimme war bei den Arbeitern des Apfelhofs zwar nicht gefürchtet, aber sie alle hatten sie immer respektiert – bis heute. Niemals jedoch hätte sie gedacht, dass ein Mann wie Chris Bergmann darauf so reagieren würde, wie er es jetzt tat.

Er ließ sich wortlos zurück auf den Stuhl sinken.

Filomena nickte und schaute dann zu ihr hoch.

»Setz dich bitte auch wieder hin.«

Ihre Großmutter wartete, bis sie ebenfalls saß, bevor sie ihr eine Frage stellte.

»Liesi, du erinnerst dich doch noch an deinen Onkel Jakob?«

Sie runzelte die Stirn. Über den hatten sie schon ewig nicht mehr gesprochen.

»Ja, natürlich. Er hat sich immer in seinem Zimmer eingesperrt und ist kurz nach Mama und Papa gestorben.«

Filomena nickte und schaute zu Chris, der sie fragend anschaute.

»Jakob kam im selben Jahr zur Welt wie ich. Er war der

Sohn einer ledigen Magd hier auf dem Apfelhof, die an Kindbettfieber starb. Das war damals, Ende der Zwanzigerjahre, nicht selten, ebenso wenig, dass die Dienstherren sich der Waisen annahmen. Mein Onkel Peter lebte mit seiner Schwester, meiner unverheirateten Mutter, die kurze Zeit später mich zur Welt brachte, hier auf dem Hof. Er hat den Buben behalten und ihm seinen Namen gegeben. Der Jakob wurde also ein Pinker und wir wuchsen miteinander auf und arbeiteten auf dem Hof. Irgendwann hat er sich verliebt, das Mädel geschwängert und geheiratet. Natürlich zog sie zu uns auf den Hof. Das war zu der Zeit, als ich ebenfalls schwanger war. Wir haben kurz nacheinander entbunden, nur starb Jakobs Frau bei der Geburt ihrer Tochter. Es blieb also nicht aus, dass ich mich um beide Mädchen kümmerte. Um meine Sofia – und um Elisabeth, deine Mutter.«

Filomena konnte nicht sagen, wer von den beiden den Sinn des letzten Wortes zuerst begriff. Liesi keuchte auf und Chris erstarrte. Er öffnete den Mund und schnappte nach Luft wie ein Fisch auf dem Trockenen.

»Wieso hast du mir das nie erzählt?«, fragte Liesi vorwurfsvoll.

»Aber du kennst doch die Geschichten alle, mein Kind. So, wie du den Onkel Jakob kanntest, der entweder unter den

Apfelbäumen saß und zeichnete oder oben auf seinem Zimmer. Und zum Essen ist er auch immer heruntergekommen, nachgetragen haben wir es ihm nicht.«

»Geredet hat er aber so gut wie nichts und irgendwie war er komisch.«

»Demnach war der Jakob mein Großvater?«, fiel ihr Chris ins Wort.

Filomena lächelte und wandte sich ihm zu. Er hatte also nicht nur die Sprache wiedergefunden, sondern zog bereits seine Schlüsse.

»Und sein Vater war Ihr Onkel und hat den kleinen Jakob adoptiert, Filomena?«

Sie konnte den Hoffnungsschimmer in seinen Augen sehen. Was auch immer in seinem Kopf vorging, er mochte ihre Enkelin wirklich.

»Genau so ist es, Chris«, bestätigte sie lächelnd. »Was bedeutet, dass wir zwar nicht Blutsverwandte, aber miteinander verwandt sind, und deshalb kannst du das mit dem Sie sein lassen.«

Chris reagierte nicht. Er senkte den Blick und schaute auf seine Hände, die auf dem Tisch lagen, und strich über die Tischdecke. Hin und zurück. Noch einmal. Immer wieder, bis er plötzlich aufhörte und Filomena direkt ansah.

»Das bedeutet also, dass die Liesi und ich auch nicht miteinander verwandt sind.«

Sie schmunzelte. Nicht, weil er sie so hoffnungsvoll anschaute, sondern da sie recht behalten hatte. Das hier war ein von derart vielen Zufällen geprägtes Schauspiel, wie es nur das Schicksal inszenieren konnte. Die Filme im Fernsehen waren nicht halb so amüsant. Deshalb antwortete sie auch nicht, sondern stellte ihm eine Frage.

»Musst du jetzt doch nicht mehr so dringend nach München?«

Er schüttelte den Kopf und streckte seine Hand aus, bis Liesi die ihre hineinlegte.

»Nicht unbedingt. Wenn ihr beide euch also ein wenig Zeit für mich nehmen könnt, würde ich gern mehr über die Familiengeschichte der Pinkers erfahren.«

»Dafür ist die Filomena zuständig«, erwiderte Liesi. »Ich mach uns jetzt einen Kaffee und dann ...«

»Sei mir bitte nicht böse, mein Kind, aber ich bin müde. Ich leg mich erst einmal eine Stunde hin.«

Nein, sie war nicht diplomatisch, doch in ihrem Alter konnte sie auf Herumgerede verzichten. Sie stand auf, ließ ihren Teller stehen, was so gar nicht ihre Art war, und ging zur Tür. Dann legte sie eine Hand auf den Türstock und drehte sich um. Chris strich mit seinem Daumen unablässig über Liesis Handrücken, und ihre Enkelin sah ihn an, als ob sie nicht glauben könnte, dass er genau das tat.

»Chris?« Filomena wartete, bis er sich ihr zuwandte. »Der Arzt, der deine Mutter behandelte, hat mich heute angerufen. Ich wäre gerne dabei, wenn du Elisabeths letzten Wunsch erfüllst.«

Sie sah die Tränen, die ihm in die Augen traten – und spürte die ihren. Rasch wandte sie sich ab und ging zur Treppe. Natürlich würde sie nicht schlafen, das tat sie nachmittags nie. Aber sie merkte, wie die Erinnerungen an ihre beiden Mädchen plötzlich hochkamen. Sie würde sich auf ihren Lehnstuhl am Fenster setzen, die blühenden Apfelbäume anschauen und ihren Gedanken freien Lauf lassen.

Kapitel 22

Er versteifte sich. Chris starrte immer noch zur Tür, durch die ihre Großmutter verschwunden war. Angeblich um ein Nickerchen zu machen – was absoluter Quatsch war. Filomena schlief nur nachts. Das war nie anders gewesen. Liesi war sicher, dass sie auch nicht im Bett bleiben würde, wenn sie eine Grippe mit hohem Fieber hätte, doch da sie nie krank wurde, war das ohnehin hypothetisch. Es war also höchst eigenartig, dass sie nach dem Mittagessen auf den Kaffee verzichtete und verschwand. Aber im Grunde genommen war gar nichts normal – und das hing mit Chris zusammen, dem sie jetzt ihre Hand entzog. Er war so sehr in Gedanken versunken, dass er nicht einmal merkte, als sie aufstand und damit begann, den Tisch abzuräumen. Liesi befüllte die Moka mit Wasser und Kaffeepulver und stellte sie auf den Herd. Sie tat alles ganz mechanisch, spülte das Geschirr, griff nach einem Teller, um ihn abzutrocknen – und plötzlich erstarrte sie in der Bewegung.

Chris Bergmann war der Enkel von Onkel Jakob!

Langsam drehte sie sich um und erschrak, denn er stand nur einen Schritt von ihr entfernt. Er hatte die Hände in den Hosentaschen und schaute sie an, als ob er nicht glauben könnte, dass es sie gab.

Nein, falsch! Da war etwas anderes in seinem Blick ...

»Vorhin, beim Auto ...«, begann sie und brach wieder ab.

Er überwand den Abstand, der sie voneinander trennte, und umfasste ihr Gesicht, strich mit seinen Daumen sanft über ihre Wangen. Dann beugte er sich vor und sie hielt den Atem an. Sie wankte leicht, so intensiv war das, was sie spürte. Wärme, Geborgenheit, Erregung, Leidenschaft. Alles zugleich stürzte über sie herein, nur weil er ihren Kopf festhielt und sie so ansah, als ob er sie nie wieder loslassen wollte.

»Du meinst das hier?«

Er beugte sich vor und seine Lippen berührten die ihren. Hauchzart nur, kaum spürbar, und doch war das Gefühl so intensiv, dass sie aufstöhnte und ihre Knie weich wurden.

Liesi wusste nicht mehr, wo oben und unten war, was falsch und richtig, vor allem aber, warum sie die Lippen öffnete und ihn sanft mit der Zungenspitze berührte. Sie tat es einfach – und als er ihren behutsamen Vorstoß erwiderte, sie näher zog und den Kuss vertiefte, dachte sie gar nicht mehr.

Sie tastete mit ihren Fingern über seine Arme nach oben, strich von den Schultern zum Nacken und vergrub ihre Hände in seinen Haaren. Er stöhnte in ihren Mund und sein Kuss wurde leidenschaftlicher. Sie gab sich ihm hin und vergaß alles andere. Ihre Sorgen und Probleme, vor allem aber dachte sie nicht mehr daran, dass er der Produzent des Films war, der plötzlich hier aufgetaucht war und dafür einen Grund hatte, den ihre Großmutter kannte.

Chris Bergmann, der offenbar mit ihnen verwandt war, das jedoch verschwiegen und sie geküsst hatte. Der Mann, der eigentlich bereits auf dem Rückweg nach München sein sollte und aus ihrem Leben ebenso rasch wieder verschwinden würde, wie er aufgetaucht war – und der sie komplett durcheinanderbrachte. Sie küssten sich mit an Verzweiflung grenzender Leidenschaft. In ihrem Magen summte es, ihr Blut schoss siedend heiß durch ihren Körper, und ihr Unterbewusstsein seufzte unablässig »Er ist es!« Chris' Hände glitten über ihren Rücken abwärts zu ihrem Po, packten zu, und plötzlich umschlangen ihre Beine seine Hüften. Liesi spürte seine Härte an ihrer Mitte und wollte einfach nur noch ...

Das Blubbern der Moka drang zu ihr durch und der intensive Kaffeegeruch wirkte wie eine kalte Dusche. Was um Himmels willen tat sie hier?

Sie lockerte ihre Beine, unterbrach den Kuss, fand plötzlich schwer atmend Stand und schaute Chris entgeistert an. Dann wandte sie sich blitzschnell ab und drehte sich zum Herd, machte ihn aus und zog die Kanne zur Seite. Mit fahrigen Bewegungen holte sie zwei Espressotassen aus dem Schrank und schenkte sie bis zum Rand voll. Als ob ihr Adrenalinspiegel nicht bereits weit über das Limit hinausgeschossen wäre, dachte sie und griff zugleich nach der einen. Sie setzte sie an den Mund und schrie auf. Heiß!

»Hast du dir wehgetan?«

Verflixt! Seine Stimme schwappte über sie hinweg wie eine Feuerwand. So viel Sinnlichkeit sollte verboten werden.

Sie legte zwei Finger an ihre geschwollenen Lippen. Ob sie es vom Kuss oder dem heißen Kaffee waren, war unbedeutend. Wichtig war nur, dass sie weder von dem einen noch dem anderen brauchte. Ihr Leben war ohnehin schon kompliziert genug – da musste sie sich nicht auch noch verbrennen. In keiner Hinsicht!

»Wann musst du fahren?« Sie trat einen Schritt zur Seite und deutete auf seine Tasse, ohne aufzusehen. »Um diese Jahreszeit schneit es zwar nicht mehr, aber gegen Abend sind im gesamten Alpenraum Unwetter angesagt, und da wird es auf dem Brenner extrem unangenehm.«

Plötzlich spürte sie seine Hand an ihrem Kinn. Er hob es an und unweigerlich traf ihr Blick auf seinen.

»Liesi, willst du wirklich mit mir über das Wetter reden? Ich dachte …«

»Was?«, fuhr sie ihn unwirsch an »Dass du noch schnell einen Quickie haben könntest, bevor du verschwindest?«

Eine eiskalte Dusche war nichts dagegen. Chris konnte nicht glauben, dass sie das gesagt hatte. Er war steinhart, ja, aber sie war keine Frau für einen Quickie, wie sie es nannte. Hatte sie denn nicht gemerkt, dass das zwischen ihnen ganz anders war als das gegenseitige Reizen, das nur ein Ziel hatte? Er hielt immer noch ihr Kinn umfasst. Ihr Blick war trotzig, ihre Lippen geschwollen. Wie von selbst streifte sein Daumen darüber – und sie riss sich los. Er reagierte blitzartig, packte sie an den Schultern und schüttelte sie leicht.

»Was ist denn plötzlich los mit dir, Liesi? Du bist doch sonst nicht so.«

»Sonst?«, zischte sie. »Was weißt du denn von mir? Du kennst mich doch gar nicht!«

Seine Mundwinkel zuckten. »Glaubst du? Immerhin haben wir uns …«

»Geküsst?« Sie lachte auf. »Vergiss es, Chris Bergmann.

Das war ein Ausrutscher, ein emotionaler Ausnahmezustand.«

Sie umfasste seine Handgelenke und riss an seinen Armen, aber er ließ sie nicht los.

»Was meinst du mit emotionalem Ausnahmezustand, Liesi?«

»Alles!« Sie blinzelte hektisch. »Zuerst war da dieser verrückte Ummo Tütken, dann das Gerede im Ort, der Bürgermeister, der sich in alles einmischt, die zerschnittenen Hagelnetze, und zum Schluss kommst plötzlich du daher, entschuldigst dich für deinen Regisseur und bietest deine Hilfe an. Einfach so, obwohl du mir gar nichts schuldig bist!«

»Und was ist daran verwerflich?« Er schüttelte den Kopf. »Ich habe dir ja nichts geschenkt, sondern nur den Betrag, der dir zusteht, früher als vereinbart überwiesen.«

Sie blinzelte. »Hast du?«

»Selbstverständlich, ich hatte es dir doch versprochen.«

»Aber warum, Chris? Weil du mit uns verwandt bist und ein Anrecht auf den Apfelhof hast?«

Er zuckte zusammen, ließ sie los und senkte seine Arme. Fassungslos starrte er sie an.

»Denkst du das von mir?«, stieß er aus.

Ihre Nasenflügel bebten und sie atmete schwer. In ihren Augen sah er nicht nur ihre, darin spiegelte sich auch seine Konfusion wider. Hektisch huschten Liesis Pupillen hin und her, versuchten, seinem Blick auszuweichen, um sich dann doch wieder mit ihm zu verbinden.

»Ich ...« Sie schluckte. »Ich weiß nicht, was ich glauben soll. Bis vorhin wusste ich nicht einmal, dass wir noch irgendwo Verwandte haben.«

»Dito. Meine Mutter hat nie von ihrer Vergangenheit gesprochen, Liesi. Nie! Die letzten Monate hatte sie den

Bezug zur Realität fast komplett verloren und konnte ihre Gedanken nicht mehr kontrollieren. Die wenigen Male, die sie aus ihrer Traumwelt auftauchte, wenn ich bei ihr war, wiederholte sie nur einen Satz.«

»Welchen?«

»Versprich mir, dass du meine Asche unter den Apfelbäumen auf dem Apfelhof begräbst.«

Liesi öffnete den Mund, schloss ihn wieder.

Er sprach weiter.

»Als sie vor einer Woche starb, habe ich den Safe im ehemaligen Arbeitszimmer meines Vaters geöffnet und zum ersten Mal in meinem Leben die Dokumentenmappe zur Hand genommen, die darin lag. Und dort habe ich ihren Geburtsnamen gelesen.«

»Du kanntest ihn nicht?«

»Ich hatte keine Ahnung, Liesi. Meine Eltern hießen Sven und Elisabeth Bergmann. Ich wusste, dass sie aus Südtirol stammte, aber nicht, aus welchem Ort. Wie gesagt ...«

Liesi machte einen Schritt auf ihn zu. Vorsichtig berührte sie mit den Fingerspitzen seine Hand.

»Dann ist es reiner Zufall, dass du für den Film Mela und für die wichtigsten Szenen den Apfelhof ausgesucht hast?«

»Das war nicht ich.« Er bewegte sich nicht, damit Liesi ihre Berührung nicht unterbrach. »Der Locationscout hatte mehrere Vorschläge gemacht. Das ist immer so bei Filmprojekten. Die Produktionsassistentin hat sich dann die drei, die wir in die engere Wahl genommen haben, angesehen und mir Mela empfohlen. Ich habe nichts anderes getan, als zuzustimmen.«

»Und warum bist du gestern hierhergekommen?«

Ihre Finger stahlen sich zwischen seine, und er spürte, wie ihre Energie auf ihn übersprang. Es gab mehrere Antworten auf diese Frage, aber nur eine, die den Nagel auf den Kopf traf. Chris atmete tief ein, senkte kurz die Augenlider und öffnete sie wieder.

»Weil ich wusste, dass ich dich hier finden würde?«

Kapitel 23

Für Leon und Gitti war Nachbarschaftshilfe kein leeres Wort. Sie kümmerten sich um diejenigen, die Hilfe benötigten. Lag eine Mutter mit Fieber im Bett, war es selbstverständlich, dass sie deren Kinder von der Schule abholten, beim Mittagessen ein paar Personen mehr an ihrem Tisch saßen und dass die Kleinen bei ihnen blieben, bis ihr Vater seine Arbeit beendete und sie mit nach Hause nahm. Und natürlich kochte Gitti für die Kranke herzhafte Hühnersuppe, damit sie bald wieder zu Kräften kam. Nie hatte es zwischen ihnen beiden irgendwelche Diskussionen deshalb gegeben. Bis jetzt.

»Du wolltest doch hinauf auf die Weide, Leon.«

Die Gitti stützte die Hände in die Hüften und schüttelte energisch den Kopf.

»Aber ...«

»Nix da, mein Lieber. Es reicht. Ich bin gutmütig und helfe gern, wenn es jemandem schlecht geht. Keiner sucht es sich aus, krank zu werden. Nur ist der Bertl nicht krank, sondern deppert.«

»Es geht ihm nicht gut, Gitti. Ich hab der Traudl versprochen, dass ich bei ihm vorbeischau und mit ihm red, wenn er wach ist.«

»Warum? Bist du jetzt ein Missionar? Du wirst ihn nicht zur Vernunft bringen, das will er nämlich nicht.«

»Er ist unser Freund, Gitti!«

»Ja, wenn wir aufkochen und am Sonntag alle gemeinsam essen, ist er immer dabei, das stimmt. Aber wir wissen beide, dass er nur kommt, weil die Liesi dann auch da ist.«

»Blödsinn.«

Sie funkelte ihren Mann an.

»Ich weiß gar nicht, warum du ihn verteidigst. Wir wissen doch beide, dass er die Liesi nur will, weil er glaubt, dass sie ihm gehört. Verliebt ist er in sie genauso wenig wie sie in ihn.«

»Das glaub ich nicht.«

»Solltest du aber.«

Gitti füllte Kaffee in zwei Tassen und ging damit zum Küchentisch. Leon folgte ihr und setzte sich auf seinen Platz. Nachdenklich starrte er in die dampfende dunkle Flüssigkeit. Natürlich hatte seine Frau recht. Bertl benahm sich, wie es der Ötzi in der Steinzeit mit seinem Weib gemacht haben musste. Seitdem seine und Liesis Eltern gemeinsam bei dem Bergunfall ums Leben kamen, hatte er sich zu ihrem Beschützer erklärt. Sie waren ja aufgrund der Nachbarschaft und Freundschaft ihrer Mütter schon vorher viel zusammen gewesen, aber danach konnte Liesi eigentlich nirgendwo mehr allein hingehen – außer auf den Golfplatz. Und das nur, weil dem Bertl der kleine weiße Ball und die wie mit der Nagelschere gestutzten Wiesen zuwider waren. Dass er zugestimmt hatte, die Szene für den Film zu drehen, in der ihm Liesi mit dem Schläger ausgerechnet seine Eier zerquetschte, war erst recht typisch für ihn. Er wollte einfach nicht zulassen, dass sie mit irgendeinem anderen Mann allein blieb – wenn auch vor laufender Kamera und mit zig Menschen dahinter.

»Musst du wirklich so lang darüber nachdenken, Leon? Oder fällt es dir schwer, zuzugeben, dass ich recht hab?«

Seine Frau grinste ihn an – und er konnte nicht anders, als sie an sich zu ziehen und zu küssen, bevor er ihr antwortete.

»Er ist ein armer Hund, der Bertl. Einsam ist er.«

»Und deshalb hat er sich letzte Nacht besoffen, meinst du? Komisch. Ich habe geglaubt, dass er dann immer ins Niederdorf in das Discostadl fährt und sich abreagiert.«

Leon zog erstaunt die Augenbrauen hoch.

»Woher weißt du denn ...«

»Was? Von dem Lokal oder davon, dass der Bertl dort Stammgast ist?«

»Beides.«

»Die Frage könnte ich dir genauso stellen, findest du nicht?«

Zum Glück schmunzelte sie.

»Ich war noch nie dort«, beeilte er sich trotzdem, zu sagen.

»Danach hab ich dich nicht gefragt, Leon. Wenn du jemals allein im Discostadl gewesen wärst, würdest du jetzt sicher nicht hier sitzen, weil ich dich schon längst kastriert und zum Mond geschossen hätte.«

Er verzog schmerzvoll das Gesicht und Gitti lachte auf.

»Vielleicht sollte ich dem Bertl genau das sagen, was meinst du?«

Sie runzelte die Stirn. »Er soll wissen, was ich mit dir tun würde, wenn du ... Ah!« Plötzlich begriff sie und schüttelte den Kopf.

»Du bist mein Mann, Leon, und ich liebe dich, da hätte ich das Recht, dich zu kastrieren, falls du fremdgehst. Die Liesi und der Bertl waren aber immer nur Freunde – und es gibt nicht die geringste Chance, dass sich das jemals ändert.

Folglich wäre das der Liesi total wurscht, wenn sie wüsste, dass er dort Stammgast ist.«

»Umso wichtiger ist es, dass ich mit ihm rede, wie die Traudl gesagt hat. Ich muss ihm das klarmachen.«

»Warum sagt sie es ihm nicht? Sie ist doch seine Ärztin und kennt alle Geheimnisse im Ort.«

»Sie ist heute Nachmittag nicht da, Gitti. Deshalb hat sie mich ja angerufen.«

»Aber sie ist doch sonst immer da.«

Leon seufzte auf. Einerseits erleichtert, weil seine Frau jetzt etwas anderes zum Grübeln hatte, andererseits beunruhigt. Er hoffte, dass er nicht zu lang warten musste, bis der Bertl aufwachte. Sein Freund hatte nach Kuhscheiße gestunken – und Kühe gab es in Mela nicht so viele. Die Gemeinde war das größte Obstbaugebiet Südtirols. Die Bauern hatten in erster Linie Apfelwiesen, so mancher Weinberge, einige wenige auch Schafe oder Hühner. Aber die meisten Rinder im Ort hatte er, und im Frühjahr ließ er sie auf der Weide beim Hof, bevor er sie dann mit dem Senner für den Sommer auf die Alm trieb. Gestern war eine Kuh zwischen den Bäumen bis an die Zufahrtsstraße gekommen. Er hatte erst am Vormittag bemerkt, dass der Draht an einer Stelle gerissen war, und ihn repariert. Dabei hatte er einen mittlerweile nicht mehr frischen zusammengedrückten Kuhfladen gefunden – und daneben Spuren von einem Auto, das dort einige Stunden gestanden haben musste, so tief wie sie waren. Und jetzt hatte er ein komisches Gefühl.

Leon Gufler kippte den Kaffee hinunter.

»Ich fahr dann, Gitti. Zum Abendessen bin ich wieder zurück.«

Er beugte sich vor, küsste seine Frau und stand auf. Sie sagte kein Wort – und er lächelte, bevor er sich umdrehte und ging. Das war einer der Gründe, weshalb er sie immer noch so sehr liebte. Sie behielt ihre Meinung nie für sich und hörte sich die seine an, manchmal debattierten sie auch ziemlich hitzig, aber zum Schluss engte keiner von ihnen den anderen ein oder versuchte, ihn umzustimmen.

Kapitel 24

Zur selben Zeit schrie der Bürgermeister von Mela ins Telefon. Dass er nicht sein Handy, sondern den Hörer des Festnetzanschlusses in seinem Büro im Gemeindeamt ans Ohr presste, merkte er erst, als sich die Schnur um seinen Körper gewickelt hatte und jeden weiteren Schritt unmöglich machte.

»Ihre Leute sind zu blöd, um die einfachsten Befehle auszuführen!«

Er drehte sich wie ein Kreisel, bis er sich wieder befreit hatte, und ließ sich auf den Drehstuhl fallen, der unter seinem Gewicht ächzte.

»Wir haben uns an den Plan gehalten. Es ist ja nicht unsere Schuld, dass ...«

»Nicht am Telefon!«, kreischte Sepp Gamper und verdrehte die Augen. Das hatte er davon! Zusammenarbeit war notwendig, Vertrauen aber nur bedingt möglich. Mit gewissen Leuten sollte sich ein Mann in seiner Position nicht einlassen müssen. Andererseits ... Er konnte doch nicht alles selbst machen!

»Es bleibt uns also nichts übrig, als weiterzumachen«, sagte er missmutig.

»Wenn Sie meinen.«

»Wieso, haben Sie eine bessere Idee?«, fragte er ätzend.

Stille. Was hatte er sich auch erwartet? Dass einmal von irgendwoher ein Gegenvorschlag kam? Natürlich nicht. Die krochen ihm alle nur in den Arsch und streckten entweder die Hand aus, um sein Geld zu nehmen, oder aber sie genossen das angenehme, ruhige Leben in Mela. Er befahl, sie führten aus, und Hirneinschalten war nicht nur ein Optional, sondern schlichtweg nicht vorgesehen.

»Wann?«, kam prompt die Frage seines Gesprächspartners.

»Was denken Sie? Sofort natürlich! Oder brauchen Ihre Leute eine Pause vom Nichtstun?«

Der Bürgermeister wartete die Antwort nicht ab, sondern beendete das Gespräch. Ohne den Hörer zurückzulegen, drückte er nur die Gabel nach unten und wählte sofort eine andere Nummer im Ortsgebiet. Er musste seinen Namen nicht nennen. Die Frau erkannte ihn, sobald er »Hallo« sagte.

»Richte bitte die Unterlagen her und nimm dir den Abend für mich frei.«

»Wie immer also, Herr Bürgermeister. Und selbstverständlich zuerst das Geschäftliche und dann das Vergnügen«, erwiderte sie mit einem leisen rauchigen Lachen, und ihr harter Akzent ließ ihn wünschen, keine weiteren Verpflichtungen mehr zu haben, bevor er sie sehen würde.

»Glaube mir, auf den ersten Teil würde ich Lebend gern verzichten.«

»Lügner«, hauchte sie ins Telefon. »Du kommst doch erst in Fahrt, wenn du weißt, wie hoch der Umsatz ist, und je höher, umso …« Sie zog das letzte Wort in die Länge und unterbrach das Gespräch, ohne den Satz zu beenden.

Er hasste und liebte ihre Art zugleich.

Die nächsten zwei Stunden würde er auf glühenden Kohlen sitzen. Sie ließ sich nie in die Karten blicken. Erst wenn er die Zahlen schwarz auf weiß sah, würde er wissen, ob der Gewinn gesunken, gleich geblieben oder gestiegen war. Sepp Gamper zerrte an seinem Krawattenknoten und lockerte ihn ein wenig, bevor er zum Telefon griff und seiner Mitarbeiterin mitteilte, dass sie den ersten der wartenden Mitbürger hereinschicken konnte. Er hasste die Sprechstunde und spürte den bitteren Geschmack, der durch seine Kehle nach oben kam. Er fischte ein Mentholzuckerl aus der Schreibtischlade und schob es in den Mund.

Es klopfte an der Tür.

Er rief »Herein« und setzte sein Bürgermeisterlächeln auf, bevor die Tür geöffnet wurde.

Kapitel 25

Sommer 1970

Agnes Pinker saß auf der Holzbank vor dem Apfelhof, neben ihr der knapp ein Jahr ältere Bruder Peter. Ihre Mutter Erzsebet hatte immer gesagt, dass er, der 1899 geborene, die Weisheit des neunzehnten Jahrhunderts in sich trug, während sie mit der Kuriosität des neuen, noch in den Kinderschuhen Steckenden zur Welt gekommen war. Sie hatte ihnen aber nicht vorhersagen können, dass er auch derjenige sein würde, der die Welt früher verlassen würde.

»Du musst nicht weinen, Agnes. Es ist ja nicht so, als ob ich ein kurzes oder unbefriedigendes Leben gehabt hätte. Allein die Tatsache, dich als Schwester und den Apfelhof als Zuhause zu haben, ist mehr an Glück, als ich mir hätte wünschen können.«

»Du hättest heiraten und nicht nur Jakob allein aufziehen, sondern auch eigene Kinder in die Welt setzen können«, erwiderte sie und griff nach seiner Hand, um sie in ihren Schoß zu ziehen.

»Das gilt für dich genauso. Das mit dem Heiraten, meine ich.«

»Ich hab den Richtigen nie gefunden, Peter.«

»Doch, meine Liebe, das hast du. Aber du hast auf ihn verzichtet, weil er nicht hierbleiben, sondern von hier wegziehen und sein Glück in Amerika versuchen wollte.«

Sie wandte sich ihm nicht zu, als er ihr heute, mit siebzig Jahren, gestand, dass er immer gewusst hatte, wer Sofias Vater war.

»Warum hast du mir niemals etwas gesagt?«, fragte sie leise.

»Es hätte nichts geändert, Agnes. Er wäre deshalb nicht zurückgekommen, und du hättest es nie übers Herz gebracht, unsere Mutter oder den Apfelhof zu verlassen.«

Sie drückte seine Hand fester, legte den Kopf in den Nacken und schaute hinauf in das dichte Blätterwerk der drei Bäume, deren Äste miteinander verbunden waren, wie sie und ihr Bruder.

»Deine werden heuer besonders groß«, sagte sie und betrachtete die etwas abgeflachten bauchigen Äpfel, die hellgrün bis gelb waren und die zur Ernte hin einen roten Überzug erhalten würden. Der Kalterer Böhmer, den ihre Mutter für Peter ausgewählt und gepflanzt hatte, war nicht unbedingt der schönste Apfel, aber er schmeckte nach Wein und Rosen und überraschte mit seiner Süße. Im Grunde genommen war er genauso wie ihr Bruder, dessen Herz so schwach war, dass sie befürchtete, dass er heute zum letzten Mal hier draußen sitzen würde.

»In ihnen steckt heuer all die Kraft, die ich nicht mehr habe.« Peters Hand zitterte leicht, als er damit die ihre fester umschloss. »Und schau dir Mutters Gravensteiner an. Die sind riesig und wie immer ist keiner wie der andere. Sie sind alle kantig, unregelmäßig und schief und haben diese roten Tupfen und Striche, die das Gelbgrün ganz blass ausschauen lässt.«

Agnes lachte. »Das ist so typisch für unsere Mutter, dass sie ausgerechnet diese hässlichen Äpfel für sich ausgesucht hat.«

»Sie wollte eben nicht, dass sie jemand aufgrund ihres Äußeren beurteilt – so wie sie selbst.«

Stumm saßen sie nebeneinander, dachten an die Frau, der sie ihr ausgefülltes Leben an diesem wundervollen Ort verdankten. Peter hielt die Hand seiner Schwester fest und schaute noch einmal nach oben.

»Deine sind die schönsten von allen«, sagte er dann. »Sie sind hoch und schlank, genau das Gegenteil von meinen. Und sie haben einen bezaubernden Namen.«

Agnes lachte leise. »Findest du? Weißer Rosmarinapfel ist doch irreführend, weil er ja gar nicht nach Rosmarin schmeckt.«

»Aber innendrin schaut das Kerngehäuse sternförmig aus, so wie die Rosmarinnadeln um den Zweig herum abstehen.«

»Ich habe geglaubt, dass nur der Jakob ein Träumer ist, mein Lieber. Wenn ich nicht wüsste, dass du ihn adoptiert hast, würde ich meinen, dass er das von dir hat.«

Peter presste ihre Finger fest mit den seinen zusammen.

»Meinst du, dass ihr es auch ohne mich schaffen werdet? Jetzt bleibt alles, auch die Verantwortung für den Jakob und die Elisabeth, an dir und der Filomena hängen.«

»Agnes nahm den Blick von dem Blätterdach mit den heranreifenden Äpfeln, unter dem sie saßen, und wandte den Kopf ihrem Bruder zu.«

»Die Mädchen sind doch auch schon bald erwachsen, Peter. Die Sofia und die Elisabeth sind selbstständig und so verantwortungsbewusst, da brauchen wir uns keine Sorgen zu machen. Sie werden ihren Weg finden.«

Filomena stand am Fenster ihres Zimmers, schaute auf die Holzbank und erinnerte sich an den Tag, an dem sie unten in der Haustür gestanden und das Gespräch ihrer Mutter und ihres Onkels belauscht hatte. Nicht absichtlich, sondern weil sie frischen Kaffee aufgebrüht hatte und ihnen bringen wollte. Und dann hatte sie gehört, wie Onkel Peter von ihrem Vater sprach, den er ganz offensichtlich gekannt haben musste. Er war also nach Amerika gegangen, hatte sie gedacht und ein wenig von dem heißen Getränk verschüttet. Sie hatte das Tablett in die Küche zurückgetragen, um das, was über den Rand geschwappt war, wegzuwischen. Am Abend, sobald ihre Mutter allein war, musste sie mit ihr reden. Sie wollte alles über ihn erfahren!

Doch daraus wurde nichts. Nie mehr.

Als Filomena ein paar Minuten später mit dem Tablett und den drei Tassen nach draußen kam, lag Onkel Peters Kopf auf der Schulter ihrer Mutter. Als sie vor die beiden trat, sah sie die riesigen Tränen, die lautlos über ihre Wangen flossen. Onkel Peter war unter seinen geliebten Apfelbäumen in den Armen seiner Schwester für immer eingeschlafen.

Die nachfolgenden Tage waren mit Hektik erfüllt gewesen, die erst nach dem Begräbnis ein wenig abflaute. Die Trauer um ihren Verlust blieb. Drei Wochen dauerte es, bis Jakob sich halbwegs beruhigt und den Tod seines Vaters akzeptiert hatte. Sie merkten es daran, dass er seine Zeichenstifte hervorkramte und wieder zu zeichnen begann. Allmählich kehrten sie alle zur Normalität zurück, obschon ihre Mutter ausgesprochen ruhig geworden war und oftmals einfach nur unter den Apfelbäumen saß und vor sich hinstarrte. Filomena jedoch beschloss eines Abends, dass sie lange genug gewartet hatte. Als Sofia und Elisabeth zu Bett gegangen waren, hatte sie an die Tür des Schlafzimmers ihrer Mutter geklopft. Es war dasselbe Zimmer, in dem sie sich jetzt befand. Agnes Pinker hatte ihr nicht geantwortet, doch sie sehnte sich nach Antworten auf all die Fragen, die sie seit ihrer frühesten Kindheit quälten. Als Filomena sich schließlich überwand und unaufgefordert die Tür öffnete, lag ihre Mutter mit einem Lächeln und der Decke bis zum Kinn hochgezogen im Bett. Sie war für immer eingeschlafen und ihrem Bruder gefolgt.

Lange Zeit hatte sie mit sich gehadert, nachts manchmal sogar geweint und sich gefragt, warum es ihr nicht vergönnt gewesen war, mehr von dem Mann zu erfahren, der sie gezeugt und den ihre Mutter offensichtlich geliebt hatte. Zwar konnte sie verstehen, dass Agnes ihm nicht nach Amerika gefolgt war, denn auch sie hatte sich damals, als sie schwanger wurde, für den Apfelhof und gegen eine Zukunft anderswo entschieden. Der Mann, der nicht wusste, dass er Sofias Vater war, hätte sie geheiratet, wenn sie ihm von der Schwangerschaft erzählt hätte. Aber sie hatte ihm das leichtfertige Mädchen vorgespielt und war froh gewesen, dass er nach der Ernte in seine Heimat zurückgekehrt war. Etliche Wochen nach dem Tod von Agnes Pinker begriff Filomena, dass sie in derselben Situation nicht anders als ihre Mutter gehandelt hatte – und endlich konnte sie ihr verzeihen.

Doch das, was Erzsebet Pinkasz' Familie in weit mehr als einem Jahrhundert geprägt hatte, musste nicht richtungsweisend für die Zukunft sein. Verzicht war den

Menschen heutzutage ein Fremdwort, Egoismus und ichbezogenes Denken standen an der Tagesordnung. Aber ihre Enkelin hatte so viel Ähnlichkeit mit Erzsebet, Agnes und auch ihr selbst, dass sie eingreifen musste, bevor es zu spät war. Sie musste ihr den Weg weisen und ihr klarmachen, dass der Apfelhof nicht alles im Leben war. Schon gar nicht jetzt, wo das Schicksal die Karten gemischt und ausgerechnet Elisabeths Sohn zu ihnen geschickt hatte – und die beiden wie füreinander geschaffen waren. Wie Sven und Elisabeth damals.

Filomena straffte sich in den Schultern, zog eine Haarnadel aus ihrer Frisur und fixierte den zur Schnecke gedrehten Zopf besser auf ihrem Hinterkopf, bevor sie die Tür öffnete und nach unten ging.

Sie würde Chris und Liesi alles erzählen, was sie wusste, und mit ihnen Elisabeths Asche an dem Ort begraben, der für Jakobs Tochter so bedeutungsvoll war. Der Platz unter den Apfelbäumen, für den sie sich entschieden hatte, obwohl sie die ewige Ruhe von ihrem Mann getrennt verbringen würde.

Was danach kommen würde, konnte sie nicht wissen. Aber sie hatte einen Funken Hoffnung, und der hatte nichts mit dem Apfelhof zu tun, sondern nur mit Liesis uneingeschränktem Glück. Keine Frau der Familie sollte sich jemals wieder an einem Scheideweg finden, an dem sie auf etwas verzichten musste, um etwas anderes haben zu können.

Kapitel 26

Bertl presste die Packung mit den Tiefkühlerbsen gegen die Beule und stöhnte auf. Nicht der Kälte wegen, sondern weil sich sein Kopf anfühlte, als ob ein Lastwagen darübergerollt wäre. Mehrmals. Er ließ sich rücklings auf das Sofa fallen, ein Bein auf der Sitzfläche, das andere hing nach unten. Zum Glück war Marie endlich verschwunden, die ihm abwechselnd Hühnersuppe und Tee gebracht hatte, seitdem er aufgewacht war. Oder so ähnlich. Denn so richtig war er noch nicht zu sich gekommen. Er hatte keine Ahnung, was passiert war, nachdem er heimgekommen war. Dafür erinnerte er sich genau daran, was er gestern auf dem Apfelhof gesehen hatte.

Liesi mit diesem Schnösel, diesem eingebildeten Lackaffen. Der Dreckskerl hatte nicht nur auf seinem Platz in der Küche gesessen und sich angeregt mit ihr unterhalten, sie hatte dabei an seinen Lippen gehangen, als ob er pures Gold ausspucken würde. Es war zum Kotzen gewesen!

Und genau das passierte ihm auch jetzt. Er spürte den Mageninhalt, der hochkam, presste den Mund zusammen, sprang auf und raste ins Bad. Die Tiefkühlerbsen verlor er irgendwo auf dem Weg, ehe er die Kloschüssel umarmte. Zitternd und angeekelt hing er minutenlang darüber, bevor er sich dazu aufraffen konnte, die Klospülung zu betätigen und auf die Beine zu kommen. Er spülte sich den Mund aus, hielt den Kopf unters eiskalte Wasser und stützte sich dann am Waschbecken ab. Der Mann im Spiegel sah genau so aus, wie er sich fühlte: mehrmals durchgekaut und wieder ausgespuckt.

»Du schaust beschissen aus!«

Bertl zuckte zusammen und drehte sich um. So schnell, dass er das Gleichgewicht verlor und nur deshalb nicht zu Boden ging, weil ihn der Leon an beiden Armen packte und festhielt.

»Was machst du denn hier?«, knurrte er.

»Danke, Leon, dass du dich um mich kümmerst, obwohl ich es nicht verdiene, wolltest du sagen. Richtig?«

Er schnaufte, schob seinen Freund zur Seite und schlurfte in die Küche. Auf dem Weg sammelte er die Erbsen ein und warf sie in den Tiefkühler. Dann knallte er die Tür zu, drehte sich um und lehnte sich gegen die Arbeitsplatte.

»Ich weiß zwar nicht, warum dich die Traudl heute früh gerufen hat, aber wenn du drauf bestehst: Danke.«

Leon schüttelte den Kopf.

»Dir ist schon klar, dass die beiden Frauen dich ohne meine Hilfe niemals die Treppe nach oben gebracht hätten?«

»Sie hätten mich ja nur aufwecken müssen«, brummte er.

Alles gut und schön, sie kannten sich schon ewig und Leon war sein Freund, aber er brauchte keinen Babysitter.

Leon lachte auf. »Du hast ein Glück, dass du dich nicht ins Koma gesoffen hast und sie dich nicht hat ins Krankenhaus bringen lassen. Doch zwischen halb tot und Wachsein ist ein Riesenunterschied. Du wärst ja nicht einmal zu dir gekommen, wenn neben dir eine Bombe explodiert wäre.

Außerdem hast du derart gestunken, dass selbst ein Toter davon aufgewacht wäre – nur du nicht.«

Er erinnerte sich genau, was passiert war, nachdem er den Filmfuzzi stundenlang beobachtet hatte, weil er sicher war, dass der noch einmal den Guflerhof verlassen und zum Apfelhof fahren würde – was er aber nicht gemacht hatte. Bertl senkte den Blick, drehte sich um und zog die Dose mit dem Kaffeepulver näher.

»Willst du auch?«, fragte er, ohne sich umzudrehen.

»Nein. Im Gegensatz zu dir habe ich wie jeden Tag gefrühstückt, gearbeitet, mittags gegessen und danach meinen Kaffee bekommen.«

»Warum bist du dann da?«

Leon schnaubte, stellte sich neben ihn, packte ihn am Kinn und drehte mit einem Ruck seinen Kopf, sodass er ihn anschauen musste.

»Was hast du letzte Nacht auf meinem Hof gemacht?«

»Wie kommst du darauf, dass …«

Leon presste die Finger so fest zusammen, dass sein Kiefer schmerzte.

»Versuch es gar nicht, Bertl. Du bist mit dem Arsch in meinen Kuhfladen gefallen und hattest dein Auto auf meiner Zufahrtsstraße geparkt. Ich will die Wahrheit!«

Er stöhnte auf, packte Leons Handgelenk und endlich lockerte sein Freund den Griff.

»Ich bin dem Münchner nachgefahren«, sagte er mit einem Achselzucken.

»Dem, der bei uns wohnt? Und wie hast du den unter all den anderen deutschen Urlaubern ausgesucht, die schon in Mela sind? Hat dir das Kennzeichen gefallen? Sein Auto? Auf Männer stehst du ja nicht, oder hat sich da was geändert?«

Er ballte die Hand zur Faust und holte aus. Aber er kam damit nicht einmal in die Nähe von Leons Gesicht, als dieser den Arm blitzschnell hob und seine Finger fest darum schloss.

»Das geht dich nichts an«, stieß er hervor und riss seinen Arm nach unten. »Und da du jetzt festgestellt hast, dass ich wach bin, kannst du auch wieder gehen.«

Leons Gesicht verzog sich, sein Blick wurde eisig.

»Sicher nicht, Bertl. Ich bin kein Hampelmann. Ich bin gut genug dafür, dich ins Bett zu bringen, wenn du dich volllaufen lässt, und jetzt will ich wissen, warum es so weit gekommen ist und was du in der Nacht bei mir auf dem Hof verloren hattest.«

Er wusste, dass Leon nicht gehen würde, bis er seine Antworten hatte. Aber er musste ihn loswerden, damit er sich anziehen und sich um Liesi kümmern konnte.

»Er war auf dem Apfelhof und hat mit der Filomena und der Liesi gesprochen. Vom Mittagessen bis zum Abend. Ich hab einfach kein gutes Gefühl bei der Sache, deshalb bin ich ihm nachgefahren, wie er von dort weg ist.«

»Du hast ihm also den ganzen Tag nachspioniert und dann hast du ihn bis spät in der Nacht auch noch beobachtet, anstatt zu uns ins Haus zu kommen? Weißt du überhaupt, wer das ist?«

»Der Filmfuzzi.«

Leon schüttelte genervt den Kopf.

»Warum redest du so abfällig von ihm?«

»Weil er der Liesi schöne Augen macht und ihr in den Arsch kriecht!«, stieß er hervor.

Leon biss die Zähne zusammen und seine Kiefer mahlten.

»Was ist?«, fuhr ihn Bertl an. »Was würdest du denn machen, wenn sich so einer an deine Gitti heranmachen würde?«

Leon streckte die Arme aus und stieß gegen seine Brust. Er krachte an den Kühlschrank. Leon stützte sich beiderseits neben seinem Kopf ab und beugte sich vor.

»Du wirst mir jetzt einmal ganz genau zuhören, Bertl, denn ich sage es dir nur ein einziges Mal. Die Liesi hat dich rausgeschmissen, weil du ihr mit deinen Besitzansprüchen auf die Nerven gehst. Du hast dich da in etwas hineingesteigert, was krankhaft ist. Ihr beide wart nie mehr als Freunde, begreif das doch endlich! Sie liebt dich nicht, Bertl!«

Er spürte, wie seine Kehle eng wurde. Welches Recht hatte Leon, ihm das zu sagen?

»Das stimmt nicht«, keuchte er.

»Doch!« Leon winkelte die Arme ein wenig an, bis sein Gesicht ganz knapp vor seinem war. »Du hast eure Freundschaft mit deiner absurden Eifersucht kaputt gemacht, Bertl. Dabei bist du der Allerletzte, der das Recht darauf hat.«

»Aber ich liebe sie!«

»Irrtum«, knurrte Leon. »Wäre das der Fall, dann würdest du nicht ständig im Discostadl herumhängen und eine jede schnackseln, die in deine Reichweite kommt.«

Er starrte seinen Freund entgeistert an.

»Wer behauptet das?«

Leon lachte auf.

»Das muss niemand behaupten, Bertl, weil es sowieso alle wissen. Sogar die Frauen bei uns im Ort. Oder glaubst du, dass man in Mela über Jahre hinweg so etwas geheim halten kann.«

Bertl spürte, wie sein Magen noch flauer wurde, als er ohnehin schon war.

»Auch die Liesi?«, fragte er heiser.

Leon stieß sich ab und trat einen Schritt zurück. Dann

überkreuzte er die Arme vor der Brust und schüttelte den Kopf.

»Nein, sicher nicht. Die Liesi ist nämlich eine von den Guten, und sie würde sich als deine Freundin derart viel Sorgen um deinen Ruf machen, dass sie dich darauf angesprochen hätte.«

»Gott sei Dank! Dann muss ich ihr nur endlich klarmachen, dass ich sie liebe und ...«

»Du bist ein Depp, Bertl«, unterbrach Leon ihn. »Du willst einfach nicht begreifen, dass ihr beide schlichtweg nicht als Mann und Frau zusammenpasst. Ihr habt keine Zukunft, und das, was du für sie empfindest, ist Beschützerinstinkt. Nicht mehr und nicht weniger. Oder was glaubst du, warum sie dich rausgeschmissen hat, nachdem du ihr gesagt hast, dass sich all ihre Probleme in Luft auflösen, sobald sie dich heiratet?«

Bertl erbleichte.

»Wieso weißt du das?«

»Das fragst du jetzt aber nicht im Ernst?«, fragte ihn Leon kopfschüttelnd.

Nein. Natürlich nicht. Er wusste doch, dass die Frauen keine Geheimnisse voreinander hatten – und die Gitti alles brühwarm dem Leon berichtete.

»Weiber«, stieß er hervor.

»Sie sind befreundet und reden miteinander, so wie wir Männer das tun. Aber das ist jetzt nicht das Thema, Bertl. Du musst endlich aufhören, die Liesi zu kontrollieren und dich in ihr Leben einzumischen, sonst ...«

»Was, sonst?«

»Hör sofort auf damit, oder ich erzähle der Liesi von deinen Abenden im Discostadl und von den Hinterzimmern dort, wo du reihenweise eine jede flachlegst, die du zwischen die Finger kriegst.«

Bertl starrte seinen Freund ungläubig an. Er schluckte schwer.

»Das wirst du nicht tun«, flüsterte er.

»Lass es darauf ankommen, Bertl. Obwohl .. Du solltest eigentlich wissen, dass ich mein Wort halte. Immer!«

Kapitel 27

»Weil ich wusste, dass ich dich hier finden würde?«

Seitdem Chris diesen Satz zu ihr gesagt hatte, fühlte Liesi sich wie ein mit Helium gefüllter Ballon. Schwerelos schwebte sie im Raum, wo niemand sie erreichen konnte, als ob sich ihr Geist von ihrem Körper getrennt hätte. Sie hatten Kaffee getrunken und von dem Apfelstrudel gegessen und sich immer wieder berührt – mit den Händen. Sanft und tastend, so vorsichtig, als ob sie beide nicht glauben könnten, was geschah. Dabei war es so offensichtlich!

Er war für sie der erste Mann, bei dem sie das Gefühl hatte, dass er nicht nur so tat, als ob er sie verstehen würde. Chris stellte ihr die vielen Fragen zum Apfelanbau, der Genossenschaft, den Sorten und all den Dingen, die damit einhergingen, nicht, um ihr zu schmeicheln, sondern aus echtem Interesse. Sein Blick hielt den ihren fest, und fast schien es, als ob er zu blinzeln vermeiden würde, so wie sie es tat, nur um ihn ständig anschauen zu können. Fasziniert betrachtete sie seine Augen. Die haselnussbraunen Iriden, in denen immer wieder goldene Sprenkel aufblitzten. Seine Pupillen, die sich weiteten, wenn sie mit ihrem Daumen über seinen Handrücken strich, und sich verengten, sobald sie ihm ihre Hand entzog. Und dann waren da noch seine langen gebogenen Wimpern, die so dicht wuchsen, dass er eigentlich feminin wirken müsste – was aber überhaupt nicht der Fall war. Chris war mit seinem Bartschatten, der jetzt am Nachmittag stärker hervortrat und sein markantes Kinn untermalte, einer der attraktivsten Männer, den sie jemals gesehen hatte. Und damit schloss sie auch all die Schauspieler mit ein, die weltweit als Sexsymbole gehandelt wurden.

»Warum warst du eigentlich immer nur hinter der Kamera tätig und nicht davor?«

Er schmunzelte und hob ihre Hand an seinen Mund, drückte einen Kuss auf ihre Fingerknöchel.

»Ich mag den Medienrummel nicht, Liesi.«

»Aber du warst doch noch so jung, als du nach Hollywood gegangen bist. Ist es nicht der Wunsch eines jeden Zwanzigjährigen, berühmt zu werden?«

»War es deiner?«

»Touché.«

Lachend entzog sie ihm die Hand und griff nach ihrem Handy.

»Hat er dir immer noch nicht geschrieben?«

Sie hatte Chris erzählt, was Gabor mit seinen Leuten vorhatte, und er wollte dabei sein. Jetzt schüttelte sie den Kopf.

»Bevor es nicht richtig dunkel ist, werden sie die Drohnen nicht losschicken.«

»Drohnen?«

Sie drehten beide die Köpfe zur Tür, durch die Filomena in die Küche trat.

»Ja, um aufzudecken, wer hinter diesen Aktionen gegen uns steckt.«

Filomena nickte und schaute zum Herd, aber Liesi sprang auf.

»Setz dich, Großmutter. Ich wärme dir deinen Kaffee, und

du erzähl uns bitte, was du uns versprochen hast.«

Die alte Frau verwuschelte ihre lockigen Haare, bevor sie zum Tisch ging und auch Chris über den Kopf strich. Erst dann setzte sie sich an ihren Platz, holte Luft und begann zu erzählen.

Gabor rührte ein letztes Mal in dem großen Kochtopf um, bevor er die Suppenschalen seiner Mitarbeiter, die ihm diese reichten, mit dem Szegediner Gulasch füllte. Obenauf gab es einen Löffel sauren Rahm und plötzlich herrschte Stille. Selbst die drei Studenten, die kurz nach dem Anruf des Vaters des einen hier aufgeschlagen waren, dachten nicht mehr an ihre Drohnen, sondern nur noch ans Essen. Er liebte es, wenn sie zusammen aßen, nachdem einer von ihnen gekocht hatte. Zwar kam es selten vor, dass sie wirklich alle vereint waren, aber wie so viele Landarbeiter waren die meisten von ihnen allein. Manche, weil ihre Familien in der Heimat lebten, wo die Kinder zur Schule gingen, andere, da sie nie geheiratet hatten oder geschieden waren. Früher, als er nach Südtirol gekommen war, hatten sie mittags immer auf dem Apfelhof gegessen, aber mittlerweile machten sie das nur noch einmal im Jahr – sobald die Ernte beendet war. Es musste nicht unbedingt eine warme Mahlzeit sein, für die man viel Zeit verlor und dann länger arbeiten musste. Sie alle zogen es vor, abends in Ruhe zu kochen und beisammenzusitzen. Gabor mochte diese Momente, und er liebte es, die Gerichte seiner Heimat auf den Tisch zu bringen – doch heute wünschte er sich, dass die Zeiger der Uhr rascher voranschritten. Sein Blick glitt zum Fenster, vor dem es immer noch nicht dunkel war.

»Das Essen war fantastisch«, unterbrach einer der Studenten seine Gedanken. »Aber was haltet ihr davon, wenn wir nach oben gehen und mit den Vorbereitungen beginnen?«

Gabor sprang auf. Sie mussten diesen Arschlöchern, die dem Apfelhof um jeden Preis schaden wollten, endlich das Handwerk legen.

Offiziell war das Discostadl noch geschlossen, als der Mercedes um das Gebäude herum und über den eingezäunten Parkplatz fuhr. Ein gelbes Licht begann zu blinken und ein unscheinbares Tor glitt zur Seite. Der schwere Wagen verschwand in dem Haus mit dem Flachdach, das eine geräumige Garage zu sein schien. Wenig später betrat ein Mann durch einen von außen nicht erkennbaren Kellergang das Büro des Lokals, zu dem niemand außer ihm und der Geschäftsführerin Zutritt hatte. Er warf die Aktentasche auf den wuchtigen Schreibtisch, lockerte die Krawatte und zog die Jacke aus, die er über den Schreibtischstuhl hängte, bevor er darauf Platz nahm und den Stapel an Papieren näher zog. Er spürte den Duft ihres schweren Parfums, als sie den Raum betrat, reagierte jedoch in keiner Weise auf ihre Anwesenheit. Sie stellte ein Glas aus ziseliertem Bleikristall rechts von ihm auf den Tisch, und auch diesmal wandte er den Blick nicht von den Papieren ab. Er streckte nur die Hand aus, um es zu ergreifen, schnupperte daran und setzte es an die Lippen. Der Cognac brannte sich durch seine Kehle und wärmte ihn von innen. Fast so sehr wie die Zahlen auf der letzten Seite. Der Umsatz des traditionellen Geschäfts des Discostadls war kaum gestiegen, aber der des Wellnessbereichs hatte wieder ordentlich zugelegt. Zufrieden lächelnd trank er einen zweiten Schluck. Seine Entscheidung, im rückwärtigen Bereich unterirdisch luxuriöse Zimmer mit privaten Bädern einzurichten, die auch auf die speziellsten Wünsche der männlichen Klientel eingingen, machte sich bezahlt. Mittlerweile hatten sich die Neuerungen, die sie seit kurz vor Weihnachten anboten, herumgesprochen – und damit meinte er nicht nur die Einrichtung und das Equipment, sondern vor allem die Damen, die sich nie im vorderen Bereich des Lokals zeigten. Was dort passierte, war harmlos und auch für den Durchschnittsverdiener aus der Umgebung bezahlbar. Aber das, was rückwärts geschah, richtete sich an Kunden, die ihre Wagen in der anonymen Garage parkten und, ohne das Discostadl zu betreten, direkt in das von ihnen gebuchte Zimmer gelangten. Er legte die Papiere wieder übereinander, öffnete die Aktentasche und schob den Stapel hinein.

»Bist du zufrieden?«

Ihre dunkle Stimme mit dem harten Akzent schoss wie ein Blitz direkt zwischen seine Beine. Er rollte schwungvoll mit dem Schreibtischstuhl nach hinten und schaute auf. Sie war einzigartig. Die vollen Lippen und das von einem schwarzen Pagenkopf umrahmte Gesicht mit den Katzenaugen ebenso wie die riesigen prallen Brüste, die nur ein Hauch von Nichts bedeckte.

»Ich werde erst zufrieden sein, wenn auch er es ist«, antwortete er, spreizte die Beine und deutete auf seinen Hosenschlitz.

Die Frau kniete sich vor ihn und ihre Hände griffen an die Gürtelschnalle.

Wenig später beugte sie ihren Kopf vor und er legte den seinen in den Nacken und schloss die Augen.

Sepp Gamper musste ihr nicht zusehen, wie sie ihn verwöhnte. Viel lieber sah er die Zahlen vor sich, die sein geheimes Unternehmen monatlich umsetzte. Bürgermeister zu sein, war eine prekäre Angelegenheit. Man konnte nicht wissen, ob man wiedergewählt würde und wie viele Amtszeiten man nutzen konnte, um Bekanntschaften zu knüpfen und Beziehungen aufzubauen. Manchmal beneidete er den Papst, denn der musste sich keine Sorgen machen, sobald er einmal gewählt wurde. Er hingegen schon. Und dass er wahrlich keine Lust hatte, irgendwann wie sein Cousin Bertl als Bauer zu enden und den Hof seiner Eltern zu bewirtschaften, hatte er bereits mit fünfzehn gewusst. Jetzt, mit zweiundvierzig, hatte er die erste Million auf der Seite und würde nicht ruhen, bis er diese nicht verzehnfacht hatte.

Der Gedanke an diesen Betrag erregte ihn spürbar und die Frau zwischen seinen Beinen bewegte ihren Kopf zunehmend rascher. Er kam dem erlösenden Moment immer näher, als das Handy in seiner Westentasche vibrierte. Sepp Gamper musste es nicht herausholen, um zu wissen, dass die beauftragten Männer wieder in Aktion traten. Zufrieden brummend wischte er alle Gedanken beiseite und ließ sich endlich fallen.

Kapitel 28

Sie hatten die Drohnen im Abstand von jeweils fünf Minuten von der Terrasse gestartet, damit sie ausreichend Zeit hatten, um sie nach Ablauf der Flugzeit zurückzuholen, die Akkus zu tauschen und sie wieder loszuschicken. Zu fünft saßen sie vor den Bildschirmen und konzentrierten sich auf die Bilder, die von den Kameras übertragen wurden.

Zum Glück waren die Wetterverhältnisse noch stabil genug und der Wind nicht zu stark, obwohl der Bozener Wetterdienst für die Nacht Unwetter und Hagel vorhergesagt hatte.

Ihre Drohnen flogen die zweite Runde, als Gabor die Augen zusammenkniff und sich vorbeugte. Auf der Sackgasse, die direkt zur fast bis an die MeBo grenzende Wiese führte, waren zwei Fahrzeuge zu erkennen. Sie fuhren im geringen Abstand hintereinander und drehten am Ende um, sodass sie in die einzig mögliche Fahrtrichtung standen. Zwar konnte er sich nicht erinnern, dass er, als er jung war, in Begleitung eines Freundes und mit zwei Autos zu einer abgeschiedenen Stelle gefahren war, um mit einem Mädchen allein zu sein – aber was wusste denn er von der heutigen Jugend. Andererseits passierte es ständig, dass Touristen auf ihren Entdeckungstouren irgendwo landeten, wo es nicht mehr weiterging. Tatsache war, dass nicht nur er darauf wartete, dass sich die Fahrzeuge wieder in Bewegung setzten – sondern mit ihm derjenige, der die Drohne von der Terrasse aus steuerte und auf dem Display der Steuerung dieselben Bilder sah. Das Fluggerät schwebte regungslos an derselben Stelle.

»Haben wir irgendetwas versäumt?«

Er hörte Liesis Stimme und wandte erstaunt den Kopf in ihre Richtung, um zu sehen, wen sie mit wir bezeichnete. Es handelte sich um einen Mann, der ihm und den anderen freundlich zulächelte – und dabei Liesis Hand mit seiner umschloss. Gabor schmunzelte. Es war ein ungewöhnlicher Anblick, die Kleine so zu sehen – und es gefiel ihm.

»Da steigt jemand aus!«, rief einer seiner Männer.

Gabor drehte sich blitzschnell dem Bildschirm zu und beugte sich vor.

»Tatsächlich, und das sind mindestens fünf oder sechs!«

Nahezu regungslos hatten Chris und sie der Erzählung ihrer Großmutter gelauscht und beschlossen, die Asche von Elisabeth nicht einfach zu verstreuen, sondern eine kleine Gedenkfeier für sie abzuhalten und es im Rahmen ihrer Freunde zu tun, als Gabors Nachricht kam. Chris hatte kein Wort mehr davon gesagt, dass er dringend nach München zurückmusste – und sie hatte es tunlichst vermieden, ihn danach zu fragen. Sie waren zu ihrem Wagen gelaufen, und er hatte sich bereits auf dem Beifahrersitz angeschnallt, bevor sie auch nur an ihren Gurt greifen konnte.

Seither waren etliche Stunden vergangen, in denen sich die Ereignisse überschlagen hatten. Plötzlich waren mehrere Fahrzeuge mit Blaulicht und Sirenen da gewesen, und man hatte sie und ihre Leute von all den anderen getrennt. Die Carabinieri aus der Provinzhauptstadt hatten die Bösen nach Bozen gebracht, und die mysteriösen schwarz gekleideten Männer waren hinter ihnen nachgefahren. Sie beide, Gabor und ihre anderen Arbeiter hatte man gebeten, in die kleine Niederlassung der Carabinieri in Mela zu fahren. Jetzt waren ihre Leute gegangen, und so saßen nur noch Chris und sie hier, während es draußen donnerte und blitzte. Das Unwetter zog Kreise, kam näher und entfernte sich wieder, aber auf den Fensterscheiben war kein Tropfen Wasser zu sehen. Nur der Wind hatte derart aufgefrischt, dass man die Fenster mittlerweile geschlossen hatte.

Sie hatte im Lauf der letzten Stunden ein paar Brocken gehört, doch erst jetzt, während die beiden Carabinieri die ihnen bisher bekannten Fakten darlegten, begann Liesi zu begreifen, was geschehen war.

Die Männer waren zu acht mit zwei Wagen und bestens vorbereitet zu ihrer Apfelwiese gekommen, um den größtmöglichen Schaden anzurichten. Ihr Ziel waren offenbar wieder die Hagelnetze gewesen, wenngleich die in den geländegängigen Fahrzeugen gefundenen Werkzeuge den Schluss zuließen, dass sie auch Wasserleitungen beschädigt hätten – hätten sie die Zeit dafür gehabt.

Gabor und einige seiner Leute waren sofort losgefahren, um diese Mistkerle zu stellen, als die Drohne die Bilder übermittelte – aber sie waren zu spät gekommen. Eine Gruppe von sechs Männern, die alle schwarz und sehr ähnlich gekleidet waren, hatten die anderen, die sie einfach nur die Bösen nannte, bereits unschädlich gemacht und mit Handschellen aneinandergefesselt. Liesi und Chris waren unmittelbar hinter einem Wagen der Carabinieri in die Sackgasse eingefahren und bei der Wiese eingetroffen – und ihnen allen hatte sich dasselbe Bild geboten. Nur waren die Gesetzeshüter absolut nicht erstaunt, sondern von der Aktion der privaten Sicherheitsleute – die verschwunden waren, bevor sie mit ihnen hätte reden können – informiert gewesen.

»Ich verstehe das nicht«, sagte sie jetzt und verschränkte ihre Hände auf dem Besprechungstisch. »Wieso wussten Sie, dass diese Männer bei meiner Apfelwiese auftauchen würden?«

Der ältere der beiden Carabinieri schüttelte den Kopf.

»Davon hatten wir keine Ahnung, bis Sie uns nicht kontaktiert haben, Frau Thaler. Wir wussten ja, dass die Sicherheitsfirma der Gruppe auf den Fersen war.«

»Aber wie kann das sein? Ich hätte gar nicht das Geld, um auch nur einen einzigen Detektiv zu engagieren, geschweige denn eine ganze Truppe solcher ...«

Sie hob die Hände in einer hilflosen Geste.

»Ehemalige Soldaten, vermute ich«, warf Chris ein, der ihr nicht einen Moment von der Seite gewichen war.

»Genau so ist es«, dröhnte plötzlich eine Stimme von der Tür her. Sie wandten ihre Köpfe zugleich. »Sie sind die Besten auf ihrem Gebiet.«

Der Bürgermeister war zwar ziemlich aufgelöst – sprich: Er trug keine Krawatte und seine spärlichen, sonst immer perfekt über die haarfreie Zone seines Oberkopfs frisierten Strähnen lagen kreuz und quer –, aber sein Gesicht strahlte.

»Liesi, ich bin so froh, dass wir diese Kerle endlich aus

dem Verkehr gezogen haben«, sagte er, nickte grüßend Chris und den Carabinieri zu und kam auf sie zu. Er legte ihr vertraulich eine Hand auf die Schulter und sie rutschte mit dem Stuhl ein wenig zurück, um sich nicht komplett den Hals zu verdrehen.

»Was meinst du mit wir, Sepp?«, fragte sie skeptisch.

»Du warst nicht die Einzige in Mela, auf die sie es abgesehen hatten. Besser gesagt: Wer auch immer dahintersteckt, will offenbar den Besitzern der Apfelwiesen in MeBo-Nähe das Geschäft ruinieren. Wahrscheinlich, um sie zum Verkauf zu zwingen. Wer das ist, wissen wir nicht, doch vergangene Woche haben sie es weiter drüben im Osten versucht und konnten im letzten Moment entkommen, bevor sie erwischt wurden. Es war klar, dass sie wiederkommen würden – und so war es ja dann auch. Und da deine Wiese die westlichste ist, warst jetzt du dran – und gleich zweimal hintereinander. Das war ihr Fehler.«

Sepp Gamper grinste zufrieden.

Liesi schüttelte hingegen verständnislos den Kopf, stand auf und lehnte sich an die Tischkante. Endlich befand sie sich auf Augenhöhe mit dem Bürgermeister.

»Das erklärt aber immer noch nicht, wer diese Sicherheitsleute bezahlt hat, die diese Männer heute geschnappt haben, denn ich war es nicht.«

Sepp Gamper lächelte gönnerhaft. »Das ist mein Privatvergnügen, Liesi. Ich habe die Firma engagiert.«

Sie starrte ihn entgeistert an. Der Bürgermeister war wahrlich nicht für seine Spendierfreudigkeit bekannt.

»Aber warum denn das?«

»Ganz einfach: Bis auf deine gehören alle Wiesen an der MeBo mir.«

»Dir?« Sie riss die Augen auf. »Seit wann?«

Liesi wusste, dass sie kreischte, was sie normalerweise

hasste, wenn es jemand anderer tat – doch diese Notiz war absolut irre!

»Ein Teil gehörte ja schon meiner Familie, und die dazwischen sind uns nach der letzten Ernte zum Verkauf angeboten worden, nachdem der Besitzer verstorben ist. Aber das weißt du ohnehin, immerhin haben die Erben ja auch mit dir gesprochen, soviel ich weiß.«

Stimmt, das hatten sie. Die Kinder des alten Apfelbauern lebten schon seit Jahrzehnten im Ausland und wussten nach dem Tod ihres Vater mit den Apfelwiesen nichts anzufangen. Sie hatte sich jedoch nicht einmal angehört, was sie dafür wollten, weil sie aufgrund der geringen Ernte im letzten Jahr froh gewesen war, dass sie nicht selbst einen Teil ihres Besitzes hatte verkaufen müssen.

»Und was willst du jetzt von mir, Sepp?«, fragte sie stirnrunzelnd.

Er schüttelte den Kopf und schenkte ihr ein gönnerhaftes Lächeln.

»Gar nichts, Liesi. Du hast schon genug mitgemacht. Es ist an der Zeit, dass sich das Blatt wendet. Freu dich einfach, dass dieser Horror vorbei ist, und denk daran, dass der Apfelhof bald weit über die Grenzen hinaus bekannt sein wird. Apfelblüten im Regen wird dafür sorgen. Stimmt doch, Herr Bergmann, oder?«

Obwohl Chris den Bürgermeister ja wirklich nur oberflächlich kannte, schien er genauso erstaunt wie sie selbst. Er ergriff nur die angebotene Hand, nickte und murmelte irgendetwas Unverständliches.

»Meine Herrn, brauchen Sie mich noch?«, wandte sich Sepp Gamper an die beiden Carabinieri.

»Nein. Wir wissen ja, wo wir Sie finden.«

»Dann fahre ich jetzt heim und leg mich aufs Ohr. Morgen muss ich wieder früh raus«, erwiderte er. »Gute Nacht!«

»Haben Sie noch irgendwelche Fragen, Frau Thaler?«, fragte der ältere der beiden Carabinieri in die nachfolgende Stille.

Liesi starrte weiterhin zur Tür, durch die der Sepp verschwunden war, und schüttelte abwesend den Kopf. Das, was er gesagt hatte, war wirklich ausgesprochen eigenartig.

Sie hörte, wie Chris »Können wir dann gehen?« fragte, und spürte, dass er ihre Hand nahm, und plötzlich erwachte sie aus dem Erstaunen über das Verhalten des Bürgermeisters und schaute zu den Carabinieri, die abwartend dastanden.

»Sie wissen also nicht, wer hinter all dem steckt?«

Beide schüttelten den Kopf, dann antwortete der Ältere.

»Nein, aber unsere Kollegen in Bozen, wo sie nun in Gewahrsam sind, werden sicher mehr herausfinden. Einer der acht Männer, die heute in flagranti erwischt wurden, wird hoffentlich reden. Auch wenn nicht gesagt ist, dass diese Leute wissen, wer sie beauftragt hat, da bei solch professionell angelegten Aktionen die Auftraggeber nicht direkt in Erscheinung treten. Aber die Freiheit ist diesen Handlangern sicher wichtig.«

»Die werden also nicht sofort wieder freigelassen?«

»Keine Sorge, Frau Thaler. Die Sicherheitsfirma, die für den Bürgermeister arbeitet, hat schon einiges an belastendem Material zusammengestellt und mit uns geteilt. Und dann sind da noch die Aufnahmen der Drohnen von Ihren Leuten. Das allein würde reichen, um diese Männer nicht einfach gehen zu lassen, aber die Werkzeuge, die in den beiden sichergestellten Fahrzeugen waren, sprechen eine eindeutige Sprache.«

»Sie werden mich über die Ermittlungen auf dem Laufenden halten? Ich würde gern wissen, wer es auf mich und den Apfelhof abgesehen hat, denn die Sache mit den Hagelnetzen ist ja nicht der erste Vorfall dieser Art.«

»Wir haben alles protokolliert, was Sie uns vorhin gesagt haben, und leiten es nach Bozen weiter«, erwiderte der jüngere der beiden Carabinieri. »Wir melden uns, falls wir noch Fragen haben, und selbstverständlich informieren wir Sie über die Ermittlungen. Ihre Anzeige gegen die Festgenommenen haben wir ja bereits aufgenommen.«

»Sie gehen also nicht davon aus, dass man die Auftraggeber ausfindig macht?«

Der Carabiniere zuckte mit den Achseln, und plötzlich spürte sie, wie müde sie war. Der Adrenalinspiegel, der sie wach gehalten hatte, schien schlagartig zu sinken. Sie blinzelte.

»Wollen Sie einen Kaffee, Frau Thaler?«, fragte der Mann.

»Lieber mein Bett«, murmelte sie und bemerkte, wie die drei anwesenden Männer sich zulächelten.

»Sie sollten nicht mehr Auto fahren, Frau Thaler.«

»Nicht nötig«, erwiderte Chris und hielt ihren Autoschlüssel hoch.

Sie war todmüde, fühlte sich wie ein Luftballon, dem die Luft ausging. Aber Chris war ja bei ihr – und alles war gut. Sie kuschelte sich an ihn, als er seinen Arm um ihre Schulter legte und sie aus dem Gebäude und zum Auto führte. Auch, dass er ihr die Beifahrerseite aufhielt, sich ans Steuer setzte und immer wieder ihre Hand streichelte, während er ihren Wagen hinauf zum Apfelhof lenkte.

Als sie am nächsten Morgen viel später als sonst aufwachte, wunderte sie sich nur, warum er nicht neben ihr im Bett lag. Denn das hätte irgendwie dazugehört.

Kapitel 29

Man sollte meinen, dass in einem Ort von der Größe Melas, dessen Fläche sich über einige Kilometer ausdehnte, eine nächtliche Aktion wie die gestrige nicht sofort die Runde machte, doch dem war nicht so. Es begann damit, dass der Bürgermeister bereits beim morgendlichen Kaffee im Apfelkiachl ganz beiläufig erwähnte, dass er nicht besonders gut geschlafen hatte, weil er bis ein Uhr früh mit den Carabinieri zugange gewesen war. Der Ältere der beiden Ordnungshüter kam zur selben Zeit auf dem Heimweg von der Nachtschicht vorbei, und so blieb es nicht aus, dass sie nebeneinander an der Theke stehend kurz darüber sprachen. Mit gesenkten Köpfen und verhaltener Stimme, aber natürlich verstummten die Gespräche der anderen Anwesenden.

Wie aus einer Mücke ein Elefant wurde, so nahm die Geschichte der Attentate auf die einheimischen Apfelbauern, wie Sepp Gamper sie nannte, rasch Ausmaße an, die an den Überfall eines Terrorkommandos denken ließen. Kein Wunder also, dass Andrea, Erika und Grete, als sie wie üblich zu ihrem Vormittagsplausch im Apfelkiachl zusammentrafen, umgehend informiert wurden, dass jemand der Liesi nach dem Leben trachtete. Andrea fackelte nicht lange, indem sie eine Nachricht über WhatsApp schrieb, sondern rief an.

»Andrea, was kann ich für dich tun?«, meldete Liesi sich erstaunt.

»Du für mich? Was können wir für dich tun, Schatzerl? Es muss dir ja schrecklich gehen nach dem, was gestern passiert ist.«

»Wie bitte? Aber was soll denn ...«

»Liesi!«

Der Ton ihrer Freundin war so ungewohnt, dass sie verstummte.

»Es ist schon schlimm genug, dass die Grete, die Erika und ich über hundert Ecken erfahren, dass es jemand auf dich abgesehen hat, aber jetzt weich nicht aus, sondern sag, wie wir dir helfen können!«

Helfen? Das Einzige, was sie wissen wollte, war, warum Chris sich nicht meldete. Nachdem sie ihrer Großmutter erzählt hatte, was diese nicht schon in der Nacht von Gabor und Chris erfahren hatte, saß sie nach wie vor am Küchentisch und rührte in ihrer dritten Tasse Kaffee. Er hatte sie also heimgebracht und sie konnte sich an nichts erinnern. Weder daran, dass Filomena wach gewesen war, noch weniger, dass er sich verabschiedet hatte und sie irgendwie nach oben gegangen war. Sie hatte sich sogar ausgezogen, gewaschen und ihren Pyjama angezogen, bevor sie wie eine Tote ins Bett gefallen war.

»Ich brauche keine Hilfe, Andrea, es ist alles in Ordnung.«

»Bist du sicher?«

Absolut. Das Einzige, was sie wollte, war, dass Chris sich meldete.

»Natürlich und danke. Sei mir bitte nicht bös, ich muss jetzt weiter.«

Sie unterbrach das Gespräch und starrte auf das Display. Aber nein, sie hatte weder seinen Anruf verpasst noch hatte er ihr eine Nachricht geschrieben.

»Glaubst du, dass es eher klingelt, wenn du es ständig fixierst?«

Irritiert schaute sie auf. Ihre Großmutter schmunzelte und sah sie aus ihren weisen, wasserblauen Augen an. Liesi konnte jetzt so tun, als ob sie nicht wüsste, was sie meinte, aber wozu? Falls jemand wusste, was sie dachte und fühlte, dann Filomena.

»Hat er gesagt, ob er wiederkommt?«

»Du magst ihn sehr, gell?«

Liesi seufzte auf.

»Hat er?«

»Warum hätte er das tun sollen, Liesi? Natürlich wird er kommen!«

»Wie kannst du denn das wissen?«

Ein Kichern war die Antwort.

»Manchmal bist du wirklich schlimmer als ein kleines Kind, Großmutter«, murmelte sie kopfschüttelnd, trank die Tasse leer und stand damit auf. Sie ging zur Spüle und griff nach dem Schwämmchen und dem Spülmittel.

»Er mag dich, Liesi. Sehr sogar«, erklang Filomenas Stimme hinter ihr.

Sie stellte das Wasser ab und drehte sich langsam um.

»Und das weißt du warum?«

»Ich habe Augen im Kopf. Er mag dich sehr. Deshalb wollte er gestern doch sofort nach München zurückfahren, weil er dachte, dass ihr blutsverwandt seid. Aber sobald er wusste, dass dem nicht so ist, ist er geblieben und nicht mehr von deiner Seite gewichen und hat dich heimgebracht.«

»Und dann ist er verschwunden.«

Ihre Großmutter streckte die Hand aus und nahm ihr die tropfende Tasse ab.

»Was hätte er denn tun sollen, Liesi? Du warst nicht

ansprechbar und todmüde, bist zur Treppe und hast nicht einmal reagiert, als er dir eine gute Nacht wünschte.«

»Das kann nicht sein!«

Sie war entsetzt. Niemals hätte sie Chris einfach so stehen lassen.

Filomena griff nach einem Geschirrtuch und trocknete die Tasse ab.

»Du warst nicht mehr ansprechbar, Liesi. In den letzten Tagen ist so viel passiert, dass es ein Wunder ist, dass du nicht zusammengebrochen bist. Stattdessen hast du endlich einmal wieder fast acht Stunden am Stück geschlafen. Weißt du, was du tun solltest?«

Sie zuckte mit den Schultern.

»Fahr auf den Golfplatz und spiel eine Runde.«

»Das kann ich nicht. Du hast doch vorhin gehört, dass die Andrea angerufen hat. Glaubst du, dass ich dort meine Ruhe habe? Sicher nicht! Ich war seit der Filmaufnahmen nicht mehr unten. Wenn ich jetzt auftauche, werden mir alle Löcher in den Bauch fragen, überhaupt, wo diese verdammten blauen Flecken immer noch zu sehen sind.«

Sie hob das Kinn und deutete auf ihren Hals. Die Würgemale waren zwar nicht mehr blau, sondern blasslila und grün, aber klar erkennbar.

»Binde dir ein Halstuch um.«

»Das wird nicht viel nützen, wenn schon alle im Ort wissen, was letzte Nacht passiert ist.«

»Du hast doch nichts verbrochen, mein Kind. Außerdem musst du ja nicht an der Terrasse vom Restaurant vorbei, du kannst doch direkt zum ersten Abschlag gehen.«

»Ach, ich weiß nicht. Der Gabor hat gesagt, dass er nichts von mir braucht. Die Traudl hat nicht einmal meine Nachricht gelesen, obwohl sie erst am Nachmittag Sprechstunde hat, und die Gitti hat am Vormittag nie Zeit.

Ich bleib lieber hier.«

Ihre Großmutter warf das Geschirrtuch auf die Arbeitsplatte, stützte die Hände in die Hüften und schaute sie verärgert an.

»Hör auf, dich so zu benehmen, Liesi. Das bist doch nicht du! Fahr runter auf den Platz und lüfte dein Hirn aus. Wenn du dich auf das Spiel konzentrierst, denkst du an nichts anderes, und genau das ist es, was du jetzt brauchst.«

Was sie jetzt brauchte, war Klarheit – sonst nichts. Sie wollte endlich mit Chris allein sein und reden. Nicht über zerschnittene Hagelnetze, den Apfelhof, die Geschichte der Familie oder den Film. Nein, das einzige Thema, das sie interessierte, waren er und sie, sie beide. Liesi musste wissen, was er für Zukunftspläne hatte. München und Südtirol waren ja eigentlich doch nicht so weit voneinander entfernt, dass man nicht jedes Wochenende hin und her fahren konnte. Abwechselnd. Sie war bereit, es zu versuchen, wenn er nur nicht nach Amerika zurückging. Es war zwar komplett idiotisch, an so etwas wie eine Wochenendbeziehung zu denken, wo sie sich doch nur ein paarmal geküsst hatten, aber sie wollte ihn so sehr, wie sie noch nie einen Mann gewollt hatte. Und das hatte nichts mit Sex zu tun. Na ja, natürlich auch, nur war es nicht das Wichtigste.

Sie mochte nämlich alles an ihm. Sein Lächeln und seine Stimme, die Art, wie er erzählte und sie ansah, wenn sie es tat. Wie er nachdenklich die Augenbrauen runzelte oder die Stirn in Falten legte, und die Lachfältchen an seinen Augenwinkeln, die sich vertieften, sobald er schmunzelte. Er hatte Humor und war für jemanden, der so erfolgreich war, absolut normal. Mehr noch, er war bodenständig. Sie musste nur die Augen schließen und sah ihn auf der Bank unter den Apfelbäumen sitzen, so wie in dem Moment, als sie ihn zum ersten Mal gesehen hatte. Unbeweglich, zufrieden und in sich ruhend hatte er dagesessen, als ob er ein Teil dieses wundervollen Fleckchens Erde wäre, das sie so sehr liebte. Es war absurd, aber sie vermisste ihn – und konnte nicht verstehen, warum er nicht endlich kam oder anrief oder zumindest eine Nachricht schickte. Er mochte sie doch auch!

Gestern hatte er immer wieder nach ihrer Hand gegriffen, sie am Arm oder an der Schulter berührt und sie ständig angeschaut, wenn er dachte, dass sie es nicht merkte. Da war etwas zwischen ihnen, was sie zugleich beruhigte und erregte. Eine unerklärliche Verbundenheit zweier Menschen, die einander erst seit wenigen Tagen kannten – und doch fühlte es sich an, als ob sie sich schon vor langer Zeit begegnet wären.

»Liesi, bitte.« Sie fokussierte ihre Großmutter, die sie eindringlich ansah. »Wenn du hier herumsitzt, wirst du immer unerträglicher. Nimm dein Golfbag und fahr endlich. Ich verspreche dir, dass ich den Chris zu dir schicke, falls er herkommt.«

»Falls?«, fragte sie flüsternd.

Filomena seufzte tief.

»Was du wieder glaubst! Wahrscheinlich ruft er dich vorher an und will wissen, wo du bist.«

»Ach so meinst du das.«

»Allerdings, genau so meine ich das. Und jetzt mach, dass du wegkommst.«

Kapitel 30

Chris hatte den Mann bisher nur in den Aufnahmen der Szene am Golfplatz gesehen, als Liesis Schläger ihn zwischen den Beinen getroffen hatte, aber er erkannte ihn sofort. Bertl Kofler war das, was er sich unter einem typischen Bauern vorstellte. Nicht zu groß und nicht zu klein, mit breiten Schultern und Bizepsen, die sich nicht einmal mit zwei Händen komplett umfassen ließen. Er sah aus wie jemand, der zupacken konnte und nicht lang fackelte, sondern zur Tat schritt. Und er war definitiv nicht der richtige Mann für Liesi, was nicht nur an der bläulichen Beule an seiner Schläfe lag.

»Sie sind also der Herr Filmproduzent«, sagte er, als er die Küche des Guflerhofs betrat. Gitti platzierte gerade einen gut gefüllten Teller Eierspeis mit Speckwürfeln und obendrauf frisch geschnittenem Schnittlauch vor ihm und schaute zur Tür.

»Guten Morgen, erscht amoi.«

»Ja, ja«, antwortete der Mann unwirsch und stapfte direkt auf ihn zu.

Gitti stellte sich ihm in den Weg, streckte eine Hand aus und bohrte ihm den Zeigefinger in die Brust.

»Wo hast du denn deine guten Manieren gelassen, Bertl?«

»Die brauch ich nicht, wenn ich dem feinen Herrn was

sagen muss.«

»Da bin ich mir aber nicht so sicher!«

Leon Guflers Stimme donnerte durch den Raum und Bertl zuckte zusammen.

Chris kam sich vor wie bei einem Theaterstück auf einer Laienbühne. Neben ihm an der Wand hing ein Kruzifix, die Bäuerin hatte rote Wangen und eine Schürze über dem Dirndlkleid, und der unerwartete Gast trug ein kariertes Hemd. Nur Leon, mit seiner Löwenmähne, passte irgendwie nicht ins Bild. Vor allem jetzt, wo er den anderen Mann mit der Hand an der Schulter packte und ihn zu sich herumdrehte wie einen Spielzeugkreisel.

»Was willst du hier?«

»Das weißt du ganz genau«, knurrte Bertl.

»Du sturer Hund, du!«

Ohne den Blick von den beiden Männern abzuwenden, griff Chris nach einem Vinschgerl, riss es in zwei Hälften und versenkte die Gabel in der herrlich duftenden Eierspeis.

»Ich glaub, es wär besser, dass du gehst, Bertl.«

Gitti klang so unbeteiligt, wie sie sich benahm, und schien auch keine Antwort zu erwarten. Sie kam nämlich mit einer Tasse Milchkaffee zum Tisch und setzte sich an die Schmalseite, von wo aus sie alles sehen und jederzeit aufstehen konnte.

»Schmeckt's Ihnen?«, fragte sie lächelnd. Offenbar wollte sie überspielen, was in ihrer Küche geschah.

Chris nickte, schluckte und schob ein Stück Brot in den Mund. Es war besser, wenn er ihn voll hatte. Er hatte Filomenas Worte nicht vergessen, weil er gedacht hatte, dass der Bertl mit der Liesi verheiratet war. »Das hätt er gern, aber da spielt sie net mit«, hatte sie gesagt. Und jetzt war der Typ hier aufgetaucht, wusste ganz offensichtlich nicht nur, dass er hier ein Zimmer gemietet hatte, sondern auch, wer er war.

Nur reichte das doch nicht aus, um hereinzuschneien und direkt auf ihn loszugehen. Chris spürte, wie es in ihm zu brodeln begann, während die beiden Männer vor ihm sich immer noch wortlos anstarrten. Vielleicht konnte er die Situation entspannen?

»Sie wollen mit mir sprechen, Herr Kofler?«

»Ah, da schau her, der feine Herr Filmproduzent kennt meinen Namen.«

Zwar hielt Leon Gufler den Bertl immer noch an der Schulter fest, aber jetzt drehte der kräftige Bauer sich wieder in seine Richtung. Er wirkte wie ein Bulle in der Stierkampfarena, der soeben den Matador mit dem roten Tuch entdeckt hatte.

»Sie hingegen den meinen offenbar nicht, sonst würden Sie mich damit ansprechen. Mein Name ist ...«

»Es ist mir ehrlich gesagt scheißegal, wie Sie heißen, aber nicht, dass Sie sich in meine Angelegenheiten einmischen, Sie feiner Pinkel.«

Bertl hatte noch nicht einmal fertiggesprochen, da riss ihn der Leon herum und gab ihm eine Watschn. Das hätte Chris zwar lieber selbst gemacht, im Moment fühlte er sich jedoch auf der Bank und mit dem Tisch zwischen sich und dem aufgebrachten Bauern nicht unwohl.

»Pass auf, was du sagst«, zischte Leon.

Bertl Kofler griff sich an die glühend rote Wange und schüttelte genervt den Kopf.

»Du bisch net mei Vater«, fuhr ihn Bertl an.

»Nein, aber noch bin ich dein Freund.«

Die implizierte Drohung, dass dem bald nicht mehr so sein könnte, ging an dem aufgebrachten Mann vorbei, der sich wieder zu ihm umdrehte.

»Was auch immer Sie von der Liesi wollen, vergessen Sie es. Packen'S Ihre Sachen und fahren'S zurück nach München.

Solche wie Sie passen nicht zu solchen wie uns.‹

Chris spürte, wie ihm die Galle hochkam. Er umklammerte die Gabel fester, starrte darauf und überlegte, ob er damit auf diesen präpotenten Hornochsen losgehen sollte, der in Wirklichkeit noch viel sturer war, als er gedacht hatte.

Jetzt bereute er wirklich, dass er nicht schon vor dem Frühstück zum Apfelhof gefahren war, aber Liesi war nach all der Aufregung letzte Nacht so müde gewesen, dass sie gar nichts mehr mitbekam. Unter anderen Umständen wäre er bei ihr geblieben und hätte sich zu ihr gelegt und sie einfach nur festgehalten – doch er wollte vor Filomena keinen falschen Eindruck erwecken. Immerhin war sie nicht nur Liesis Großmutter, sondern auch die Frau, die seine Mutter großgezogen hatte – und sie hatte gesehen, dass er ihre Enkelin geküsst hatte. Das alles war ohnehin schon unendlich verworren, ganz zu schweigen von all den Gedanken, die in seinem Kopf herumrasten und sich nicht auf einen Nenner bringen ließen, da war es richtig gewesen, dass er wieder hierhergefahren war. Aber jetzt, wo er kurz davorstand, seiner Wut nachzugeben und diesem Idioten an die Gurgel zu springen, bereute er, dass er nicht schon längst weg war.

Er atmete tief ein, stieß die Luft aus und hob den Blick.

»Was meinen Sie damit, Herr Kofler?«

Der Mann spielte mit seinen Fingern, als ob er sich auf einen Boxkampf vorbereiten wollte.

»Ist das so schwer zu verstehen? So ein feiner Pinkel wie Sie passt nicht zur Liesi.«

»Bertl, raus aus meinem Haus!« Leon Gufler packte seinen Freund mit einem festen Nackengriff, doch der riss sich wutentbrannt los und stieß ihn von sich. Dann war er mit zwei Schritten beim Tisch, stützte die Hände auf eine Stuhllehne und beugte sich vor.

»Lassen Sie die Finger von ihr. Die Liesi gehört mir!«

Chris sah rot. Alles geschah zugleich: Er sprang auf, ließ die Gabel fallen und landete mit seiner Rechten so rasch seitlich auf Bertls Kinn, dass dieser gar nicht reagierte. Im Gegenteil. Er fiel einfach nach hinten und schlug auf dem Boden auf. Es klang dumpf, als sein Kopf aufkam. Und dann war erst einmal nichts zu hören – bis Gitti Gufler ihre Tasse losließ und aufstand, zum Kühlschrank ging und eine Packung Tiefkühlgemüse herausholte.

»Leon, ruf die Traudl an, sie soll kommen«, sagte sie zu ihrem Mann, der auf den regungslosen Bertl starrte, während sie sich hinkniete.

Chris fühlte sich schrecklich. Er war kein Schläger – und er hatte nicht gewusst, dass er diese Kraft besaß. Er schob sich zwischen Bank und Tisch hervor und ging neben dem Mann in die Hocke, der jetzt brummte.

»Der hat einen harten Schädel, der Bertl«, meinte Gitti, die ihm das Tiefkühlgemüse unter den Kopf geschoben hatte.

Währenddessen hörte er, wie Leon Gufler mit einer Traudl sprach, von der er vermutete, dass sie die Frau Dr. Gruber war.

»Sie kommt gleich, aber sie ist nicht allein«, sagte Leon.

»Was heißt das?« Gitti schaute kopfschüttelnd zu ihm auf.

»Sie ist nicht zu Hause, sondern mit jemandem im Auto und hat ihre Tasche dabei.«

»Aha. Eigenartig. Um diese Uhrzeit schläft sie doch normalerweise noch, wenn sie keine Sprechstunde hat.«

Chris schaute zwischen ihnen hin und her und dann blieb sein Blick auf Bertl Kofler hängen. Der hatte jetzt den Mund leicht geöffnet, sabberte und gab grunzende Geräusche von sich.

»Meinst du, dass er gestern wieder gesoffen hat?«, fragte Gitti.

»Wird wohl eher der Restalkohol sein«, meinte Leon.

Chris war schockiert und erhob sich. »Trinkt er regelmäßig?«

Leon Gufler schüttelte den Kopf.

»Trinken tun wir alle gern was, aber sinnlos besaufen tun wir uns nicht. Aber für den Bertl war's nur ein bisserl schwer in den letzten Tagen.«

»Sie meinen, weil ihn die Liesi rausgeschmissen hat?«

Chris wollte sich auf die Zunge beißen, nur war es jetzt zu spät.

»Sie wissen davon?«

Leon schaute ihn mit einem Stirnrunzeln an.

»Ja, ich war doch auf dem Apfelhof wegen der Szenen, die wir dort drehen werden«, meinte er mit einem Achselzucken.

»Jetzt versteh ich, warum der Bertl auf Sie losgegangen ist.«

Nein, dachte Chris, das kann nicht sein. Er konnte doch nicht wissen, dass Liesi und er ... Wie denn?

»Wie meinen Sie das?«

»Er verträgt es einfach nicht, wenn ein anderer Mann der Liesi nahekommt.«

Zum Glück schaute Gitti nicht auf, sondern kniete immer noch neben Bertl, der abwechselnd knurrende und brummende Laute von sich gab und dazwischen stöhnte. Denn so konnte sie nicht sehen, wie er mit ihrem Mann stumm kommunizierte. Chris fühlte sich eigenartig, als sein Gegenüber plötzlich lächelte und ihm dann die Hand auf die Schulter legte. Stand ihm ins Gesicht geschrieben, dass Liesi ihm mehr bedeutete als irgendeine andere Frau zuvor? Dass es ihm schwergefallen war, sie letzte Nacht in Filomenas Obhut übergeben zu haben? Dass er ständig daran dachte, dass er viel lieber auf dem Apfelhof geblieben wäre und neben ihr geschlafen hätte, als allein hier auf dem Guflerhof aufzuwachen? Dass er ...

Die Hand, die sich ihm entgegenstreckte, unterbrach seine Gedanken.

»Wir könnten das Sie eigentlich bleiben lassen, oder? Ich bin der Leon.«

Bildete er sich nur ein, dass der andere ihm zuzwinkerte, als er einschlug?

Bertl grunzte und Gitti richtete sich auf.

»Das gilt natürlich auch für mich, Chris. Und dem da«, sie deutete auf Bertl, der mit halb geöffneten Augen immer noch auf dem Rücken dalag, »geht's bald wieder gut.« Dann zeigte sie zum Tisch. »Aufgewärmt schmeckt's nicht, Chris.«

»Mir ist der Appetit vergangen, entschuldige. Aber einen heißen Kaffee nehm ich gern, der da ist schon kalt.«

»Für uns bitte auch, Gitti. Wir waren nämlich gerade auf dem Weg ins Kaffeehaus«, sagte eine Frau von der Tür her. »Ich bin übrigens die Traudl Gruber«, sprach sie offenbar an ihn gerichtet weiter.

Chris drehte sich um und sah, dass sie ihm die Hand entgegenstreckte, aber er war von dem Mann neben ihr abgelenkt.

»Marcus? Was machst du denn hier?«

Kapitel 31

Sie hätte es sich denken können. Von wegen, sie konnte einfach zur ersten Bahn gehen, ohne gesehen zu werden, wie Filomena gemeint hatte. Das Golfkäppi tief in der Stirn zog sie das Golfbag auf seinen Rollen hinter sich her, aber sie war noch nicht einmal auf dem kurz geschorenen Rasen des Abschlags angelangt, als sie Blicke auf sich spürte.

»Warum hast du denn nicht gesagt, dass du kommst, Liesi?«

Die sonst eher schweigsame und zurückhaltende Grete kam als Erste auf sie zu, unmittelbar gefolgt von Erika und Andrea. Die drei schauten aus, als ob sie aus einem Werbekatalog für Golfbekleidung gesprungen wären. Von Kopf bis Fuß türkis, gelb und rosa gekleidet – sogar die Schuhe hatten farbliche Akzente –, bildeten sie einen Halbkreis vor ihr.

»Weil ich's nicht vorhatte«, erwiderte sie missmutig. Und weil ich eigentlich gar keine Lust habe, eine Runde zu spielen, setzte sie in Gedanken fort. Nicht unter diesen Voraussetzungen.

»Also ich finde das toll, dass wir wieder einmal alle da sind«, meinte Andrea, nahm das pinkfarbene Käppi ab und strich sich durch die Haare. »Und auch, dass der Hagel heute

Nacht nicht uns getroffen hat.«

»Zum Glück«, pflichtete Erika ihr bei. »Sonst wär es nicht nur feucht, sondern zu nass zum Spielen.«

Das Unwetter hatte sie ausgespart? Liesi erinnerte sich, dass es gedonnert und geblitzt hatte, während sie im Amtszimmer der Carabinieri waren, aber erst jetzt fiel ihr ein, dass es auf dem Apfelhof sicher nur leicht geregnet hatte. Die Blüten waren immer noch auf ihren drei wundervollen Bäumen und lagen nicht in der Wiese, sonst hätte sie es doch bemerkt. Ein Lächeln überzog ihr Gesicht.

»Ich finde es gut, dass du dich nicht unterkriegen lässt, Liesi.«

Sie blinzelte und schaute in Andreas perfekt geschminkte Augen.

»Wie meinst du das?«

»Ach, Schatzerl, du hast gelächelt, obwohl du immer noch gezwungen bist, dieses Halstuch zu tragen, und man dich fertigmachen will. Stimmt es eigentlich, dass sie dir vor ein paar Tagen schon einmal die Hagelnetze zerschnitten haben?«

Sie wusste, dass die drei Frauen sie mochten und sich ernsthaft um sie sorgten – aber sie kam einfach nicht damit klar, dass immer alle im Ort über Dinge informiert waren, die eigentlich niemanden etwas angingen. Außerdem fühlte sie sich wirklich blöd mit dem Tuch. Sie ließ das Golfbag los und griff an den Knoten an ihrem Hals. Mit einer lässigen Geste zog sie das Seidentuch weg. Als sie sich im Apfelkiachl getroffen hatten, waren die Würgemale noch viel dunkler gewesen und sie hatte keines getragen – warum also jetzt? Außerdem ... wenn schon immer über alles getratscht wurde, konnte sie doch diese Tatsache auch einmal für sich verwenden, oder?

»Ich muss das Tuch nicht tragen«, erwiderte sie endlich

und steckte es in die rückwärtige Hosentasche. »Und ja, es stimmt, dass man mir die Hagelnetze auf der Wiese unten an der MeBo vor zwei Tagen zerschnitten hatte und es gestern wieder tun wollte, weil ich sofort neue gekauft habe. Es ist jedoch nicht das erste Mal, dass man versucht, dem Apfelhof zu schaden. Das geht schon seit ein paar Jahren so, aber jetzt ist Schluss. Acht Männer wurden festgenommen, und sollte es noch einmal jemand versuchen, wird der Bürgermeister dafür sorgen, dass ihm ebenfalls das Handwerk gelegt wird.«

»Dann stimmt das also, dass der Bürgermeister unsere Steuergelder dafür verwendet hat, eine private Sicherheitsfirma zu bezahlen?«

Sie konnte nicht anders, als aufzulachen. Aus Erika sprach eindeutig die Stimme ihres Mannes. Der war ja selbst am höchsten Amt im Ort interessiert, als ob er nicht ohnehin schon genug um die Ohren hätte.

»Irgendwie werden immer aus Mücken Elefanten, wenn bei uns in Mela Nachrichten die Runde machen.« Sie konnte sich den Seitenhieb nicht verbeißen.

»Wie meinst du das?«

Erika schob eine blonde Strähne ihres kinnlangen Bobs hinter das Ohr.

»Ganz einfach. Es stimmt nicht. Der Bürgermeister hat diese Firma privat beauftragt und bezahlt.«

»Aber warum sollte er das tun?«, fragte jetzt Grete mit ihrer leisen Stimme, die ihre von Natur aus schüchterne Art unterstrich.

»Allerdings, das frage ich mich auch«, murmelte Erika und Andrea nickte zustimmend.

»Ganz einfach.« Sie wusste, dass sie jetzt nichts verraten sollte, und normalerweise war das wirklich nicht ihre Art; aber was der Sepp konnte, das konnte sie auch. Nur er hatte von der nächtlichen Aktion herumerzählen können und dabei sie und ihre Wiese in den Vordergrund gestellt, wahrscheinlich, um von sich abzulenken. Dass er landwirtschaftlichen Grund aufkaufte, wusste aber niemand – sonst hätte sie es längst gehört. »Die anderen Apfelwiesen, die unten an die Schnellstraße grenzen, gehören ihm.«

»Das kann doch nicht sein!«

»Ausgerechnet ihm, der sich seine Finger nicht schmutzig machen will?«

»Wenn dem so wäre, dann wüssten wir das, oder?«

Liesi schaute von einer zur anderen. Die Kommentare wunderten sie nicht, sie hatte ja selbst darüber nachgedacht, wie es sein konnte, dass sie bisher nicht erfahren hatte, dass Sepp Gamper den Grund, der dort unten an ihren grenzte, gekauft hatte. Aber die bürokratischen Mühlen mahlten langsam, und da das Land nicht umgewidmet werden konnte, gab es ja auch keine gesetzliche Vorschrift, dass man sie als Grundstücksnachbarin informieren musste. Außerdem war der Sepp ohnehin in der Gewerkschaft vertreten, musste sich also nicht neu registrieren, da seine Eltern ihm schon längst alles überschrieben hatten. Die beiden lebten zurückgezogen auf ihrem Hof und die Arbeit erledigten die Landarbeiter.

»Nicht alles macht in Mela sofort die Runde«, sagte sie jetzt und schaute von Andrea zu Grete und weiter zu Erika. »Und das, was kolportiert wird, wird derart verdreht, dass jede Grundlage fehlt. Ich finde das schade, weil manche Menschen viel Zeit damit verlieren, sich über andere den Mund zu zerreißen. Dabei gibt es Schöneres und Wichtigeres, wofür man sie verwenden könnte.« Noch während sie sprach, griff sie mit der Hand nach dem Golfbag und tippte sich mit zwei Fingern der anderen an den Schirm des Golfkäppis. »Mir ist gerade eingefallen, was meine Priorität ist.«

Sie war schon ein paar Meter weg, als Andreas Stimme hinter ihr erklang.

»Spielst du nicht mit uns?«

Liesi ging weiter, ohne sich umzudrehen, hielt nur einen Arm in die Höhe und deutete mit ausgestrecktem Zeigefinger ein Nein. Beim Auto angekommen kontrollierte sie zuerst ihr Handy und stellte fest, dass sie immer noch keine Nachricht von Chris erhalten hatte – und Filomena hatte sich auch nicht gemeldet. Sie lud ihre Golfsachen in den Kofferraum und stieg ein.

Es mochte irrational sein, und sicher gab es irgendwelche Anstandsregeln, die sagten, dass sich eine Frau einem Mann nicht an den Hals werfen sollte – aber das war ihr egal. Sie musste wissen, ob er sie auf den Arm genommen und sie sich dieses Knistern und die Vertrautheit zwischen ihnen beiden nur eingebildet hatte. Himmel, sie war kein Teenager mehr, sondern eine erwachsene Frau, und sie war endlich bereit, zu ihren Gefühlen zu stehen. Starken, überragenden, wundervollen und derart intensiven, dass sie zu nichts mehr in der Lage war, bis sie nicht aus seinem Munde hörte, wie es um ihn stand. Denn egal, was er ihr sagen würde, sie wollte lieber todtraurig sein als so zerrissen, wie sie es seit dem Aufwachen war.

Entschlossen startete sie den Wagen, legte den Rückwärtsgang ein und fuhr vom Parkplatz. An der Kreuzung bog sie Richtung Ortszentrum ab und presste ihren Fuß auf das Gaspedal. Der Spruch ihrer Ururgroßmutter Erzsebet Pinkasz, der im Kreuzstich gestickt hinter Glas in der Stube hing, fiel ihr ein: »Das Leben ist nichts für Feiglinge. Nur wer wagt kann auch gewinnen.«

Kapitel 32

Liesi ließ die Brücke über den Eisfluss hinter sich und bog kurz darauf in die schmale Straße ein, die an der Weide vorbei zum Guflerhof führte. Die Leitkuh, die bald mit einer Glocke um den Hals von Leon auf die Alm getrieben würde, glotzte ihr mit ihren großen, braunen Augen hinterher. Sie war zu schnell unterwegs, und falls ihr jemand entgegenkommen würde, hätte sie ernsthafte Schwierigkeiten, abzubremsen. Aber die innere Unruhe trieb sie an – und die Hoffnung, dass Chris da war. Der Gedanke, dass er nach München gefahren sein könnte, ohne sich von ihr zu verabschieden, presste ihren Fuß ohne ihr Zutun auf das Pedal. So sehr, dass sie erschrocken aufschrie, als sie auf dem Vorplatz des Bauernhofs ankam und den Wagen im letzten Moment zum Stehen brachte. So viele Autos parkten hier doch nie! Das Adrenalin versetzte ihren Puls in Alarmzustand. Ihr Herz hämmerte bis in die Schläfen. Ihre Stoßstange berührte fast die eines Cinquecento, neben dessen geöffneter Fahrertür eine junge Frau mit feuerroten Haaren stand. Ihre grünen Katzenaugen waren weit aufgerissen und ihre Hände erhoben.

»Entschuldigung!«, formulierte sie mit ihren Lippen und deutete auf das kleine Auto.

Liesi winkte ab und suchte nach dem einzigen Wagen, der sie interessierte.

»Gott sei Dank!«, stieß sie hervor, als sie den SUV mit dem Münchner Kennzeichen sah. Ihr Herz machte einen doppelten Salto, und sie hatte Mühe, das plötzliche Zittern ihres Knies zu bremsen.

»Tief durchatmen, Liesi«, murmelte sie.

Erst dann war sie in der Lage, den Rückwärtsgang einzulegen, um ihr Auto an dem kleinen der Frau, die mittlerweile verschwunden war, zwischen den von Chris und einen anderen zu quetschen. Dass auf der Windschutzscheibe ein Aufkleber mit Äskulapnatter prangte, merkte sie, als sie sich herauszwängte.

Was machte die Traudl hier? Es war doch hoffentlich nichts mit der Gitti, dem Leon, den Kindern – oder gar mit Chris?

Sie rannte los, stürmte durch die offen stehende Haustür – und prallte an der Küchentür fast in die Rothaarige, die ihr den Blick versperrte. Sie schob sie zur Seite – und schaute direkt in ein Paar haselnussbraune Augen, deren Anblick einen warmen Schauer durch ihren Körper schickte. Konnte es Schöneres geben als dieses strahlende Lächeln?

»Gott sei Dank geht es dir gut!«, stieß sie aus.

Nur selten im Leben eines Menschen passierte es, dass nichts und niemand mehr wichtig war – bis auf das Ziel.

Das war Liesi Thalers Augenblick.

Sie bemerkte weder das Erstaunen ihrer beiden Freundinnen noch bekam sie mit, wer sich außer Gitti und Traudl in der Küche aufhielt. Sie sah nur ihn, setzte einen Schritt vor den anderen, so wie er es tat – und dann hob sie ihr Kinn ein wenig an und spürte seine Lippen auf den ihren. Chris zog sie in seine Arme, hielt sie fest und küsste sie zärtlich und zugleich fordernd, als ob er ihr sagen wollte, dass sie ihm gehörte. Ein Schauer lief über ihre Wirbelsäule und Glückshormone verteilten sich überall in ihrem Körper.

»Schaut so als, als ob du recht gehabt hättest, Bertl.«

Leons Kommentar drang zu ihr durch – und sie zuckte zusammen. Langsam, wie in Zeitlupe, unterbrach sie den Kuss und drehte sich in Chris' Armen um.

Gitti grinste.

Leon stand stirnrunzelnd da, als ob er darauf warten würde, dass irgendetwas Schreckliches passieren würde.

Traudl schmunzelte und lehnte sich dabei an einen schlanken, blonden Mann, dessen Gesicht ihr bekannt vorkam, das sie aber nicht zuordnen konnte.

Und dann sah sie ihn. Ihren besten Freund, der, den sie seit dem Rausschmiss nicht mehr gesehen hatte. Bertl hatte eine Beule an der Schläfe, die ausschaute, als ob ihm dort ein Horn wachsen wollte. Sein Kinn war seitlich ein wenig angeschwollen und außerdem hielt er sich den Hinterkopf. Durch den verdrehten Arm war ihm das karierte Hemd aus dem Hosenbund gerutscht und der Stoff an seinem Bizeps war derart angespannt, dass es aussah, als ob er jeden Moment reißen würde.

Aber das alles irritierte sie weniger als die Tatsache, dass er sie nicht anschaute. Sein Blick glich dem der Kuh, an der sie vorhin vorbeigefahren war – und sie hatte diesen Gesichtsausdruck noch nie an ihm gesehen.

Der Bertl war ein gestandenes Mannsbild und als solches davon überzeugt, dass er das immer und in jeder Lebenslage zeigen musste. Mit Mimik und Gestik, ja mit seinem ganzen Auftreten.

Nur war jetzt von all dem Machogehabe nichts zu sehen – im Gegenteil!

Er grinste dümmlich und hatte nur Augen für die Rothaarige mit den grünen Katzenaugen, die ihn genauso fixierte wie er sie. Ihre Zungenspitze strich zittrig über ihre Lippe – und Bertl stöhnte auf.

Das war der Moment, in dem Gitti in die Hände klatschte und sich so zwischen Bertl und die unbekannte Frau stellte, dass sie den Blickkontakt der beiden unterbrach.

»Ich nehme an, Sie sind die Dame, die der Tourismusverband geschickt hat.«

Die Frau ergriff die dargebotene Hand.

»Richtig, Frau Gufler. Mein Name ist Sabine Holzer.«

»Ich bin einfach nur die Gitti, und jetzt sag mir, bis wann du das Zimmer brauchst. Du bist als Aushilfslehrerin hier, richtig?«

Bertl beugte sich so weit zur Seite, dass er an Gitti vorbeischauen konnte.

Traudl zwinkerte Liesi zu und flüsterte: »Jetzt fällt er gleich vom Sessel.«

Sie spürte, dass Chris an ihrem Rücken genauso lachte wie sie selbst. Sein Brustkorb bebte – und es fühlte sich herrlich an, dass er sie mit beiden Armen umschlungen eng an sich presste.

Die rothaarige Sabine schluckte nervös, bevor sie Gitti antwortete.

»Eine Kollegin hat sich das Bein gebrochen, und das geht halt gar nicht, wenn man Turnen unterrichtet. Ich werde sie also bis zum Schulschluss vertreten.«

»Wann ist denn Schulschluss?«, fragte Bertl wie aus der Pistole geschossen – und plötzlich lachten sie alle. Liesi, weil sie erleichtert war – aber offenbar ging es ihren Freunden nicht anders.

»Das dauert noch ein paar Wochen, Herr ...?«

Sie schaut mit diesen grünen Augen wirklich wie eine Katze aus, überlegte Liesi, und schlau ist sie auch, so beiläufig, wie sie ihn nach seinem Namen fragt.

»Bertl Kofler, aber sagen'S doch einfach nur Bertl zu mir.«

Er nahm endlich die Hand von seinem Hinterkopf und stand ein bisschen wackelig auf, als ihm plötzlich sein Freund die Sicht verstellte.

»Und ich bin der Leon, Gittis Mann.«

»Jetzt geh doch auf die Seite«, knurrte Bertl.

Nein, sie konnte einfach nicht widerstehen! Sie schob sich dazwischen und streckte ihre Hand vor.

»Wir beide hatten ja schon das Vergnügen. Ich bin die Liesi.«

Schmunzelnd antwortete ihr Gegenüber: »Eher unsere Autos, wolltest du sagen.«

Traudls feingliedrige Hand schob sich dazwischen. »Ich bin die Traudl, die Hausärztin.«

»Du bist Ärztin? Ist jemand krank?«, fragte Sabine erschrocken.

»Nein. Ich hab den Bertl mit einem Kinnhaken k. o. geschlagen. Ich bin übrigens der Chris.«

Liesi wusste nicht, ob sie lachen oder sich ihm an den Hals werfen und küssen sollte. Was auch immer der Grund gewesen sein mochte, sie konnte sich lebhaft vorstellen, dass Bertl ihn angegriffen hatte und nicht umgekehrt.

»Und ich hab geglaubt, dass ihr allesamt beste Freunde seid.«

»Ehrlich gesagt kannte ich bis vorhin nicht einmal alle. Mein Name ist Marcus Berg«, erklang die Stimme des Mannes, der auf Traudl klebte wie eine Briefmarke – oder sie auf ihm. Er sprach Hochdeutsch und plötzlich erinnerte sich Liesi an ihn. Er war derjenige aus dem Filmteam, der sie und Bertl nach Ummo Tütkens Ausraster auf dem Golfplatz mit dem Golfcart zum Auto gebracht hatte – und der neue Regisseur.

»Du bist aber auch nicht aus Mela. Was machst du hier?«,

fragte Sabine ihn neugierig.

»Wir drehen einen Film.« Marcus deutete zu Chris. »Und er ist mein Chef.«

Endlich schaffte Bertl es, die anderen beiseite zu drängen.

»Und von wo kommst du, Sabine?«

Besitzergreifend nahm er die Hand der Lehrerin und legte sicherheitshalber gleich seine zweite obenauf.

»Aus dem Pustertal.«

»Das hört man doch«, sagte Traudl.

Plötzlich veränderte sich die Stimmung im Raum. Sie alle warteten darauf, dass Bertl sie auf die ihm typische Art anfauchte, weil er es ja so gar nicht vertrug, wenn eine Frau ihn zurechtwies. Aber er stand einfach nur da und fixierte Sabine, die ihrerseits keine Anstalten machte, sich seiner besitzergreifenden Geste zu entziehen.

»Das kann ja heiter werden«, meinte Gitti trocken mit halblauter Stimme.

»Besser als blutig«, erwiderte Chris leise. »Wenn er nicht k. o. gegangen wäre, hätte ich nämlich für nichts garantiert.«

»Das wirst du mir erklären müssen«, flüsterte Liesi.

Er beugte sich vor und küsste sie sanft auf die Wange. Dann berührte er mit seinen Lippen fast ihr Ohr.

»Später, Liesi, wenn wir allein sind.«

Es war eigenartig, was wenige Worte und ein hauchzarter Kuss bewirken konnten. Plötzlich wurde ihr warm, und sie fühlte sich, als ob Tausende von Schmetterlingen sich in ihr zum Flug erheben und sie mit sich tragen würden. Weit nach oben, dorthin, wo sie einfach nur glücklich und schwerelos war und all die anderen unter sich beobachtete.

Natürlich wollte sie wissen, was Bertl in den letzten Tagen außer dem Besäufnis angestellt hatte, dass er aussah wie ein Boxer, der einen Kampf verloren hat. Und auch, warum

Marcus und Traudl so vertraut miteinander umgingen, als ob sie schon seit Monaten ein Paar wären – aber das konnte ja nicht sein, oder? Traudl hatte ihr gestern nur gesagt, dass sie vor Kurzem jemanden kennengelernt hatte. Womit Liesi bei ihrem größten Wunsch war. Sie würde gern einen Blick in die Zukunft werfen, um zu wissen, ob dieses Knistern zwischen ihr und Chris eine Chance hatte, sich in ein anhaltendes Feuer zu verwandeln – weil sie einfach nicht auf ihn verzichten wollte.

Stattdessen schaute sie zum Fenster und sah erste, dicke Tropfen gegen die Scheibe klatschen. Sie drehte sich ein wenig ihn Chris' Umarmung und fing seinen Blick ein.

»Meinst du, dass wir Elisabeths Asche auch bei Regen begraben können?«

»Warum sollten wir?«

»Weil du doch dringend nach München zurückmusst.«

»Wie kommst du darauf?«

»Aber du hast gestern gesagt ...«

Chris beugte sich vor und verschloss ihre Lippen mit einem Kuss, bevor er antwortete.

»Das war, als ich noch dachte, dass ich meine Beine unter die Arme nehmen und so rasch wie möglich vor dir davonrennen sollte. Ich war fix und fertig, weil ich glaubte, dass ich mich ausgerechnet in dich verliebt hatte, wo wir doch ...«

Sie starrte ihn aus weit aufgerissenen Augen an und er brach ab. Dann schluckte sie. Ihre Kehle war so eng, dass sie nur ein Flüstern zustande brachte.

»Sag das bitte noch einmal.«

»Was denn? Dass ich davonrennen wollte?« Der Schalk blitzte aus seinen Augen.

Liesi schüttelte hektisch den Kopf.

»Dass du dich in sie verliebt hast!«, riefen Traudl und Gitti im Chor.

»Hat er das, der Herr Filmproduzent?«, meinte Bertl, aber es klang absolut nicht ätzend, sondern belustigt. »Dann hab ich also doch recht gehabt, Leon«, fügte er hinzu.

»Womit? Mit deiner unbegründeten Eifersucht?«

Sabine schaute irritiert zwischen ihnen allen hin und her.

Zum Glück fing Gitti Liesis Blick auf, nickte und ging dazwischen.

»Der Bertl ist so etwas wie Liesis Bruder, ihr großer Beschützer, seitdem sie beide ihre Eltern verloren haben.«

Der Gesichtsausdruck der jungen Lehrerin veränderte sich, wurde traurig.

»Das ist schon sehr lange her«, sagte Liesi hastig. »Damals waren wir noch Kinder. Er ist also nicht richtig eifersüchtig, sondern einfach nur besorgt um mich ...«

Es war bereits dunkel. Liesi und Chris saßen mit Filomena in der Küche, tranken heiße Schokolade und schauten nach draußen. Der anfangs starke Regen hatte sich in einen aus hauchzarten Fäden verwandelt, der danach aussah, als ob er nicht mehr aufhören wollte. Gemeinsam hatten sie ihrer Großmutter alles erzählt, was am heutigen Tag passiert war.

»Wenn ich das also richtig verstanden habe, dann hat sich Bertl auf den ersten Blick in diese Lehrerin aus dem Pustertal verliebt und sie sich in ihn.«

»Schaut fast so aus.«

Liesi nickte und legte unter dem Tisch ihre Hand auf die von Chris. Sie umklammerte sie und schob sie Richtung Knie. Er bewegte seine Finger auf ihrem Bein nämlich immer höher, und sie konnte bald nicht mehr dafür garantieren, ihn hinter sich her nach oben in ihr Zimmer zu schleifen. Sie sehnte sich so sehr danach, ihn ganz für sich allein – und möglichst unbekleidet – zu haben, dass jede seiner Bewegungen das Feuer in ihr anfachte.

»Und die Traudl hat ein Gspusi mit diesem Marcus, der aber jetzt mit deiner Filmcrew im Grödnertal ist, weil du ihn zum Regisseur gemacht hast. Hab ich das richtig verstanden, Chris?«

»Hast du, Filomena.« Er nickte.

»Und du hast beschlossen, dass du hierbleiben willst, bis das Wetter passt und wir die Gedenkfeier für die Elisabeth machen können.«

Liesi spürte, wie der Chris sich hinter ihr versteifte.

»Du denkst, dass ich nur deshalb noch nicht nach München zurückgefahren bin?«

»Fragst du jetzt mich, Bub, oder die Liesi?«, fragte Filomena mit einem leisen Kichern.

»Dich, weil die Liesi weiß doch, dass ...«

»Was weiß ich?«, unterbrach ihn Liesi hastig und wandte sich ihm zu.

»Dass ich am liebsten gar nicht mehr nach München fahren würde.«

Ihre Mundwinkel zuckten und ein flüchtiges Lächeln überzog ihr Gesicht.

»Das wird nicht gehen, weil du ja dort deine Firma hast.«

Chris öffnete den Mund, um etwas zu erwidern, doch sie schüttelte den Kopf und sprach weiter.

»Ich habe mir überlegt, dem Gabor die Geschäftsführung vom Apfelhof zu übertragen. Das geht allerdings nur, wenn die Filomena mit mir mitkommt. Allein lass ich sie nicht.«

»Wohin denn?« Chris runzelte die Stirn.

»Nach München oder nach Amerika oder was weiß ich. Wo immer du halt lebst.«

Erstaunt zog er die Augenbrauen hoch und hob den Arm. Mit einer sanften Geste schob er eine ihrer wilden Locken hinter ihr Ohr und schaute ihr tief in die Augen.

»Einen alten Baum soll man doch nicht verpflanzen, heißt es, richtig?«

Sie nickte und runzelte zugleich die Stirn.

»Du vergleichst meine Großmutter mit einem Baum?«

»Das passt meiner Meinung nach perfekt«, erwiderte er und deutete hinaus in die Dunkelheit. »Den Apfelhof gäbe es nicht ohne diese Apfelbäume, und die würdest du doch auch nicht ausgraben und irgendwo anders wieder pflanzen.«

»Natürlich nicht. Aber …« Sie verstummte.

»Hast du nicht gerade gesagt, dass du Gabor mit der Leitung des Apfelhofs beauftragen würdest, um mit mir dorthin zu gehen, wo ich bin? Oder habe ich das falsch verstanden?«

Liesi schüttelte den Kopf.

Chris legte seine Hände an ihre Wangen und schaute ihr tief in die Augen. Ihr Puls flatterte, in ihrem Magen kribbelte es, und sie hatte das Gefühl, dass ihr die Luft zum Atmen fehlte.

»Und wer sagt, dass nicht ich das tun will?«

»Was denn?«

»Dort leben, wo du lebst, Liesi.«

Sie hielt die Luft an.

»Meine Firma produziert Filme in vielen Ländern, da ist es egal, wo ich bin. Ich muss nur die Geschäftsführung einer Person übertragen, der ich vertraue, aber genau dafür habe ich Heidelinde Wagner aus L. A. kommen lassen, die derzeit als Produktionsassistentin hier in Südtirol ist. Anstatt dich also von deiner Heimat, wo du verwurzelt bist, wegzulocken, kann ich mir vorstellen, hier zu leben. Mit dir und Filomena. Hier auf dem Apfelhof, wo meine Mutter aufgewachsen ist –

und vielleicht werde ich dann endlich auch Wurzeln schlagen.«

Draußen plätscherte der Regen auf die drei Apfelbäume, die Erzsebet Pinkasz vor weit mehr als hundert Jahren gepflanzt hatte. Die delikaten vom Wasser beträufelten Blüten glitzerten im Mondlicht weiß und rosa, als Liesi Thaler ihre Arme um Chris Bergmanns Nacken legte und lautlose glückliche Tränen vergoss. Er strich ihr unablässig sanft über den Rücken, küsste ihre feuchten Wangen und glitt mit seinen Lippen zu den ihren, bis sie miteinander verschmolzen. Und so bemerkten sie beide nicht, dass Filomena einen Blick zum Kruzifix warf, sich bekreuzigte und dann leise schmunzelnd die Küche des Apfelhofs verließ.

Kapitel 33

Der Wettergott hatte beschlossen, die Wolken wie eine Decke über Südtirol zu legen, und dem Wind befohlen, sich auszuruhen. Auf dem Apfelhof schien die Zeit seit vier Tagen stillzustehen. Sogar die Blüten auf den Apfelbäumen vor dem Haus hielten sich immer noch eisern an den Ästen fest, während die auf den unzähligen Spalierbäumen auf den Apfelwiesen im gesamten Ortsgebiet unterhalb mit dem Wachsen der Blätter ihre Verwandlung bereits begonnen hatten. Die Imker holten mit wetterfesten Jacken und tief ins Gesicht gezogenen Hüten ihre Stöcke aus den Wiesen. Die Arbeit der Bienen, das Bestäuben, war für dieses Jahr abgeschlossen – während die Beziehung zwischen Liesi und Chris gerade erst am Beginn war. Und doch bestand für Filomena Pinker kein Zweifel daran, dass die beiden füreinander geschaffen waren.

Liesi hatte vorgeschlagen, das Filmteam aus dem Grödnertal zurückzurufen. »In den Dolomiten können sie bei dem nassen Wetter nur abwarten und hoffen, dass es bald besser wird, aber hier auf dem Hof haben wir tatsächlich Apfelblüten im Regen, wie der Titel des Films verspricht, Chris. Brauchst du unbedingt die Schauspieler im Vordergrund?«

Er hatte sie daraufhin angelächelt und in den Arm gezogen – obwohl er das ohnehin ständig machte, wenn sich nur die Gelegenheit dazu bot. »Wieso ist mir das nicht eingefallen? Du bist ab sofort meine persönliche Assistentin, Liesi Thaler«, hatte er gesagt und ihnen beiden dann erklärt, was die Greenscreen-Technik war. Nicht, dass Filomena jetzt viel schlauer war als vorher, aber sie hatte begriffen, dass so manches, was sie in Filmen sah, in Wirklichkeit gar nicht so existierte. Es genügte, wenn sich jemand abrackerte und auf den knapp viertausend Meter hohen verschneiten Ortler kraxelte, um dort Filmaufnahmen vom Gipfelkreuz und dem Drumherum zu machen, während die Schauspieler ihre Szene in einem warmen Studio drehten, als ob sie soeben den Gipfel bezwungen hätten. Mit einem Trick wurden die beiden Aufnahmen übereinandergelegt, und für den Zuschauer des Films sah es dann so aus, als ob die Helden wirklich auf dem höchsten Berg Südtirols wären.

Liesi hatte also eine Idee gehabt und Chris hatte diese sofort aufgegriffen. Die Filmcrew war bereits am Morgen nach ihrer Ankunft in Gröden wieder von dort abgefahren und zurückgekommen – und drehte jetzt hier auf dem Apfelhof. Sogar auf dem Dachboden zwischen den mit Leintüchern abgedeckten alten Möbeln, dem seit Jahrzehnten nicht mehr verwendeten Spinnrad ihrer Urgroßmutter Erzsebet und der Staffelei ihres Cousins Jakob waren sie herumgekrochen. Und dort oben hatte Chris auch die Truhe entdeckt, in der sie die unzähligen Bilder, die sein Großvater gezeichnet hatte, aufbewahrten. Filomena hatte ihm versprochen, dass er sie herunterholen konnte, sobald wieder Ruhe auf dem Apfelhof einkehrte. Morgen, denn heute Abend wollten sie die Urne mit Elisabeths Asche im Rahmen einer kleinen Gedenkfeier begraben – selbst wenn es immer noch leicht regnen sollte. Liesi hatte sogar den Bertl und die

Sabine Holzer, die Lehrerin aus dem Pustertal, die nun bei den Guflers wohnte, gefragt, ob sie kommen wollten. »Das ist mir irgendwie so herausgerutscht, weil sie ja beide dabei waren, als der Chris und ich die unglaubliche Geschichte erzählt haben, die ihn ausgerechnet nach Mela und zu uns geführt hat. Auf jeden Fall haben sie zugesagt.« Sie war schon neugierig auf die junge Frau aus dem Pustertal, die mit ihrem plötzlichen Erscheinen in Mela vor ein paar Tagen dem Bertl die Besessenheit für Liesi schlagartig ausgetrieben hatte.

Wie schon am Vortag stand Filomena auch am heutigen Vormittag am Herd und bereitete das Mittagessen für die Filmleute zu – und es machte ihr Spaß. Dieser Marcus Berg, der nun der Regisseur war, war gar nicht so steif und humorlos, wie sie immer von den Norddeutschen geglaubt hatte. Außerdem steckte beruflich viel mehr in ihm, als er bisher hatte beweisen können, hatte der Chris heute beim Frühstück gemeint. Sie glaubte ja, dass es an der Traudl lag, die wiederum auch ganz anders war, sobald sie in die Nähe des Deutschen mit den flachsblonden ungekämmten Haaren kam. Denn gestern war sie mittags plötzlich hier aufgetaucht, als ob sie gerochen hätte, dass es ihr Lieblingsessen gab. Dabei war Schwarzbrotsuppe ja wahrlich nichts Besonderes. Aber der Marcus schon, dachte Filomena schmunzelnd.

Während sie den fein gehackten Bärlauch mit den angerösteten Zwiebeln und dem in Milch eingeweichten Brot vermischte, den geriebenen Graukas und die Eier untermengte und die Knödelmasse würzte, lächelte sie vor sich hin. Hätte ihr irgendwer vorhergesagt, dass ihre Liesi und die Traudl sich beide von heute auf morgen verlieben würden, sie hätte denjenigen mit einem Tritt in den Hintern direkt in den Eisfluss befördert, damit er im kalten Wasser zur Vernunft kam. Stattdessen war sie es, die schon wieder ungläubig nach draußen schaute, während sie die Pressknödel formte und nur lächelnde Gesichter sah.

Sogar die Produktionsassistentin, diese Heidelinde Wagner, von der sie immer noch nicht begriff, was eigentlich ihre Aufgabe war, schien glücklich zu sein. Trotz des anhaltenden Regens. Riesige Schirme schützten die Kamera und andere technische Gerätschaften, und sie und Marcus Berg standen ganz nah neben dem Kameramann, der die Apfelbäume im Visier hatte.

Liesi lehnte mit dem Rücken an der Brust von Chris. Sie schwiegen und lächelten alle beide, als ob es zwischen ihnen keiner Worte bedurfte. Einen Moment lang überkam Filomena die Erinnerung an den Mann, den sie geliebt hatte und mit dem es für sie genauso gewesen war – nur hatten ihre Gefühle nicht für ein gemeinsames Leben auf dem Apfelhof gereicht. Er hatte immer sehnsüchtig von seinem Heimatort gesprochen und sie hätte den ihren niemals verlassen. Längst bevor sie entdeckt hatte, dass sie schwanger war, hatte sie gewusst, dass sie miteinander keine Zukunft hatten. Sie seufzte tief und schüttelte den Gedanken an die Vergangenheit ab.

Dann griff sie in die Schüssel, formte aus einer Handvoll Teig eine kleine Kugel und drückte sie flach. Sobald alle Pressknödel auf dem Holzbrett lagen, stellte sie einen Topf mit Wasser auf den Herd und streute Salz hinein. Als sie den Blick hob und aus dem Fenster schaute, sah sie, dass Marcus Berg dem Kameramann auf die Schulter klopfte und sich lächelnd an Chris wandte und den Daumen hob. Im selben Moment stieß ein vorwitziger Sonnenstrahl durch die Wolken und beleuchtete das mittelalterliche Schloss, das nicht weit entfernt über der Eisschlucht thronte.

Bis vor Kurzem hatte sie gedacht, dass Liesi die letzte in

einer Reihe von starken Frauen war – von denen fast alle sich aufgeopfert hatten. Jetzt fühlte sie sich plötzlich ganz leicht und wusste, dass das nie wieder passieren würde – und der Apfelhof trotzdem weiterbestehen und in der Familie bleiben würde. Diese junge Generation würde ihre eigene Geschichte schreiben und dem Wort Heimat eine neue Bedeutung geben.

Kapitel 34

Nach dem ersten Sonnenstrahl war die Wolkendecke plötzlich aufgerissen. Die Wärme hatte Mela, die Apfelwiesen und die Weinberge in glitzernden Dunst getaucht, als das Wasser vom Boden aufstieg und in der Luft verdampfte. Jetzt fiel nur noch ab und zu ein vereinzelter Tropfen aus dem Blätterdach der drei majestätischen Bäume herab, unter dem sie standen.

Alle waren sie gekommen, um Elisabeth Pinkers letzten Wunsch zu erfüllen.

Die Gitti und der Leon Gufler mit ihrer jüngsten Tochter Annie.

Die Traudl Gruber und der Marcus Berg, der einen Arm um die Schulter der Ärztin gelegt hatte.

Der Bertl Kofler, der neben der Liesi stand und ständig hinüber zur Hausecke starrte. Den Grund kannten sie alle.

»Die Sabine hat gestern am Abend einen Anruf von zu Hause erhalten und dringend ins Pustertal müssen. Weil heute ihr freier Tag war, ist sie sofort losgefahren und hat versprochen, dass sie direkt hierherkommt, sobald sie wieder zurück ist«, hatte Gitti gesagt.

Sogar Heidelinde Wagner, die Produktionsassistentin, war hier, und auch ihr Blick lag auf dem Mann, der mit einem

Spaten ein Loch zwischen den Stämmen der Apfelbäume ausgehoben hatte und jetzt zu ihr schaute.

Chris kam einen Schritt auf sie zu, hob seine Hand und legte sie auf ihren Arm. »Willst du etwas sagen, bevor wir die Urne mit Mutters Asche begraben, Filomena?«

Plötzlich spürte sie, wie ihre Augen feucht wurden. Das war ihr in ihren neunzig Lebensjahren nur selten passiert. Sie blinzelte die Tränen weg, zog die Weste enger um ihren Körper, vergrub eine Hand in der Tasche unter ihrer Schürze und räusperte sich. Dann richtete sie ihren Blick auf Chris.

»Wir haben in den vergangenen Tagen so viel über meine Mutter Agnes, ihren Bruder Peter, deinen Großvater Jakob, seine Tochter Elisabeth und meine Sofia gesprochen ...« Sie brach ab, schaute in das Gesicht jedes einzelnen Anwesenden und sprach mit fester Stimme weiter. »Aber sie alle, auch die Liesi, der Chris und ich, wären nicht geboren worden, wenn Erzsebet Pinkasz damals nicht im Gefolge der Kaiserin Sissi als Küchenhilfe nach Südtirol gekommen wäre und sich ausgerechnet in diesen Ort verliebt hätte. Deshalb will ich euch vorlesen, was meine Großmutter im Jahr 1900 in ihr Tagebuch geschrieben hat.«

Oktober 1900

Elf Jahre sind vergangen, seitdem ich nach Südtirol gekommen bin. Mehr als zehn, seitdem mir der Bauer den kleinen windschiefen Schafstall überlassen hat. Und jetzt sitze ich hier am Fenster im oberen Stockwerk, schaue hinunter auf den Ort und das im Nachmittagslicht glänzende Band des Flusses, der sich aus der Schlucht und unter der Brücke hindurch schlängelt und weiter flussabwärts in die Etsch mündet. Damals, mit siebzehn, wusste ich nicht, was ich tat, aber ich hatte einen Traum. Und den lebe ich seither.

Nur ich allein weiß, wie viele schlaflose Nächte, Tränen, körperliche Anstrengungen, Schwielen an Händen und Füßen und welch unsagbare geistige Kraft es mich gekostet hat, um das zu erreichen, was nun mein ist. Ein Haus, das mir und meinen Kindern gehört und in dem niemals ein Mann das Sagen haben wird. Nicht an meiner Seite und solange ich am Leben sein werde. Den einen, mit dem ich es geteilt hätte, gibt es nicht mehr. Obwohl die Etschregulierung schon zur Zeit meiner Ankunft in Südtirol begonnen wurde, hat das Hochwasser in dem sumpfigen Gebiet auch bei der letzten Schneeschmelze Opfer gefordert. Der Mann, dessen zweites Kind ich unter dem Herzen trug, war einer von denen, die am Fluss arbeiteten und die ihren Einsatz mit dem Leben bezahlt haben.

Die Agnes ist nur elf Monate nach dem Peter zur Welt gekommen – und seit heute hat auch sie ihren eigenen Baum vor dem Haus, an der Stelle, wo die mehr schlecht als recht vom Knecht zusammengezimmerte Bank steht. Klein sind sie noch, der Kalterer Böhmer meines Sohns und der Weiße Rosmarinapfel meiner Tochter, aber ich bin sicher, dass mein Gravensteiner die beiden zarten Pflanzen beschützen wird, so wie ich meine Kinder.

Die drei Apfelbäume sollen das Sinnbild unserer Stärke sein.

Das der geborenen Pinkasz, die fortan Pinker heißen und ihren Nachkommen die Dinge mitgeben werden, die ich ihnen geben kann. Die Liebe für dieses Fleckchen Erde, für das es sich lohnt, jeden Tag der Woche und bis zum Umfallen zu arbeiten, weil es mit einem einzigen Wort alles beschreibt, was ich mir jemals gewünscht habe: Heimat.

Filomena schloss das kleine Büchlein mit dem abgegriffenen braunen Ledereinband und sah auf. Sie erkannte die Tränen in den Gesichtern rundum. In jedem einzelnen. Resolut schob sie das Tagebuch ihrer Großmutter wieder in die Einschubtasche ihres Dirndls, machte einen Schritt auf die Bank zu und griff nach der Urne mit Elisabeths Asche. Die schwarze Oberfläche fühlte sich rau an und die eierähnliche Form war unten abgeflacht. Sie strich darüber, hob das Gefäß an und hauchte einen zarten Kuss darauf, bevor sie es Chris übergab und auf das Loch im Boden deutete.

»Das hier ist der Ort, an den sich deine Mutter zurückgesehnt hat, Chris. Und obschon es so lange gedauert hat, dass sie es nicht mehr erleben durfte, so wird sie für die Ewigkeit mit dem Apfelhof und allen, die vor uns hier waren und nach uns kommen werden, verbunden bleiben.«

Er verbarg seine Tränen nicht, als er die Urne mit der Asche seiner Mutter ergriff. Wortlos versenkte er sie in dem Erdloch, nahm den Spaten in beide Hände und hielt nicht ein, bis die Erde nicht festgestampft war. Dann erst hob er das Kinn und richtete seinen Blick auf Liesi.

»Das ist nicht das Ende, sondern der Anfang«, sagte er und sie flog in seine Arme.

Das war der Moment, in dem Filomena aufsah, leicht schwankte und sich an der Rückenlehne der Holzbank festhalten musste. Die Frau, die soeben um die Hausecke kam, hatte rote Locken, grüne Augen und den geschmeidigen Gang einer Wildkatze. Sie schaffte es gerade noch, sie zu begrüßen, um sich dann mit der Entschuldigung, dass der Tag lang gewesen war, ins Haus zurückzuziehen und nach oben zu gehen. Filomena durchquerte ihre Zimmer und öffnete die verborgene Tür zu dem engen Zwischenraum zwischen ihrem und dem benachbarten Raum. In dem schmalen Gang machte sie ein paar Schritte bis zur äußeren Hausmauer und entfernte einen Wandziegel. Sie zog die Schatulle aus dem Versteck, das ihre Großmutter Erzsebet geschaffen hatte, und entnahm ihr ein Foto. Erst als sie wieder in ihrem Zimmer war und auf ihrem Lehnstuhl am Fenster saß, hob sie es mit zitternden Fingern an.

Das Beben ihrer Hände hatte nichts mit ihrem Alter zu tun, sondern mit der Person, die auf dem Bild zu sehen war. Der Mann, den sie aus ganzem Herzen geliebt hatte. Sofias Vater und Liesis Großvater. Die Zeit hatte die Farben verblassen lassen, aber es war unleugbar: Er hatte gelocktes rotes Haar, das ihm in die Stirn fiel, und seine leicht schräg stehenden Augen waren von einem leuchtenden Grün. Ihretwegen hatte sie ihn immer »mein Kater« genannt. Und nun hatte ihr das Schicksal innerhalb einer Woche wieder einen Menschen ins Haus geweht, der Erinnerungen an die Vergangenheit in ihr auslöste – heute noch stärker als bei Chris' Erscheinen.

Sabine Holzer, die Aushilfslehrerin, aus dem Pustertal, hatte nicht nur den Körperbau und den federnden Gang ihres Katers geerbt, sie war ihm auch wie aus dem Gesicht geschnitten. Filomena hatte keinen Zweifel. Sie war ebenso seine Enkelin, wie es Liesi war.

Während unter ihr in der Küche vor allem Liesi, Traudl und Gitti Mühe hatten, sich das Lachen zu verbeißen, weil der Bertl sich plötzlich zahm und zeitweise wortlos zeigte und Sabine nicht aus den Augen ließ, fühlte Filomena sich um viele Jahre zurückversetzt. Ihr Herz pochte laut, als sie sich vorstellte, mit ihren Fingern noch einmal durch die verwuschelten Haare des Vaters ihres ungeborenen Kindes zu fahren, den sie liebte. Bertl griff hingegen im selben Moment an Sabines Rücken sanft nach einer ihrer Locken, die genau dieselbe Farbe hatten.

Filomena hob das Foto an ihre Lippen und küsste zart die Stelle, auf der das Gesicht des einzigen Mannes zu sehen war, den sie je geliebt hatte. Das hatte sie seit vielen Jahren nicht mehr getan. Und noch nie hatte sie es unter das Kopfkissen geschoben wie heute. Sie drehte das Licht ab, zog die Decke hoch und schob eine Hand an die Stelle, an der es lag. Sie berührte altes Fotopapier, doch es fühlte sich an, als ob ihr Kater neben ihr läge. Er und die Nacht würden ihr helfen, darüber nachzudenken, ob sie die aufwühlende Erkenntnis für sich behalten sollte oder nicht. Denn wie hatte ihre Großmutter Erzsebet so oft gesagt? »Wir sollten uns an den Murmeltieren ein Beispiel nehmen, die immer ausgeruht sind und deshalb glücklich ausschauen. Nichts macht zufriedener und hilft besser dabei, Entscheidungen zu treffen, als eine Handvoll Schlaf.«

Mit einer Hand auf der Fotografie schloss Filomena die Augen und wehrte sich nicht gegen den Traum, der sie viele Jahrzehnte zurückversetzte. Neben ihr auf der Bank unter den Apfelbäumen saß ihr Kater. Einen Arm hatte er um ihre Schultern gelegt und hauchte ihr einen Kuss auf die Wange. »Ich werde dich immer lieben«, flüsterte er.

Ein glückliches Lächeln legte sich auf ihr Gesicht und ließ Filomena Pinker im Schlaf wie ein junges Mädchen wirken. Das war es, was Liesi dachte, als sie wie jeden Abend vor dem Schlafengehen in das Zimmer ihrer Großmutter kam, um ihr über die Wange zu streichen.

Nur tat sie es nicht mehr allein, sondern an der Seite des Mannes, den sie liebte und der sich aus Liebe zu ihr für ein Leben auf dem Apfelhof entschieden hatte.

Für immer.

Danksagung

Liebe Leserin, lieber Leser,

danke, dass Sie mich auf dieser literarischen Reise in die nördlichste Provinz Italiens durch den Roman begleitet haben.

Von Buch zu Buch nimmt die Zahl der Menschen zu, bei denen ich mich bedanken möchte. Denn ohne deren offene Ohren, Adleraugen und die Zeit, die sie mir während der Recherche und meinem in Arbeit befindlichen Manuskript widmen, wäre das Resultat einfach nicht dasselbe.

Zunächst will ich meinen Südtiroler Freundinnen Andrea, Barbara, Brigitta, Evi K., Jet, Mali, Michi, Sonja, Ossy und Waltraud danken, ohne die es diesen Roman nicht gäbe. Armin, Elmar, Florian, Julian und Walter haben mit ihren humorvollen Bemerkungen zu einigen Pointen beigetragen – und noch habe ich genug Material, um viele weitere Seiten mit Südtiroler Geschichten zu füllen. Es tut unendlich gut, euch in meinem Leben zu wissen! Und all denjenigen, die sich in einer der Figuren wiederzuerkennen glauben, jedoch hier nicht genannt wurden, sei augenzwinkernd gesagt: »Ihr müsst euch irren!«

Nicht unerwähnt bleiben darf Sabine Unterholzner, die Leiterin des Südtiroler Obstbaumuseums. Liebenswert und geduldig hat sie meine Fragen während des Besuchs des einzigartigen Museums beantwortet und detaillierten Einblick in das Leben all derer, die rund um den weltberühmten Südtiroler Apfel tätig sind, gegeben. Danke dir dafür!

Inniger Dank geht an meine lieben deutschen Freundinnen Evi N., Jana und Karin, deren beständiger Rat für mich unverzichtbar geworden ist. Sie lesen und kommentieren Unfertiges, üben Kritik und helfen mir bei der Coverauswahl. Ohne euch wäre auch dieser Roman nicht geworden, was er nun ist!

Doch was würde ich ohne meine Korrektorin Sybille Weingrill (SW-Korrekturen) tun, die im Laufe der Jahre mein deutschsprachiges Gewissen und eine wahre Freundin geworden ist? Sie kommentiert meine Fehler oftmals mit Ironie, sodass ich während des Nacharbeitens und Säuberns eines Manuskripts zum Glück auch lachen muss. Danke dir dafür!

Unbedingt zu erwähnen ist meine einzigartige Freundin und Bestsellerautorin Hanni Münzer. Danke dir für die moralische Unterstützung, die humorvollen, motivierenden Mails und unendlichen Telefongespräche, egal in welchem Winkel der Erde wir beide uns gerade aufhalten!

Nicht zuletzt danke ich natürlich meinen Lesern, also Ihnen! An Sie denke ich, wenn sich Buchstaben aneinanderreihen, Absätze bilden und Seiten füllen. Es freut mich sehr, dass Sie meine Romane lesen, lieben und – gern auch in Form einer Rezension – weiterempfehlen.

Falls Sie Lust auf ein Wiedersehen mit dem Apfelhof, seinen Bewohnern und ihren Freunden haben, lege ich Ihnen den Roman "Wenn Apfelbäume tanzen könnten" ans Herz. Darin erfahren Sie mehr über Bertl und Sabine – und ihren Großvater.

Ihre Lisa Torberg

Die Autorin

Lisa Torberg ist mehrsprachig aufgewachsen, studierte Wirtschaft in Paris und verbrachte einige Jahrzehnte in Ländern dreier Kontinente, bevor sie sich ausnahmslos für das Schreiben entschied. Heute lebt die Journalistin und Schriftstellerin vor allem in ihrer italienischen Heimat, liebt das Leben an der frischen Luft, die Berge und das Meer. Letzteres jedoch nur im Winter oder wenn sie an Bord eines Segelschiffs ist. Sie bezeichnet sich als nirgends wirklich daheim – oder eben überall.

2012 veröffentlichte sie ihren ersten deutschsprachigen Roman im Genre Liebe. Seit 2015 schreibt sie als MONICA BELLINI sinnliche Liebesromane. 2023 erschien ihr erster Roman unter dem Pseudonym RIEKE ROTHBERG.

Informationen auf www.lisatorberg.com, den sozialen Netzwerken und über den Newsletter (Anmeldung auf der Website).

Romane von Lisa Torberg

Amore in Rom bedeutet für immer
Amore mio Romeo
Amore zwischen den Noten
Kuschel-Winter-Blizzardliebe
Mann mit Welpenblick für Frauchen gesucht
Nanny wider Willen
Silent Guy: Lautlos in mein Herz
Smaragdstern

Sonnenliebe – Napoli per sempre
Wenn der Wind Ti Amo flüstert
Wenn Schnee zu Liebe schmilzt

VERLIEBT IN NEUSEELAND
Auszeit im Paradies
Der Ruf der fernen Sterne
Ausgerechnet am Ende der Welt
Das Knistern des Sternenstaubs (1. Januar 2026)

HAZELWOOD SMALL-TOWN-ROMANCE
Winterzauber in Hazelwood
SterneKochGeflüster in der kleinen Mühle in Hazelwood
Winterträume in Hazelwood (18. November 2025)

KISSES • BENEFIZPROJEKT KREBSFORSCHUNG
Sweet Kisses und Pralinenduft
Spicy Kisses und Seidenträume
Love Kisses und Hochzitschaos

DIAMOND LOVE – VERLIEBT IN SÜDAFRIKA
Ein Diamant macht noch keine Liebe
Wild Fancy Love: Safari ins Glück

CATCH THE MILLIONAIRE
Kyle MacLeary: Highland-Millionär sucht…
Daniel Rochester: Millionenerbe "Sweet Danny" sucht…
Mister X: Musikliebender Millionär sucht…
Ein Rockstar für Mylady

DIE FALCONE-TWINS
Vorübergehend verliebt
Frostklirrend schockverliebt

NEUFUNDLAND-LOVE
Wenn es Liebe schneit
Wo Schnee nach Liebe riecht

VERLIEBT IN SÜDTIROL
Wenn Apfelbäume sprechen könnten
Wenn Apfelbäume tanzen könnten

Lisa Torberg schreibt als RIEKE ROTHBERG

Als der Wind die Träume fing

Lisa Torberg schreibt als MONICA BELLINI

Just Fake Love
Shit happens, Love too
Wild Rose: Doppelt verliebt

GIPSY LOVE
The Gipsy Gentleman
The Gipsy Dancer
The Gipsy Solitary
The Gipsy Lover
The Gipsy Pilot

LOVE VIBES
Fateful Vibes: Benjamin & Leonie
Bittersweet Vibes: Jason & Sophie
Ambrosial Vibes: Max & Jasmin
Conflicting Vibes: Robert & Viktoria
Explosive Vibes: Julian & Marie

MAYBE IN PARIS
Broken Wings: Sag niemals nie
The Choice: Mut zur Liebe

THE CAVALIERS
Mr. Never-Ever
Mr. Indestructible
Mr. Breathtaking
Mr. Captivating

Erstausgabe Oktober 2023
2. Auflage September 2025
© Edizioni Dolcevita, Italien
Text Copyright © 2021 Lisa Torberg, Italien, www.lisatorberg.com
Lektorat: Helga und Wilhelm König
Korrektorat: SW-Korrekturen e.U.
Coverdesign: ED-Design, Italien
Bildmaterial: Depositphotos: © alexraths & Naddya

ISBN: 979-12-81636-02-6
Printed in the EU

Alle Rechte vorbehalten.
Der Herausgeber behält sich die Verwertung der urheberrechtlich geschützten Inhalte dieses Werkes für Zwecke des Text- und Data-Minings ausdrücklich vor. Alle Texte und Bilder sind urheberrechtlich geschütztes Material und ohne explizite Erlaubnis des Urhebers, Rechteinhabers und Herausgebers für Dritte nicht nutzbar. Nachdruck, auch auszugsweise, nur mit schriftlicher Genehmigung der Rechteinhaber. Handlung, Personen und Ereignisse sind frei erfunden. Etwaige Ähnlichkeiten mit real existierenden Menschen wären rein zufällig und nicht beabsichtigt. Im Roman erwähnte Unternehmen und Organisationen werden fiktiv verwendet, Marken sind Eigentum ihrer jeweiligen Inhaber.

Edizioni Dolcevita,
via Prevosto Wieser 1, 39011 Lana (BZ), Italy
editor@edizionidolcevita.com